B
2

배구선수인 저까지도 야구와 사랑에 빠지게 되었습니다. 특히 다음 세대에게 소중히 전해져야 하는 스포츠 정신에 대한 조언이 가득합니다. 두 분의 경험이 깊게 녹아든 이야기를 통해서 배려와 희생, 정의, 존중의 가치를 깨닫게 됩니다. 스포츠를 사랑하고 스포츠의 가치를 인정하는 사람들이라면 꼭 읽기를 추천합니다.

— 김연경   배구선수, KYK재단 이사장

이 책의 저자 두 분 모두 '선구자'라는 이름이 참 잘 어울리는 인물이라는 생각이 들었습니다. 새로운 세계에 도전하면서 얻은 교훈을 더 많은 사람들에게 전해주려 애쓰는 모습에 감동하게 됩니다. 이 책을 읽는 사람들은 실패를 두려워하지 않고 한발 더 디뎌보는 용기가 생길 것입니다. 그리고 더 나은 세상에서 행복과 성취를 느끼게 되기를 바랍니다.

— 리디아 고   골프선수

선진 리그에서 겪은 것들을 더 나은 수준의 한국 스포츠를 위해 쏟아내려는 두 분의 노력에 큰 박수를 보냅니다. 특히 유소년과 여성을 위한 인프라, 야구 문화의 수출과 같은 이야기에 저 또한 많은 영감을 얻었습니다. 박찬호 선배님과 이태일 대표님의 좋은 생각들을 많은 사람들이 접하고 모두가 함께 성장하는 세상에 대한 인사이트를 얻게 되길 바랍니다.

— 박지성   전 축구선수, JS파운데이션 이사장

K 콘텐츠의 시대라고 하지만, 사실 그 원조는 코리안 특급 박찬호가 아닐까요. 우리를 가슴 뛰게 하고 다시 일으켜 세웠던 박찬호 선수의 이야기를 다시 들을 수 있어서 반갑습니다. 여기에 미디어와 구단에서 도전적으로 야구를 경험한 이태일 대표의 시선까지 더해져 야구를 사랑하는 팬으로서 읽는 내내 흥분을 감출 수가 없었습니다. 책을 덮고 나니 어딘가 숨겨져 있던 용기가 불쑥 자라난 것 같습니다. 앞으로 나아갈 힘이 필요한 사람, 실패를 딛고 일어날 용기와 희망이 필요한 사람에게 이 책을 추천합니다.

— 송중기   배우

세상이 우리에게 던지는 메시지가 많고도 많지만, 저에게는 그중에서도 박찬호와 이태일이 던지는 화두가 정말 진실되고 깊게 남았습니다. 30년 동안 그들을 지켜보면서 성공할수록 타인과 주변에 더 관심을 가지고, 많은 이들에게 사랑을 받은 것보다 더 크게 세상에 돌려주기 위해 노력하는 일이야말로 값지다는 것을 깨달았습니다. 이 책에는 그러한 시간의 역사와 가치가 담겼습니다. 우리는 혼자가 아닙니다. 함께할 때 더 나은 단계로 다가갈 수 있습니다. 다사다난한 세상에 두 사람이 건네는 메시지가 더욱 큰 울림으로 다가옵니다.

— 차인표　배우

야구에 대해 이렇게 재미있고 깊은 인사이트를 얻을 수 있다니! 한국 야구계의 보물인 박찬호와 이태일 대표의 경험과 지혜가 어우러진 이 책에는 야구라는 스포츠에 대한 진지한 고민과 성찰이 가득합니다. 야구 관계자뿐만 아니라 한국프로야구를 아끼는 모든 이들이 함께 즐길 수 있는 소중한 콘텐츠라고 자부합니다. 이 책을 통해 많은 분들이 야구에 대한 더 깊은 이해와 사랑을 키워가길 바랍니다.

— 허구연　KBO 총재

삶에서 더 깊은 의미를 찾고자 하는 분들께 이 책을 진심으로 추천합니다. 진정한 승리는 단순한 승패가 아닌 각 순간에 쏟는 노력, 목표를 꾸준히 추구하는 진실한 마음에 있을 것입니다. 이 책을 읽는 많은 사람들이 마음을 튼튼하게 단련하여 각자의 인생을 더욱 풍요롭고 행복하게 만들기를 기도합니다.

— 황창연　신부

일러두기

이 책은 1994~2024년에 걸쳐 30년 이상 박찬호가 쓴 평소 메모와 일기,
이태일이 쓴 〈인사이드 피치〉 기고문과 언론 칼럼, 일기가 바탕이 되었습니다.
또한 두 사람이 2023년 9월~2024년 8월 1년간의 대담을 통해
때로는 공감하고 때로는 논쟁하며 깨달은 다양한 철학과 시각을 덧붙였습니다.

베터 앤 베터
한계 없이 나아갈 수 있는 그 놀라운 힘에 대해

BETTER & BETTER

B2

박찬호 ✕ 이태일

지오북

How can you not be romantic about baseball?

어떻게 야구와 사랑에 빠지지 않을 수 있겠어?

— 영화 〈머니볼〉 중에서

prologue

박찬호

"순식간에 역전이 가능한 9회 말 투아웃 만루 상황. 핀 조명을 받은 무대처럼 보이는 마운드에 투수가 홀로 서 있다. 로진백을 만지는 손과 하얗게 흩날리는 가루, 포수의 미트를 바라보는 눈, 투수의 손을 떠난 공의 움직임에 따라 모두의 시선이 한 점으로 향한다. 뜨거웠던 함성이 멈추고 관중들은 숨을 죽인다. 공이 배트에 부딪히는 찰나, 환희와 좌절이 교차한다…."

이런 장면을 떠올리기만 해도 가슴이 두근거린다면 당신은 야구를 사랑하는 것이 분명합니다. 스포츠는 선수와 팬, 그리고 보이지 않는 곳에서 경기를 준비하는 무수한 사람들의 노력과 꿈이 응집된 결정체입니다. 그 안에는 설렘과 낭만, 감동이 있습니다. 흥미진진한 전개와 예측할 수 없는 결말, 고난과 극복의 스토리는 우리를 울고 웃게 만들죠. 우리가 스포츠에 열광하는 이유입니다.

제 소개를 하겠습니다. 길어질까 봐 걱정하지 마세요. 자기 소개만큼은 간단하게 하고 넘어가겠습니다. 30년간 야구의 세계에서 수많은 오르막과 내리막을 거치며 자신과의 싸움을 계속해온 사람. 저는 '박찬호'입니다.

야구에 대한 책을 썼습니다. 혼자 쓰지 않고, 함께 그리고 다른 방식으로 야구의 길을 걸어온 오랜 동료와 함께했습니다. 30년의 세월을 담은 대화가 오갔습니다. 이미 알고 있다고 생각한 것도 되짚어보게 되고, 새롭게 알게 된 것들도 있습니다.

야구장은 인생을 배우는 학교와도 같습니다. 야구는 인생을 살아가는 과목들 같습니다. 매 경기를 뛸 때마다 든 생각입니다. 마음먹은 대로 흘러갈 때도 있고, 도무지 풀리지 않을 때도 있습니다. 잘 던졌다고 생각했는데 안타를 맞고, 잘못 던졌다고 생각했는데 운 좋게 실점을 피하기도 합니다. 항상 돌발변수가 생깁니다.

제가 할 수 있는 일은 단 하나였습니다. 매 순간 맞닥뜨리는 상황에서 나의 역할을 인지하고, 내가 해야 할 일에만 집중하는 것. 결국 좋은 결과는 항상 내가 할 수 있는 것에만 집중할 때 나왔습니다. 눈앞에 있는 타자, 즉 타인을 알아가는 것보다 더 중요한 것은 나, 즉 진정한 스스로를 알아가는 것이었습니다.

은퇴 후 10년이 지났습니다. 왜 지금 야구 이야기일까. 현역일 때, 은퇴할 때 쓰지 그랬냐고 물어보는 이들도 있을 겁니다.

그러나 도리어 지금에서야 말할 수 있는 것들이 있습니다. 사람들은 은퇴를 커리어의 마침표로 보지만, 성장에 있어서의 마침표는 아닙니다.

지금도 저는 여전히 자신을 알아가면서 더 나은 사람이 되기 위해 노력합니다. 그것이 인생이고, 스포츠 정신이니까요. 메이저리그에서 성적이 가장 좋았던 시즌을 박찬호의 정점이라고 생각하는 분도 있겠지만, 삶은 정상이라는 목표를 향해 올라가는 것이 아니라 자신이 원하는 방향을 설정하고 나아가는 여정이라고 생각합니다.

우리에게 필요한 것은 베터(better)에서 베스트(best)로, 다시 베스트에서 베터로 나아갈 수 있는 반복의 힘입니다. '잘하는 야구'보다 '나아지는 야구'가 필요하듯이, 정점을 찍은 인생이 아니라 계속 나아지는 인생이 필요합니다.

이 책은 선수의 시각부터 구단과 리그, 스포츠 업계를 폭넓게 바라보는 내용을 담았습니다. 대한민국 최초의 메이저리거, 코리아 특급이라는 수식어는 저에게 어떤 소명을 남겼습니다. 선진화된 야구를 만드는 것이 제 소명입니다. 늘 질문을 던졌고, 지금도 던지고 있습니다. 더 좋은 환경에서 더 좋은 선수들이 뛸 수 있는 방법은 없을까. 팬들에게 마법 같은 순간을 안겨주는 경기란 무엇일까. 어떻게 해야 더 오래가는 선수, 오래가는 구단을 만들 수 있을까. 메이저리그나 일본리그와 견줄 수 있을 정도로 한국프로야구를 키우려면 어떻게 하면 좋을까.

고민을 거듭하는 동안 얻은 나름의 배움과 깨달음을 나누고 싶어 절친이자 멘토, 야구 동료인 이태일 형과 함께 이 책을 쓰게 되었습니다.

박찬호와 이태일, 저희의 인연은 약 30년 전으로 거슬러 올라갑니다.

1991년 미국에서 열린 청소년대표팀 야구 경기가 끝나고 김포공항에 도착했습니다. 좋은 성적을 거뒀기에 환영 인파도 많았죠. 서울에 사는 친구들은 부모님과 함께 하나둘 집으로 향했지만, 공주에서 대표팀에 뽑힌 선수는 저 혼자였고 부모님이 서울까지 오실 수는 없는 상황이었습니다. 당시 대학 진학이 결정된 뒤라 한양대학교 야구부 부장님이 공항까지 직접 오셔서 저를 축하해주신 것만으로도 영광이었습니다.

서울에서 그나마 익숙한 동대문구장 근처에 가서 하룻밤을 묵고 집이 있는 공주로 내려가려 했습니다. 그런데 공항의 많은 인파 속에서 반갑고 낯익은 얼굴이 나타났습니다.

"찬호, 축하해! 수고했어."

《주간야구》이태일 기자였습니다. 공항에서 대표팀 취재를 한 후에 그 역시 집으로 돌아가는 길이었습니다.

"우리 집에서 함께 잘래?"

상황을 알게 된 그의 제안이었습니다. 저는 어색함을 누르고 따라갔습니다. 서울 사람의 집에 가서 잔다는 것 자체가 어린 저를 설레게 했죠. 이태일 기자의 방에는 저희 집에서는 볼 수 없었던 커다란 책장이 있었습니다. 영어로 된 야구 책과 잡지도 무척 많았습니다. 그중 한 권을 꺼내 들었습니다. '까만 것은 글씨요, 하얀 것은 종이요' 하는 수준이었지만, 사진으로 책의 내용을 짐작할 수 있었죠.

"놀란 라이언이라는 엄청난 투수가 쓴 책이야."

이태일 기자는 저에게 그 내용을 차근차근 설명해주었습니다. 신기하고 놀라웠죠. 야구를 이렇게나 재미있게 글로 표현할 수 있다니! 한 페이지 한 페이지 넘길 때마다 새로운 세계가 열리는 듯한 느낌이었습니다. 미국에서 경기를 치르며 미국 야구가 얼마나 발전되었는지를 몸소 느낀 뒤였기에 놀란 라이언의 책이 주는 감동은 더 벅차게 다가왔습니다. 그리고 저에게 불씨 하나를 던져주었습니다.

'나도 이렇게 훌륭한 투수가 돼서 훗날 한국야구에 도움이 되는 책을 만들어보고 싶다.'

당시 이태일 형도 저와 같은 생각을 했다고 합니다. '이 친구가 대성해서 나중에 이런 책을 내면 어떨까' 하고 상상해보았다고 합니다. 햇병아리 야구선수와 신입 기자는 그런 꿈을 꿨고, 30년이 지난 지금 그 꿈은 현실이 되었습니다.

우리는 서로가 서로에게 멘토가 되어 배우고 의지하며 성장해왔습니다. 이태일 형은 제가 야구선수로 계속 성장할 수 있도록 지탱해주었고, 좋은 선수이자 더 나은 사람으로 살아갈 수 있도록 멘토가 되어주었습니다. 언론과 그리 호의적으로 지내지 못한 제가 유일하게 스스럼없이 지낸 기자였습니다. 그가 스포츠 기자로서의 전문성과 노력을 인정받아 NC 다이노스라는 신생 구단에서 큰 책임을 맡았을 때도 우리는 함께 더 좋은 구단을 만들기 위한 고민들을 나누었습니다.

그리고 여기에 그 이야기들을 담았습니다.

세상은 늘 위대한 선수, 위대한 기록만을 기억하지만 그것 말고도 우리가 기억해야 할 것이 많습니다. 야구 역사에는 최다승, 최다 홈런을 남긴 선수만 있는 게 아니라 최다 실점 경기, 최다 실책 경기 등 뼈아픈 실패를 담은 순간도 있습니다.

오늘 패배해도 내일 승리할 수 있으려면 성공보다 시행착오를 더 많이 기억하고 그 안에 숨은 가치를 찾아내야 합니다. 전설적인 선수들과 길이 남을 명승부, 좋은 구단은 그러한 실패 과정을 바탕으로 성장했기에 가능했습니다. 그렇기에 앞으로 저희가 말하는 것은 성공의 비법이 아니라 좌절을 딛고 일어설 수 있는 방법, 나쁜 환경에서 새로운 것을 만들어낸 경험에 대한 이야기들일 겁니다.

이 이야기들을 선수, 리더, 구단, 리그, 팬, 파트너라는 순서로 담았습니다. 야구라는 생태계, 스포츠라는 생태계를 구성하는 요소들이죠. 함께해야 하고, 그중 무엇도 빠질 수 없습니다. 승리는 결국 '함께 나아가는 일'입니다.

저희가 야구를 통해 배운 것은 '함께'의 가치였습니다. 저와 이태일 형은 항상 '우리'라는 관점으로 야구를 보았습니다. 호흡을 맞추는 투수와 포수, 선수와 지도자, 그들이 속한 구단, 여러 구단이 모인 리그, 관중석에서 응원하는 팬, 서로 윈윈해야 하는 미디어와 스폰서까지 '우리'의 영역 안에 있습니다. 그런 생각을 바탕으로 프로야구의 성장이라는 공통의 과제를 풀어보려는 것이 이 책을 쓴 이유입니다.

스포츠는 많은 사람을 하나로 뭉치게 합니다. 스포츠에 종사하지 않는 이들도 공정함과 팀워크, 서로를 향한 존중, 배려, 인내심과 끈기 등 스포츠정신을 존경하고 배우려는 이유입니다. 따라서 야구선수와 팬, 관계자, 야구를 사랑하는 사람만이 아니라, '함께'의 가치를 아는 모든 이들이 이 책을 읽었으면 좋겠습니다.

특히 보이지 않는 미래를 고민하는 유소년 선수, 프로의 문턱에서 좌절하고 다른 길을 모색해야 하는 전직 야구선수에게도 힘이 되었으면 합니다. 한 가지 목표를 향해 달려가는 것은 분명 가슴 뛰고 멋진 일이나, 직선 도로가 아닌 다양한 커브 길을 돌고 돌면서 멈추기도 하고 걷거나 뛰기도 하는 과정 모두에 위대함이 있습니다. 프로선수가 되지 못했다고 인생이 끝나는 것은 아닙니다. 스포츠계는 점점 더 발전할 것이고, 선수로서의 경험을 필요로 하는 역할도 많아지고 있습니다. 그런 미래까지 담으려 노력했습니다.

2024년은 메이저리그 데뷔 30년이 되는 해입니다. 이 책은 10년 전 저의 은퇴 후 에세이를 함께 만든 편집자 김지혜 씨와 준비하고 김보경 대표와 함께 출간을 논의했습니다. 오랜 시간 저의 야구 세계를 이해하고 글로 표현하는 데 도움을 준 두 분께 감사의 인사를 드립니다. 무엇보다 정말이지 말이 너무나도 많은 박찬호와 이태일의 이야기에 늘 귀 기울여주느라 고생했습니다.

　박찬호를 있게 해준 수많은 팬들께 감사드립니다. 또한 이 책에 등장하는 동료 선수들과 선후배님들, 감독님들을 포함한 야구 관계자분들께도 감사드립니다. 야구로 우리 모두가 즐겁고 행복하기를, 인생에 있어서도 점점 더 나아지는 성장의 씨앗을 얻는 데 도움이 되길 진심으로 바랍니다.

index

PART

Better to Best ——————— 17

선수

위대한 선수는 어떻게 만들어지는가

1. 잘하는 '나'가 아닌 잘하는 '우리'부터
2. 뛰어난 기술의 주인이 된다는 것
3. 뇌가 몸을 움직이게 한다
4. 훌륭한 투수는 실패 후에도 계획이 있다
5. 화려한 묘기보다 착실한 '아웃'을 쌓아라
6. 슬럼프를 이기고 싶다면 고개 숙이지 마라
7. 정의, 명예, 존중이라는 에너지
8. 경기장 밖에서도 챔피언이 돼라

B

PLAYER

B

선수

위대한 선수는
어떻게 만들어지는가

1
잘하는 '나'가 아닌
잘하는 '우리'부터

왜 '나'가 아닌
'우리'로부터 시작해야 하는가

　　　　　메이저리그 동료 중에 조금 특이한 선수가 한 명 있었다. 그는 내가 인사를 해도 못 들은 척 지나가곤 했다. 처음에는 나한테만 그러는 줄 알았는데 다른 선수들에게도 마찬가지였다. 매일 보는 사이에 굳이 인사가 필요하냐는 이유였다. 하지만 그 말을 곧이곧대로 믿는 사람은 없었다. 그가 클럽하우스에서 일하는 사람들을 얼마나 잘 챙기는지 알고 있었기 때문이다. 선수들에게는 최악의 팀 메이트였지만, 클럽하우스 직원들은 그를 무척 좋아했다.
　가족에게도 다정하기로 소문이 자자한 그가 유독 다른 선수들에게 불친절했던 까닭은 팀원을 동료가 아닌 경쟁자로 여긴 탓이었다. 팀에 그런 선수가 있으면 분위기가 좋을 리 없다. 실제로 그 선수가 잘나가면 같은 팀인데도 불구하고 대부분 좋아하지 않았다. 몇 명만이 형식적인 인사를 건넬 뿐이었다. 그 선수의 실수를 감싸주는 사람 역시 없었다. — *park*

　훌륭한 팀이 있어야 훌륭한 선수도 존재한다. 훌륭한 팀이 먼저 있어야 하는 것이다. 이것이 야구의 진리다. 기량을 키우기 위해 훈련하는 것은 그야말로 기본이다. 중요한 것은 내가 이 팀에서 함께할 수 있는 사람인가다. 야구에서 물어야 할 첫 번째 질문은 '나'는 무엇을 해야 하는가가 아니다. 바로 '우리'로부터 시작할 수 있는가다.

　'우리'가 되려면 성공에 대한 칭찬보다 실수에 대한 포용이 중요하다. 실패해도 괜찮다고 말해주는 행동이 중요하다. 그게 바로 팀메이트다.

　단체 운동을 하다 보면 좋은 플레이, 즉 팀의 승리에 가까워지는 행동을 한 사람이 주로 칭찬을 받는다. 누군가의 활약으로 경기에 이기면 함께 기뻐하고 축하하기 쉽지만, 누군가의 실수로 경기에 졌을 때 그 사람을 위로하고 격려하기란 쉽지 않다. 그러나 선수라면 알 것이다. 마운드나 타석에 설 때나 더그아웃으로 돌아올 때, 동료들이 건네는 응원의 한마디, 어깨나 등을 두드리는 손길이 얼마나 큰 힘이 되는지를. 그런 사소한 말과 행동이 함께 경기를 뛰는 모두에게 에너지를 불어넣는다.

　미국에서 리틀 야구를 보면 이런 풍경을 자주 목격할 수 있다. 한 아이가 삼진을 당하고 들어오면 다른 아이가 어깨동무를 하면서 "괜찮아. 잘했어!" 하고 위로한다. 그러면 코치가 그 친구를 바로 불러 칭찬한다. 어린 선수들도 알고 있는 것이다. 팀원들이 "괜찮아"라고 말해주면 다시 도전할 수 있는 용기가 자연스럽게 생긴다는 것을. 동료들의 위로는 코치나 감독의 위로와는 다르다.

동료가 된다는 것은 무엇인가. 다른 선수의 성적을 내 성적과 똑같이 여긴다는 의미다. 이긴 팀의 후보선수와 진 팀의 4번 타자라는 비유가 있다. 둘 중 무엇이 중요한가. 당연히 '이긴 팀의 후보선수'다. 그런데 많은 경우 '진 팀이라도 4번 타자'가 되기를 원한다.

야구에서는 특히 '나'보다 '우리'가 중요하다. 야구에 관한 모든 것은 이 한마디로 압축할 수 있다. 야구란 '나'로 출발해 '우리'를 알아가는 과정이며, 야구를 말한다는 것은 그 과정에 스며 있는 가치를 설명하는 것과 같다.

투수와 타자가 일대일로 맞서고 있을 때는 '나'의 존재가 두드러진다. 그러나 공이 투수의 손을 떠나는 순간, 포수와 타자, 야수가 움직인다. 투수가 던지면 포수가 받고, 타자가 치면 야수가 받는다. 공이 주자보다 빠르게, 그리고 안전하게 베이스에 도착해야 아웃이라는 성과를 얻을 수 있다. 혼자서는 어느 것 하나도 끝을 낼 수 없다. 공을 가진 것은 '나'지만 경기를 하는 것은 '우리'인 셈이다.

애쓰지 않고
만들어지는 관계는 없다

> 'How are you?'도 모른 채 미국에 진출하면서 새로운 문화에 적응하려면 언어 장벽부터 뛰어넘어야 한다는 사실을 뼈저리게 느꼈다. 영어를 열심히 배웠고, 다른 선수들과 통역 없이 대화하기 위해 노력했다. 그런 노력이 있었기에 동료들과 가까워질 수 있었다. 김하성 선수가 미국으로 떠날 때, 나는 스페인어를 알아야 한다고 말했다. 김하성 선수는 의아했을 것이다. '영어만 해도 말이 통할 텐데 굳이?'라고 생각했을지도 모른다. – park

메이저리그에는 다양한 국적의 선수들이 모인다. 이런 선수들이 흔히 하는 실수 중 하나가 통역만 믿고 다른 선수들과 직접 소통하지 않는 것이다. 오히려 선수보다 통역자가 팀원과 더 친해지는 경우도 있다. 통역하는 사람을 거쳐서 이야기를 나누면 된다고 생각할 수 있지만, 그건 메시지 전달일 뿐 진정한 의미의 소통이라고 할 수 없다.

메이저리그에는 스페인어권 출신 선수들도 많다. 물론 다 영어를 쓰지만, 그들에게 익숙한 스페인어를 한두 마디 할 줄 아는 것과 아닌 것은 전혀 다른 관계를 만들 것이다. 매니 마차도, 페르난도 타티스 주니어, 훌리오 로드리게스, 게리 산체스 등 히스패닉계 선수들의 활약이 눈부신 요즘이다. 그들에게 스페인어로 간단한 인사를 건네는 순간부터 대화는 한결 부드러워질 것이다.

이미 스포츠계는 글로벌 시장으로 확대되었다. 더 넓은 세상에서 더 넓은 관계를 만들 수 있다는 자신감은 선수를 성장시킨다. 살아온 환경이 완전히 다른 사람들과 소통을 바탕으로 신뢰를 쌓아간 경험은 선수뿐 아니라 한 인간으로서도 얻기 힘든 값진 것이었다. 스페인어 몇 마디 건네는 것만으로 호의적인 감정이 생기고, 새로운 관계의 '감'을 잡을 수 있다.

예전에 한국 언론에서는 박찬호와 다저스의 또 다른 동양인 투수 노모 히데오를 자주 라이벌로 엮어 비교하곤 했다. 당시 우리 국민에게 박찬호와 노모는 각각의 개인이 아니라 한국과 일본을 대표하는 선수 같은 이미지였다. 사실 박찬호와 노모를 비교하는 건 말이 되지 않았다. 노모는 일본 프로야구에서 이미 성공을 거둔 최고의 투수로서 미국에 진출했고, 박찬호란 한국의 야구선수는 아마추어로 미국에 간 젊은 선수였기 때문이다. 그럼에도 사람들은 박찬호와 노모를 비교했다.

모든 선수가 이런 비교를 겪는다. 그럴 때 어떻게 대처해야 할까. 일단 비교가 꼭 나쁜 것은 아니라는 생각을 가져야 한다. 노모는 배울 점이 많은 선수였다. 마이너리그에 있던 시절에도 노모의 존재는 박찬호에게 일종의 자극제였다. 하지만 비교의 대상은 라이벌이자 동료라는 생각을 가져야 한다. 경쟁심에 매몰되면 동료의 실패를 나의 성공인 양 착각하거나, 앞서가는 동료에게 열등감을 느낄 수 있다. 굉장히 위험한 생각이다. 이런 생각에서 벗어나려면 한층 넉넉한 마음을 가져야 한다. '나'

만 보지 말고 '우리'를 봐야 한다는 뜻이다. 그래야 '비교 대상'을 통해서 '목표'를 향해 달려갈 수 있다.

필라델피아 필리스 시절 선수들은 동료의 작은 활약에도 크게 기뻐하는 모습이 두드러졌다. 누군가가 스포츠뉴스 하이라이트에 나올 법한 플레이를 한 날에는 더그아웃이나 클럽하우스에서 난리가 났다. 팀원의 성공을 곧 나의 성공처럼 생각했다. 자기 자신만을 앞세우는 선수는 없었다. – *park*

필라델피아 필리스의 마무리 투수였던 브래드 릿지라는 선수를 보자. 브래드 릿지는 2008년 '올해의 구원투수상'과 '올해의 재기선수상'을 받을 만큼 성적이 뛰어났다. 그런데 2009년에는 컨디션이 좋지 않았다. 마무리 투수는 보직이 바뀌는 경우가 좀처럼 없지만, 브래드는 시즌 막판에 결국 자신의 자리를 내놓아야 했다. 이런 경우 기분 나쁜 티를 내거나 코칭 스태프와 싸우는 선수도 많은데, 브래드 릿지는 그렇지 않았다.

한국 최초의 메이저리거인 박찬호의 전성기를 다저스나 양키스로 기억하는 이들이 많을 것이다. 그러나 박찬호는 필라델피아에서 뛰고 배우면서 진정한 메이저리거가 될 수 있었다.

필라델피아의 코치들은 "이렇게 바꿔야 해!"라고 말하는 대신 "이렇게 변화를 주면 어떨까?"라고 말했다. 진정한 '우리'가 되는 경험을 하지 못한다면 메이저리거가 되었다고 할 수 없다. 훌륭한 선수가 되려면 '우리'가 되려고 노력해야 하고, '우리'가 되자고 함께 말하며 노력할 수 있어야 한다.

야구는
'집'으로 돌아오는 경기니까

야구에서 '우리'의 의미를 이해하지 못하는 건 야구라는 스포츠의 본질을 이해하지 못하는 것과 같다. 야구는 집(home)에서 출발해 집으로 돌아오는 경기다. 포수가 위치한 자리에 '홈플레이트'라고 부르는 판이 놓여 있는데, 그 모습이 집처럼 생겼다. 그 '홈'에서 출발해 다시 홈으로 돌아오면 1점을 얻는다. 타석에 들어선 타자는 집을 출발해 1루까지 갈 수 있는 권리를 얻기 위해 투수와 경쟁한다. 공을 담장 밖으로 넘기면 단번에 집으로 달려(run) 올 수도 있다.

집을 나서서 다시 돌아오기 위해 가장 기본적인 목표는 1루다. 출루(出壘)라는 목표를 이루고 나면 내가 집으로 돌아올 수 있는지의 여부는 '나'에서 동료에게로 넘어간다. 물론 적극적인 주루 플레이로 도루를 하는 등 경기에 영향을 미칠 수는 있지만, 타석에 서 있는 동료의 역할이 더 중요하다. 그의 역할에 따라 집으로 돌아간다는(home-in) 최종 목표가 이뤄지거나 혹은 좌절되기 때문이다. 따라서 나와 동료는 누상에서 주자로서의 역할을 하고, 호흡을 맞춰 작전을 수행하는 등 최대한 협력해야 한다.

그렇게 집을 나가 집으로 돌아오기 위한 과정을 반복해 점수를 차곡차곡 모은다. 그러다가 세 번의 아웃카운트를 사용한 다음에는 똑같은 기회를 상대 팀에 내준다. 이번에는 점수를 내는 게 아니라 지키기 위한 협력이 필요하다. 세 번의 아웃카운트는 9이닝 동안 주어지고, 3×9＝27개의 아웃을 모두 사용하면 경기가 끝난다.

경기의 승패는 '우리'의 점수와 '그들'의 점수를 비교해서 따진다. 당연히 점수가 많은 팀이 승리를 가져간다. 개인의 성적은 승리와 패배의 기준이 될 수 없다.

'우리'란 꼭 선수들만을 의미하는 것이 아니다. 감독을 비롯한 코칭 스태프, 구단 프런트까지 모두 '우리'의 개념 안에 있다. 그들은 승리를 위한 기본적인 의지가 같아야 한다. 어쩌다 몇몇 선수와 구성원의 개인 역량에 의존해 좋은 성적을 거둘 수는 있지만, 그 성적을 계속 유지하기는 어렵다. 개인의 성적을 앞세우는 선수는 전염병처럼 그런 분위기를 전체에 퍼뜨리고 결국 구단 전체에 팀보다 자신을 앞세우는 문화가 자리 잡는다. 프런트나 코칭 스태프가 그런 성향을 갖고 있어도 이기적인 팀이 된다. 이런 팀은 결국 모래알처럼 흩어진다. — *lee*

'나'에게 집중하면 스스로의 발전에 도움이 되지만, 팀이라는 하나의 탑을 세우는 데에는 장애물이 될 수도 있다. 선수로서의 '나'란 사실은 '우리'라는 탑을 세우는 데에 필요한 하나의 조각임을 잊지 말아야 하겠다. 본능처럼 몸에 배도록 해야 한다. '우리'라는 탑을 튼튼하게 쌓은 팀이라면 긴 시즌이 그리 힘들지만은 않을 것이다.

한발 더 나아가 야구의 '우리'는 리그 전체가 되어야 한다. 현재 한국프로야구(KBO)에는 10개의 팀이 있다. 그 10개의 팀은 넓은 의미로 또 하나의 '팀'이다. 즉 다른 아홉 팀이 잘돼야 우리 팀도 잘된다는 뜻이다. 여러 개의 매장이 모여 있는 쇼핑몰을 떠올려보자. 다른 매장들이 장사가 잘되면 우리 매장에도 손님이 온다. 다른 매장에 손님이 끊기면 시간이 지날수록 우리 매장도 장사가 되지 않고, 쇼핑몰의 가치는 하락한다. 건물 전체가 문을 닫는 최악의 상황이 올 수도 있다.

뉴욕 양키스와 보스턴 레드삭스는 메이저리그 최고의 라이벌이다. 만일 한 팀이 사라진다면 다른 한 팀 또한 최고의 흥행 카드가 사라지면서 엄청난 손해를 볼 것이다. 그러니까 서로 경쟁은 하되 동반자라는 점을 기억해야 한다.

팬과의 관계도 마찬가지다. 선수, 코칭 스태프, 구단, 팬이 모두 공동체라는 생각 안에서 '우리'라는 힘이 발휘된다. 그런 에너지가 있으면 승리뿐 아니라 패배마저도 긍정적인 발전의 동력으로 삼을 수 있다. 상대적 경쟁에 치우쳐 '너의 불행이 나의 행복'이라는 성향이 강한 KBO리그가 명심해야 할 부분이다. 각 구단이 팀의 승리를 위한 '우리'가 되고, 넓게는 한국야구의 발전을 위한 '우리'가 되면 리그 전체가 발전하고 그 안에 속한 나도 발전한다. 그것이 스포츠가 사회에 주는 교훈이다.

You can learn little from victory.
You can learn everything from defeat.

— Christy Mathewson

승리하면 작은 것을 배울 수 있다.
그러나 패배하면 모든 것을 배울 수 있다.

— 크리스티 매슈슨 투수, 야구감독

2
뛰어난 기술의
주인이 된다는 것

방법을 묻는 사람,
원리를 묻는 사람

타자는 타자대로, 투수는 투수대로 자기의 역할이 있다. 그리고 그 역할을 수행하기 위한 방법이 있다. 훌륭한 선수가 되려는 이들은 누구나 '특별한 방법'을 익히려 한다. 투수를 예로 들자면, 슬라이더를 익히려면 어떻게 해야 할지 그 방법을 알려고 할 것이다. 대부분 슬라이더를 던지는 방법을 코치나 감독에게 듣는다. 그립을 잡는 법과 공의 움직임에 대해 배운 다음, 많은 연습에 돌입한다.

그런데 많은 선수가 슬라이더가 왜 그렇게 휘는지, 커브볼은 왜 그렇게 떨어지는지는 알지 못한다. 방법은 알지만 '왜'에 대해서는 미처 궁금해하지 못한다. '이렇게 잡고 이렇게 던지면 휜다'고 했지 '왜'를 알려주는 선배나 코치는 많지 않았을 것이다.

좋은 선수는 '방법'이 아닌 '원리'를 이해한다. '왜'라는 것을 궁금해할 때 다양한 슬라이더를 연구하게 된다. 어느 분야든 원리를 파고들어야 전문가가 될 수 있듯이, 야구를 잘하고 싶다면 야구공이 움직이는 원리를 알려고 해야 한다.

새로운 구종을 익힌다는 것은 새로운 무기를 갖게 되는 것과 같다. 무기가 움직이는 원리를 알지 못한 채 던지기만 하면 다양성이 떨어진다. 같은 각도라도 로케이션이 다르면 타자 눈에는 다양한 각도로 보이기 때문에 치기가 어려워진다. 원리를 이해하는 것은 더 예리한 공을 던지는 게 목적이 아닌, 타자에게 어려움을 주는 다양한 투구를 하기 위함이다. 원리를 몰라도 사용할 수는 있다. 그러나 응용할 수는 없을 것이다. 이는 수학 공부와 비슷하다. 수학 공식만 외워서 문제를 풀 수는 있겠지만 결국 한계에 부딪히는 순간이 오듯이, 야구도 마찬가지다. 내가 가진 무기를 최대한으로 활용하는 선수가 되고 싶다면 원리를 알아야 한다. 박찬호가 포심 패스트볼에서 투심 패스트볼로 변화를 준 이유도 여기에 있다.

투수의 경우 슬라이더든 커브든 새로운 것을 배울 때면 '왜 이렇게 될까'를 생각해야 한다. 커브볼이 중간에 뚝 떨어지는 원리, 커브의 각도나 낙차를 바꾸는 변수, 어느 타자에게는 통하고 또 다른 타자에게는 통하지 않는 이유를 생각하는 일은 공을 던지는 데 큰 도움이 된다.

예를 들어 같은 커브볼을 던지는데 높게 들어가는 것과 낮게 들어가는 것의 차이를 보자. 높게 들어가면 타자의 시선에 머무르는 것이고, 낮게 들어가는 것은 타자의 시선에 멀어져가는 것이다. 높게 들어가는 커브는 속도가 느려지지만 낮게 들어가는 커브는 속도가 빨라진다. 중력의 영향을 받기 때문이다. 덧붙이자면 투수가 공을 던지는 릴리스 포인트보다 과녁이 낮아질수록 회전 수가 빨라진다. 특히 낮은 과녁으로 떨어지는 커브는 중간까지는 직구 궤도를 타고 가기 때문에 직구처럼 보인다. 그래서 타자들이 헛스윙을 하게 되는 것이다.

투 스트라이크 이후 타자는 직구와 커브 등 모든 공을 다 기대하고 있기 때문에 스트라이크존에 들어오는 변화구에는 방망이가 돌아가게 된다. 초반에 스트라이크를 잡을 때 낮은 직구를 던질 수 있어야 후에 변화구를 볼로 던져도 되는 상황이 만들어진다. 심리적으로 타자를 혼동시키고 쉽게 아웃을 시킬 수 있는 것은 타자의 생각을 복잡하게 만들면서 방망이가 나오게 만드는 것, 결국 스트라이크를 많이 던지는 것이다. 타자를 아웃시킬 수 있는 것도 스트라이크다. 투수는 스트라이크냐 볼이냐가 아니라 '어느 곳(타깃)'에 던질지를 항상 생각해야 한다. '어떻게(구질)'보다도.

원리를 알면 효과적으로 활용할 수 있으며, 효과적인 활용이 가능하면 자신감이 생긴다. 그 자신감이 승리를 일군다. 프로는 자신이 가진 무기의 장단점을 완벽하게 알고 컨트롤할 수 있어야 한다. 사회인 야구를 하는 사람도 빠른 공과 좋은 공을 얼마든지 던질 수 있지만, 다양한 구종을 마음먹은 대로 다루기는 힘들다.

원리를 잘 알고 정교하면서도 다양한 구종을 구사할 수 있는 투수가 야구의 수준을 높인다. 투수들의 수준이 높아지면 투수를 상대하는 타자들의 수준이 높아지기 때문이다. 좋은 품질의 제품을 사용하다 보면 소비자의 수준이 높아지는 것과 같은 맥락이다. 결국 KBO리그가 성장하기 위해서는 투수들의 수준이 높아져야 한다.

많은 볼을 던져본 투수가 더 잘, 오래 던질 수 있다. 그렇다고 무작정 많이 던지라는 것은 아니다. 많이 던질 수 있는 '능력'을 키우는 것이 중요하다. 또한 타고난 재능이 있다면 그 재능을 테스트할 수 있는 많은 시간 역시 필요하다.

케빈 브라운은 사이영상을 받을 만한 투수였는데, 불펜 피칭을 하면서도 늘 백 개 이상을 던졌다. 그레그 매덕스 같은 선수 역시 연습 투구 때 많은 공을 던졌다. 페드로 마르티네즈, 놀란 라이언 등 대단한 선수들을 만나서 노하우를 물어보면 "많이 던져야 한다"는 것을 공통적으로 이야기했다. 직구를 많이 던져봐야 로케이션을, 변화구를 많이 던져야 예리함을 연마할 수 있는 법이다.

가장 이상적인 타고남은 근력도 스피드도 아닌 호기심과 꾸준함이라고 생각한다. 그래서 우리는 자신이 하는 일에 얼만큼 호기심을 갖고 있는지, 얼마나 꾸준함을 유지하는지를 중요하게 여겨야 할 것이다.

실패가 되는 패배,
경험이 되는 패배

　　　　　　메이저리그는 선수들만 프로가 아니라 코치들도 프로 중의 프로다. 그런데 의외로 코치가 경기 중에 직접적인 지시를 강하게 하지 않는다. 위기 상황에서 마운드로 올라온 코치도 투수에게 "이렇게 해라"라고 말하는 법이 없었다. 지시가 아닌 여러 질문들을 던졌다. 그저 "지금 컨디션은 어때? 다음 타자가 누구인지 알고 있어? 다음에는 뭐 던질 거야?"라는 질문을 던지고 내려갈 뿐이다. 계속 질문만 하고 답은 알려주지 않았다.

　선수에게 코치가 '이래라저래라' 하지 않는다면 도대체 코치는 왜 있는 것일까. 이런 의문이 들 수 있다. 위기를 해결하는 과정은 위기 상황을 헤쳐 나가는 방법을 이해하는 것부터 시작된다. 위기를 극복한다는 것은 자기가 답을 안다는 것이다. 반드시 투수 스스로 해답을 찾아야 한다. 생각 끝에 찾은 답이 성공으로 이어질 수도 있고, 실패로 이어질 수도 있다. 어느 쪽이든 괜찮다. 스스로 답을 찾지 못하고 복잡하고 불안한 마음으로 던졌다면 성공해도 껍데기만 남지만, 상황을 이해하는 생각 끝에 찾아온 결과는 실패라도 좋은 경험이 되어 나를 더 성장시킨다.

　좋은 선수는 스스로를 생각하는 선수로 만들 줄 안다. '생각' 하는 선수가 되기 위해서는 어떻게 해야 할까? 가장 좋은 방법은 '질문'이다. 상대에 대한 질문도 있고, 스스로에게 하는 질문도 있다. 앞에서 원리를 이해하라고 했는데, 이것도 곧 질문이다. 커브볼은 어째서 이렇게 떨어질까, 떨어지는 각도에 영향을 미치는 요소는 무엇일까, 이렇게 던지면 또 어떤 변수가 생길까…. 이런 질문을 하는 선수, 궁금함이 많은 선수가 결국 위대한 선수가 된다.

공주중학교 재학 시절, 오영세 감독님은 "좋은 투수가 되려면 하체 힘이 좋아야 하고, 담력도 좋아야 한다"고 조언하셨다. 그 이야기를 듣자마자 어떻게 해야 하체 힘을 기르고 담력도 키울 수 있을까 고민했다. 고민 끝에 매일 동네 계단과 오르막은 오리걸음과 토끼뜀으로 다니자고 결심했다. 어차피 걸어야 하는 길을 오리걸음으로 간다면 하체가 훨씬 튼튼해질 거라는 생각이 들었기 때문이다. 역경을 겪은 사람의 마음이 강해지듯이 하체 근육도 역경을 견디면 더 강해지는 게 아닐까? 그렇게 생각했다.
담력은 어떻게 키울 수 있을지 고민한 끝에 목숨을 거는 일에 도전해보기로 했다. 늦은 밤 공동묘지에 가보기도 하고, 높은 담벼락을 올라 홍길동 흉내를 내보기도 하고, 건달들이 많다는 유흥가를 돌기도 했다. 무엇이든 호기심에 해보고야 마는 성격이었는데 그것이 내가 다양한 힘을 갖는 원동력이 되었다. – *park*

'하체 힘이 좋아야 한다'는 단순한 말을 현실로 만들기 위해서도 각자 다양한 방법을 시도할 수 있다. 감독이 시키는 방법

대로 강해지는 게 아니라, 스스로 만들어낸 방법으로 강해져야
한다. 왜 그럴까. 강해지는 것은 사실 익숙해지는 것이기 때문
이다. 그 방법이 옳고 그름을 떠나 스스로 생각해서 나온 해답
이어야 반복할 수 있고 행동에 옮길 수 있다.

스포츠에서 자기주도학습이 필요한 이유가 여기에 있다. 스
포츠는 자기 육체를 끝없이 괴롭히는 일이다. 그래서 그 일이
즐거워야 견딜 수 있다. 무엇이든 본인이 원해서 하는 일은 늘
즐겁다. 주입에 의한 훈련은 기본적일 수는 있지만, 스트레스
와 함께하기 때문에 효율적이지 못하다. 스스로 계획하고 생
각해서 하는 훈련은 지치지 않기 때문에 자신의 한계를 넘어설
수 있는 힘이 된다.

내가 뭘 해야 할까, 나에게 무엇이 필요할까, 고민하며 시도
하는 선수는 결국 자신에게 맞는 훈련을 해나갈 수 있다. 이때
얻는 성취감과 만족감은 남이 시킨 대로 훈련을 할 때와 비교
할 수 없을 만큼 크다. 그리고 지치지 않는 동력이 되어준다.

주인 선수,
손님 선수

야구는 선수가 한다. 야구가 선수의 경
기인가 감독의 경기인가에 대한 논란은 의미 없다. 그만큼 선
수들에게도 주인의식이 필요하다. 야구의 기량을 발전시키기

위해 스스로 생각하는 능력이 필요하듯 리그 전체와 그 안에서 선수의 역할, 나아가 스포츠 선수가 사회에 끼치는 영향에 대해서도 늘 생각할 필요가 있다.

　야구 경기를 시작할 때, 심판은 "플레이볼!"이라는 신호를 준다. 야구를 하는 행위가 바로 '플레이'고, 선수는 플레이의 주체다. 그래서 선수를 '플레이어'라고 부른다. 감독은 팀에서 무척 중요한 역할을 하지만, '매니저'라고 부른다. 야구를 직접 하지는 않는다.

　구단에서 감독을 선임하고 선수를 스카우트할 때, 그 본질을 깊이 생각했다. 그래서 클럽하우스, 그라운드, 리그 전체에 대한 주인의식이 있는 선수를 선호했다. 경기를 뛰는 사람이 다른 누구도 아닌 '나'라는 의식, 그에 따르는 책임감이 강한 선수들이 많아질 때, 구단은 물론 리그 전체가 발전할 것이라는 믿음이었다. – lee

　프로야구가 출범한 지 약 40년이 넘었지만, 아직도 자신을 구단이라는 회사에 취업한 직장인이라고 생각하는 선수가 눈에 띈다. 회사를 위해 일하고 월급을 받는 것처럼 구단을 위해 야구를 하고 대가를 받는 것으로 여긴다면 그건 프로 이전에 실업야구에나 어울리는 마인드다. 프로야구는 개인사업자(선수)들이 모여서 팀이라는 조직을 이루고, 야구라는 활동을 통해 돈을 버는 사업에 가까워야 한다. 언뜻 직장과 비슷해 보여도 엄연히 결이 다르다. 조직 안에 사장, 단장, 감독 등이 있지만 직장에서 상사의 개념보다는 함께 일하는 파트너라고 할 수 있다.

메이저리그에서는 선수와 리그 사이의 협약을 통해 서로의 책임과 권한을 분명히 한다. 반면 한국프로야구 선수들은 구단과 리그의 통제하에 있는 것처럼 보인다. 선수뿐 아니라 구단 관계자, 팬, 미디어도 그렇게 인식하는 경우가 많다. 그래서 선수들의 주인의식이 약할 수도 있다. 선수 개인이 하나의 브랜드와 같다는 생각이 필요하다. 프로야구와 리그 전체를 위해서 자신이 무엇을 해야 하는지 고민하고 행동해야 한다. 팬과의 소통이나 사회 활동에도 지금보다 적극적으로 관심을 가져야 한다. 그런 행동들이 결과적으로 자신이 속한 생태계를 성장시키고 그 몫이 자신에게 돌아온다는 개념을 이해한다면 고개가 끄덕여질 것이다.

선수가 자신의 실수나 잘못 하나로 리그 전체가 망가질 수 있다는 사실을 안다면 함부로 일탈행위를 저지르지 못할 것이다. 사회가 시민의식에 의해 성숙해지는 것처럼 선수들이 주인의식을 가지고 성숙하게 행동할 때, 경기와 팀, 리그의 수준도 비로소 올라가리라고 믿는다.

3
뇌가 몸을
움직이게 한다

위대한 선수들은
위대한 인간이기도

"야구선수가 야구만 잘하면 되지"라고 말하는 사람이 있다. 선수가 어떤 잘못을 한 뒤 인터뷰 때 "야구로 보답하겠다"라고 하는 상투적인 표현은 식상하다. 누구보다 빨리 던지고, 누구보다 멀리 친다고 해서 좋은 선수라고 여기는 것은 단편적이다. 좋은 선수가 될 능력을 가졌을 뿐이다. 빠른 볼 덕분에 한 경기를 이겼다가 다른 경기에서는 와르르 무너지는 선수들이 있다. 타자도 마찬가지다. 홈런 한 방으로 좋은 경기를 했는데, 다른 경기에서는 영 맥을 못 춘다. 꾸준한 성적을 내지 못하는 것이다.

내 공이 이 상황에서 왜 이렇게 갈까, 저 선수는 왜 저렇게 움직일까, 팀 경기에서 누군가의 희생이 필요한 이유는 무엇일까, 팀원 간 소통이 왜 중요할까…. 끊임없이 생각하며 배워야 한다. 누구에게나 같은 경험이 주어지지만, 그 경험을 그대로 흘려 보내는 사람도 있고, 그 안에서 배움을 얻는 사람도 있다. 꾸준한 성적을 내려면 후자여야 한다. 결국 야구에서도 공부를 빼놓을 수 없다.

야구 공부 외에 더 필요한 것이 있다면 첫째는 인성 교육이다. 학교에서 하는 공부도 완전히 놓아서는 안 된다. 오히려 반드시 해야 하는 것 중 하나라고 할 수 있다. 미국에서는 운동하는 시간을 더 많이 확보하기 위해 홈스쿨링을 하는 학생들이 많은데, 그렇다고 공부를 대충 하는 것은 아니다. 정해진 시기마다 학교에 가서 시험을 봐야 하고, 일정 점수 이상을 얻어야 통과할 수 있다. 기본적인 인성과 지식 외에도 책임감과 준법정신 등 운동선수이기 이전에 시민으로서 반드시 배워야 할 것들을 교육받는다. 체계적인 교육 시스템 덕분에 가능한 일이다.

반대로 한국 사회는 정해진 울타리 안에 있기를 바란다. 홈스쿨링 같은 방식을 선호하는 부모는 별로 없다. 아이가 공부하는 시간이 거의 없더라도 학교에 소속되어야 안심하는 것이다. 일단 야구로 진로를 정하면 야구 외의 것을 가르치는 데는 소홀하다. 싸워서 이기는 것만 강조한다.

무한경쟁에 익숙한 우리 사회는 남을 이겨야 한다고 가르치곤 하지만, 성공은 남이 아닌 나를 이기는 습관 속에서 찾아온다. 그걸 모르는 사람은 남의 실패를 자신의 성공으로 착각한다. 특히 스포츠는 상대의 실수로 승리를 얻는 경우가 많다. 그러다 보면 자칫 자기 능력을 과대평가하고 거만해지기 쉽다. 겸손이라는 덕목을 잃으면 결코 오래갈 수 없다.

선수로서 가져야 할 성숙한 태도는 누구에게서 배울 수 있을까. 가장 좋은 대상은 '우상'이다. 미디어를 통해 멋있는 선수를 보고, 그 선수를 닮고 싶다는 생각이 들면 자연스레 그 선수의 길을 따르려고 애쓰게 된다. 야구를 처음 접하는 유소년기는 그래서 중요하다. 누구에게서 어떤 것을 배우느냐가 훗날 선수로서 걷게 될 인생길을 결정지을 수도 있기 때문이다.

그런 점에서 오타니 쇼헤이의 등장은 훌륭한 롤모델의 출현이라고 할 수 있다. 한국 선수가 메이저리그에서 뛴다는 것을 꿈이라고 여겼던 시대가 있다. 그 꿈은 1994년 박찬호에 의해 현실이 됐다. 프로 레벨에서 투수와 타자를 함께하는 게 영화에서나 가능하다고 여겼던 시대가 있다. 한때 영화에서나 가능한 일 또한 오타니에 의해 현실이 되었다.

오타니는 야구 실력뿐 아니라 품성 면에서도 많은 이들이 감탄한다. 오타니의 성공은 하루아침에 이뤄진 것이 아니다. 야구를 배울 때부터 고교야구와 프로야구를 거치는 내내 준비하고 노력하여 이룬 것이다. 그가 고교 시절 작성했다는 만다라트는 우리나라에서도 큰 화제가 되었다. 어린 나이에도 운동선수에게 인간성이 중요하다는 점을 이해하고, 개개인이 어찌할 수 없는 운까지도 자신을 향하도록 노력하고자 했다는 점에서 특히 예사롭지 않다.

선수는 자기 성장을 위해 끊임없이 목표를 재설정하고, 계속해서 배우기를 멈추지 않으며, 책임감 있는 태도로 그 목표를 향해 나아가야 한다. 그런 선수야말로 좋은 선수가 되며, 좋은 선수를 넘어 좋은 사람이 된다.

프로선수는
말도 잘해야 한다

두 번째로 필요한 것은 이해력이다. 프로야구 선수에게 "야구가 어떤 경기인지 설명할 수 있나요?"라고 물으면 의외로 대답하지 못하는 이들이 많다. "두 팀이 매회 세 개의 아웃카운트를 가지고 9이닝 동안 더 많은 점수를 내는 팀이 승리하는 경기"라는 식으로 말하는 선수는 거의 없다. '스포츠 리터러시(literacy)'가 부족하기 때문이다. 리터러시란 '문자화된 기록물을 통해 지식과 정보를 획득하고 이해할 수 있는 능력'을 말한다. 우리 단어로 '문해력'을 뜻하는데, 특정 분야에 대한 지식과 역량을 의미하는 말이기도 하다.

《중앙일보》기자 시절 일본프로야구 왕정치 감독과의 인터뷰에 담긴 표현과 그 취재 과정이 떠오른다. 당시 이승엽 선수가 아시아 최다 56호 홈런에 접근하자, 많은 미디어가 그 전까지 아시아 최다 55호 홈런 기록을 가진 왕정치 감독의 반응을 얻고 싶어 했다. 그때 함

께 일하던 《중앙일보》 백성호 기자가 유일하게 왕정치 감독 인터뷰
를 성사시켰다. 이승엽 선수에게 해주고 싶은 말이 무엇이냐고 묻자
왕정치 감독은 "기다리고, 기다리고, 또 기다려라"라는 말을 했다.
이런 심오한 표현에 감탄했다. – lee

세 가지 기다림. 기사를 보면 타석에서 조급한 마음을 드러
내지 말고 기록에 대한 욕망도 드러내지 말고, 공을 쫓아 나가
다가 오른쪽 어깨가 먼저 열리는 나쁜 자세도 자제하면 기록을
이룰 수 있다는 뜻이었다.

메이저리그에서는 팀이 연패를 하면 코치가 아니라 선수들이 먼저
나서서 고민을 털어놓고 회의를 한다. 이때 의견을 교환하려면 생각
이 분명하게 정리되어 있어야 하고, 그 생각을 다른 사람이 알아들을
수 있도록 명료하게 전달해야 했다. 한국에서 온 70년대생에게는 무
척 낯선 문화였다. – park

많은 메이저리거가 스포츠 뉴스를 본다. TV를 보고 경기의
결과만 확인하는 게 아니라, 스포츠 기자들의 해석과 다른 선
수들의 인터뷰를 찾아 읽는다.
흔히 말하는 '야구 머리'를 기르는 것이다. 기자들은 그걸
'BQ(Baseball IQ)'라고도 부른다. 야구 머리가 뛰어난 선수들은
판단력과 상황 대처 능력이 좋다. 변수가 생겼을 때 팀이 옳은
방향으로 가도록 만들어준다. 시야가 넓고 통찰력이 있어야 하

는 것이다.

박찬호 유소년야구 캠프에서는 아이들이 궁금해하는 사항을 듣고 대화하는 시간을 가진다. 나는 질문을 자주 던지는 편이다. 아이들이 질문에 곧바로 대답하지 못할 때도 많다. 괜찮다. 대답을 어려워하는 것은 모르거나 부족해서가 아니라 질문에 대해 나름 생각한다는 뜻이기 때문이다. 그런 아이들의 어깨에 손을 얹어주고 "괜찮아, 아무 말이나 해봐" "생각나는 이야기를 해봐"라며 조금이라도 용기를 심어주려고 한다. 아이들이 직접 의견을 발표하는 프로그램도 있는데, 듣다 보면 깜짝 놀랄 때가 많다. 때로는 어른 이상으로 수준 있는 내용을 당당하게 발표하는 모습을 보고 감동을 받는다. — *park*

자신의 의견을 제대로 잘 정리하는 것이 좋은 선수가 되는 것에 왜 필수적일까. 스포츠는 승패가 있기 때문이다. 승리하는 이유도, 패배하는 이유도, 남이 해석해주는 것이 아니라 자신의 해석을 가질 수 있어야 좋은 선수가 된다.

2008년 베이징 올림픽 금메달로 한때 세계야구 톱 클래스로 꼽혔던 한국이었지만 2013년 WBC부터는 3회 연속 1라운드 탈락이라는 형편없는 성적도 남겼다. 대회가 끝나고 이에 대한 분석이 나오기 시작했다. 컨디션 조절 실패부터 투수력의 열세, 기본기의 중요성, 저변의 차이 등 매번 등장하는 단골 메뉴뿐 새로운 이야기는 없었다. 정말 야구를 못해서 진 것일까?

우리는 공의 빠르기나 타구의 비거리처럼 눈에 보이는 것으로 야구의 수준을 평가한다. 그런데 최상위 레벨로 가면 그 수치는 어느 정도 비슷해진다. 그 레벨에서 차이를 만드는 것은 상상력, 창의력, 판단력, 결단력, 리더십, 책임감, 배려심과 같이 눈에 보이지 않는, 그러나 충분히 느껴지는 가치들이다.

2023년 WBC에서 일본의 우승을 이끌며 대회 최우수 선수로 뽑힌 오타니 쇼헤이가 미국과의 결승전을 앞두고 "오늘만큼은 (미국야구에 대한) 동경을 버리자"고 한 발언이 화제가 되었다. 엄청난 부담감 앞에 자신의 생각을 정리하고 그것을 나누면서 동료와 팀, 팬, 사회 전체에 영향력을 미쳤다.

스포츠는 혼자서 하는 게임이 아니다. 최고의 수준으로 올라갈수록 영향을 미치는 범위가 커진다. 위대한 선수는 기량의 작은 우위를 다투는 차원이 아니라 자신을 문화적, 사회적인 역할을 하는 리더로 키워낸다. 신체 능력을 좌우하는 것은 결국 스스로 사고하고 성장하는 지능의 힘이다. 좋은 사람, 훌륭한 사람, 세상이 필요로 하는 사람 안에 좋은 선수, 재능 있는 선수, 야구 잘하는 선수가 있다.

·

4
훌륭한 투수는
실패 후에도 계획이 있다

100퍼센트가 아닌
70퍼센트의 힘

　　　　　타자에게 있어 좋은 공(투구)이란 치기 쉬운 공이겠지만, 투수에게 있어 좋은 공이란 타자가 치기 힘든 공, 그리고 다른 투수가 던지지 못하는 공일 것이다. 좋은 투수란 좋은 공을 던질 수 있는가가 아니라 '좋은 공을 타자에게 어떻게 사용해야 하는가'를 아는 투수다.

공이 참 좋은데 매 경기 기복이 심한 투수가 있고, 대단한 공을 가지고 있지는 않더라도 꾸준하게 잘하는 투수가 있다. 오히려 조금 부족하다고 느껴지는 투수들이 더 잘 던지는 경우를 많이 본다. 컨디션이 좋을 때보다 컨디션이 좋지 않을 때 좀 더 성적이 잘 나오는 경우가 있는데, 부족함이 있을수록 그만큼 더 정확하게 던지려고 노력하기 때문이다. 결국 중요한 것은 정확함과 꾸준함이다. 거기에 더해 자신만의 플레이를 할 수 있는 배짱이 필요하다.

야구란 투수와 타자의 연속적인 대결이다. 야구의 승패에서 투수의 부담감이 가장 크다. 투수 이름 앞에만 'L(lose)'과 'W(win)'가 붙는 까닭이다. 언제, 어떻게, 어디로 공을 던져야 하는지 결정하는 것은 투수의 몫이고, 그 경기의 주도권은 투수에게 있다.

때문에 좋은 투수는 계획을 잘 짜는 투수다. 스트라이크 삼진을 해내는 계획만이 아니라, 볼넷이나 홈런처럼 예기치 못한 일이 생긴 후에도 바로 어떻게 해야 할 것인가라는 계획이 필요하다. 실패 후까지도 계획이 있어야 하는 것이다.

위기 상황에서도 자신 있는 공을 던질 수 있는가. 이것이 투수에게 주어진 최종 질문이다. '어떻게 하면 이길 수 있나요?' 이런 질문도 물론 필요하다. 그러나 투수 생활을 길게 해야 하는 선수라면 '패배가 주는 아쉬움과 부끄러움에 어떻게 대처할 수 있나요?'라는 질문에 대한 계획을 세울 수 있어야 한다.

내가 잘해서 팀을 이끌면 된다는 생각만으로는 위대한 투수가 될 수 없다. 투수가 잘 던져서 이긴 경기도 있지만, 투수가 못 던졌음에도 같은 팀 야수들의 활약으로 이긴 경기도 있기 때문이다.

'70퍼센트 행복론'이라는 게 있다. 완벽하고자 하는 욕심이 오히려 행복을 앗아가니 100퍼센트가 아닌 70퍼센트로만 살아야 한다는 것이다. 야구에서도 통하는 이야기다. 아무리 전설적인 투수도 완전무결할 수 없다. 부족한 점이나 못난 점이 있다. 좋은 선수란 부족함이 없는 선수가 아니라 실패를 두려워하지 않는 선수다. 인생에서 30퍼센트의 실패는 있을 거라 생각하고 대비하는 선수가 결국 자신의 자리를 지킨다.

우리 선수들은 실패를 너무 두려워한다. 실패하면 안 된다고 배운 탓이다. 그러니까 위기 상황이 오면 불안해진다. 그 부담감을 견디지 못하고 오히려 실패에 가까워지는 안타까운 현상이 벌어진다.

실패하면 안 된다는 것은 지나친 욕심이고, 바꿔 말하면 거만이라고 할 수도 있다. '나는 당연히 잘해야 하는데 지금 이 상황은 말이 안 된다'는 생각을 하는 것이다. 대량 실점, 패배 위기에 들어서도 당당해져야 한다. 그리고 용기를 내서 다시 던진다. 늘 다음 공이 시작된다. 매번 공에 설렘을 가져라. 설렘을 가지면 투구도 재밌어진다.

한 번 성공했다고 도망가는 투수들

한국 로커룸에서는 "싸우자, 이기자!" 같은 구호를 외친다. 반면 미국에서는 "즐기자(Let's have fun)!"라는 말을 자주 한다. '즐기자'는 그냥 '놀다'라는 뜻이 아니다. 우리 또는 각자가 의도한 플레이를 하자는 것이다.

그레그 매덕스는 76구를 가지고 완투승이라는 대기록을 세웠다. 흥분으로 고조된 인터뷰장에서 매덕스는 담담하고 간단하게 이런 말을 남겼다. "76개의 투구 중 56개의 스트라이크(56 out of 76)." 그는 기록이나 승리에 연연하지 않고 마운드 위에서 자신이 할 수 있는 것에만 집중했다. 초구부터 공격적인 투구로 타자들이 치기 어렵게 만들었다. 76개라는 숫자에서 56개의 스트라이크는 그만큼 볼이 적다는 것이고, 76개라는 투구 수는 그만큼 공격적인 투구를 펼쳤다는 뜻이다. 공격적인 투구는 적극적인 타격을 유도할 수 있는데, 컨트롤이 안 되면 많은 이닝을 소화할 수가 없다.

많은 이닝을 던질 수 있는 것이 바로 투수의 최고 능력이라고 생각한다. 많은 이닝을 던질 수 있는 투수는 하드웨어가 아닌 훌륭한 소프트웨어, 즉 루틴, 긍정적인 생각, 할 수 있다는 마음 등이 있어야 가능하다.

좋은 공을 던질 줄 안다고 승리 투수가 되는 것은 아니다. 요즘 투수들은 빠른 공을 가지고도 공격적이지 못하다. 잘 써먹을 수 없는 공은 소용이 없다.

파워 투수일수록 확률적으로 좀 더 유리한데, 결국 타자가 스트라이크와 볼을 판단하는 시간이 짧기 때문이다. 눈에 잘 보이고, 안 보이고의 차이 때문에 치기 어려운 게 아니다. 특히 빠른 볼은 타자의 초구에 더 효과적이다. 볼이 눈에 익으면 잘 보이게 되어 있기 때문이다.

한국야구의 전설 최동원과 선동열 선수는 빠른 볼을 갖고 있으면서도 컨트롤 능력이 좋았다. 특히 최동원은 한 가지 직구를 한 로케이션으로 던지면서 윽박지르며 "칠 테면 쳐봐라"라는 모습을 많이 보였다. 그만큼 자신감을 가지고, 타자가 자신의 공을 치기 어렵다는 것을 믿고 던지는 듯했다.

코치들은 자신감 있게 던지라는 말을 하지만 정작 선수들은 그 뜻을 잘 모른다. 자신감 있게 던진다는 말의 진정한 의미는 '내가 할 수 있는 걸 하라'는 것이다. 한 경기당 대략 300번의 공이 오간다. 그 속에서 언제나 의외의 상황이 생긴다. 승부는 그런 상황에 어떻게 대처하느냐에 달려 있다.

투수는 상황을 객관적으로 받아들여야 흔들리지 않고 경기를 운영할 수 있다. 한 점 빼앗겼다면 그럴 수 있다고 생각하고 감정적인 것은 배제하자. 자신이 할 수 있는 것에만 집중해야 한다. 안 그러면 경기의 흐름을 상대에게 넘겨주게 된다.

스포츠 심리학자이자 심리 상담가 하비 도프먼 박사는 내게 이런 얘기를 해주었다. "찬호, 어떤 사람이 당나귀를 타고 가는데 당나귀가 너무 힘들어했어. 당나귀가 불쌍해진 그 사람은 당나귀를 등에 이고 걸었어. 하지만 당나귀를 사람이 어떻게 이고 가겠어? 사람도 힘들지만 당나귀도 불편해서 다리를 휘저으며 난리를 쳤지. 그러면 당나귀를 타고 가다가 당나귀가 힘들어할 때는 어떻게 하면 좋을까? 방법은 간단해. 잠깐 쉬었다 가는 거지. 아니면 당나귀와 함께 조금 걸어가도 되고. 여러 가지 방법이 있는데, 굳이 당나귀를 이고 가려는 착한 투수가 많다는 거야." – *park*

사람들은 선수가 잘하면 환호하고, 못하면 야유한다. 그러다 잘하면 또다시 환호할 것이다. 악의를 가지고 그러는 게 아니다. 그런데 선수는 자신이 그들의 태도를 좋게 만들고, 나쁘게 만들었다고 착각한다. 선수가 할 수 있는 일은 하나밖에 없다. 마운드 위에서 투수가 통제할 수 있는 것은 손안에 있는 공 하나를 최선을 다해서 던지는 일뿐이다.

투수는 타자를 상대하는 게 아닌 과녁을 상대한다는 마인드를 가져야 한다. 즉 투수의 시선에는 타자보다 과녁인 포수가 들어와야 한다. 마운드보다 불펜 피칭에서 컨트롤을 더 잘할 수 있는 것은 과녁에만 집중을 하기 때문이다. 마운드에서도 포수의 사인과 리드에 집중해야 한다. 투수는 공간이 아닌 타깃에 던져야 하는데, 타자에 집중하면 공간에 던지게 된다. 공간은 결국 목표 지점이 아니라 통과하는 길일 뿐이다. 변화구든 직구든 목표 지점에 도달하는 과녁을 향해 던져야 한다. 바른 계획과 정확한 생각에 의한 피칭을 하면 즐거워진다. 즐겁게 던지는 투수는 타자를 압도한다.

배포의 원천은
심장이 아닌 머리

투수가 위기를 맞는 일은 흔하다. 노아웃 만루 상황에 4번 타자를 만난다면, 게다가 그 타자가 2003년의 이승엽처럼 심심하면 홈런을 치는 선수라면 어떻겠는가. 투수에게는 정말 두둑한 배짱이 필요하다.

배짱은 타고난 성격이 아니라, 노력으로도 만들어진다. 우선 타자에 대해 알려고 하는 노력이 필요하다. 타자에 대해 알면 자신의 공에 대한 확고함이 생긴다. 각 타자에 대한 데이터를 머릿속에 넣고, 자신의 공을 믿는 것뿐만 아니라 데이터를 믿어라. 상대 타자의 장단점을 파악하면 적극적인 투구에 믿음이 생긴다. 또한 그 타자를 상대할 나만의 전략을 생각해두면 싸움이 한결 쉬워진다.

배짱은 억지로 내려고 하는 게 아니라, 자연스러움에서 찾아온다. 자연스러움은 편안함인데, 이는 곧 알고 던지는 것이다. 타자를 아는 것일 뿐만 아니라 스스로의 능력에 대한 믿음이다. 긍정적이고 올바른 생각을 하는 투수는 배짱 있는 모습으로 보인다. 포수와 사인이 맞지 않거나 확신이 없는 상태는 자신 없는 피칭을 만든다. 배짱 있는 투수는 결과에 연연하지 않는다. 성공이든 실패든 그다음 계획이 있다. 아웃은 타자가 당하는 것이지 투수가 만드는 게 아니다. 투수가 할 수 있는 일은 어떤 공을 정확하게 던지는 것이다.

마음이 흔들릴 때에 대비해 평정심을 찾는 효과적인 방법을 찾도록 노력해야 한다. 마운드 밑으로 내려가서 생각을 정리한다든지, 모자나 글러브 속에 써놓은 글귀를 읽는다든지, 행운의 주문을 읊조린다든지…. 무엇이든 자신에게 효과가 있는 방법을 실행하는 동안 차츰 긴장이 풀리고, 눈앞의 상황을 당당하게 마주할 수 있게 된다.

1회부터 9회까지 상황은 매번 다르다. 상대가 이닝 첫 타자인지, 왼손 타자인지 오른손 타자인지, 어떤 공을 잘 치는지, 다음 타자는 누구인지, 아웃카운트는 몇 개인지, 주자가 없는지 또는 만루인지…. 그때마다 어떻게 해야 가장 좋은 결과가 나올지 생각하고 판단해야 한다. 야수도 마찬가지다. 공을 잡는 순간 1루로 던져야 할지, 홈으로 던져야 할지, 던지지 않는 편이 나은지 등등 수많은 선택의 기로에 선다. 각각의 상황에 따라 해야 할 행동이 몸에 배어 있지 않으면 안 된다. 경험도 중요하지만, 모든 상황을 예상하고 준비해야 판단력을 높일 수 있다.

미리 경기 전에 이미지 투구나 이미지 경기 운영 등 머릿속으로 시뮬레이션을 하는 것이 좋다. 결국 이미지 훈련 속에서 긍정적으로 모아놓은 사진을 정확하게 재현할 수 있을 때 승리의 확률이 높아진다.

배짱 좋은 선수에게 흔히 '배포가 두둑하다'고 한다. 사전을 찾아보면 배포란 '머리를 써서 일을 조리 있게 계획함. 또는 그런 속마음'이라는 뜻이다. '마음을 다잡자'는 식의 관념적인 생각이 마인드 컨트롤에 크게 도움이 되지 않는 이유가 여기에 있다. 머리를 써서 좋은 계획을 많이 세워둔 사람이 배포가 두둑할 수밖에 없다. 상대에 대한 공부와 분석, 다양한 변수를 고려해서 세운 계획이야말로 자신감을 쌓는 확실한 방법이다.

It's not your arm that makes you a great pitcher.
It's that thing between both of your ears we call a brain.

— Greg Maddux

투수를 위대하게 해주는 것은 팔이 아니라
뇌라고 불리는, 두 귀 사이에 있는 것이다.

— 그레그 매덕스 투수

5
화려한 묘기보다
착실한 '아웃'을 쌓아라

집중력
― 생각을 빠르게 정리하는 힘

　　　　　　　야구 경기에서도 고도의 집중력이 필요
하다. 특히 투수에게는 더욱 강한 집중력이 필요하다. 공의 위
력 이전에 얼마나 집중력을 발휘할 수 있는지가 좋은 투수를
결정한다. 투수는 여러 사람을 상대하는 위치에 있기 때문이
다. 이번 타자를 쉽게 잡았다고 해서 다음 타자도 쉽게 잡으리
라는 법은 없다.

　여유롭게 삼진을 잡던 투수가 바로 다음 이닝에서 볼넷을 연
이어 내주는 모습을 흔히 볼 수 있다. 타자가 바뀌면서 투수의
생각도 바뀌었기 때문이다. 다른 사람들의 눈에는 생각이 너무
많아서 혹은 긴장해서 그러는 것처럼 보인다. 생각이 많은 것

도 긴장하는 것도 자연스러운 일이다. 하지만 중요한 것은 빠르게 그 생각을 정리할 줄 아는 능력이다. 집중력은 여러 가지 생각을 정리해서 하나의 생각으로 돌아오는 힘이다. 투수가 무엇을 던질지 결정했다는 것은, 결국 한 가지 구질을 선택했다는 뜻이다. 한 번의 투구에 한 번의 구질을 던질 수 있기 때문이다. 마운드에서 투수에게 매번 닥치는 선택의 순간이라고 할 수 있다.

짧은 순간에 여러 가지 생각을 하려고 하면 집중력이 흩어지는 게 당연하다. 그러면 어떤 사람이 빠르게 생각을 정리할 수 있는가. 우선 호흡을 가다듬고 그 상황을 인지할 수 있는 루틴이 필요하다.

생각이 많아지거나 위기 상황이면 마운드를 벗어나는 루틴도 좋다. 좀 더 심각한 상황이라면 포수를 불러내 타임아웃을 요청하고 상황을 정리할 수 있는 시간을 가져보자. 이처럼 복잡한 상황이 닥치면 그 생각에서 벗어날 수 있는 각자만의 루틴을 갖는 것이 좋다.

위기 상황과 두려운 타자를 상대로 부정적인 생각이 들 때는 어떻게 극복할 수 있을까. 나는 이렇게 했다. 타자에 대한 생각이 들어가면 아직 일어나지 않은 미래에 대한 걱정거리가 그려진다. 실패할지도 모른다는 생각이 들면 플레이트에서 발을 빼거나 마운드 밑으로 내려와서 생각하는 시간을 가지고 "So what(그래서 뭐)"을 소리내서 반복했다. 필요하면 두 번, 세 번, 다섯 번까지도 더 크게 "So what"

을 주위를 의식하지 않고 외쳤다. 그러고 나면 '안타 맞으면 어떡하지' '홈런 맞으면 어떡하지' 같은 부정적인 생각이 줄어들고 그런 현실이 와도 괜찮은 상황이 머릿속에 그려졌다.

"So what"이 반복해서 내 귀로 흘러 들어가면 마음이 편안해지고 생각이 정리되었다. 그러면서 타자가 아닌 포수만을 보며 집중할 수 있게 되었다. – *park*

강한 상대, 미지의 상대는 '두려움'이 되기 쉽다. 두려운 생각을 가지고 잘하기는 힘들다. 그래서 부정을 긍정으로 바꿔주는 생각의 루틴이 필요한 것이다. 집중력은 '내가 할 수 있는 일'만 생각할 때 생긴다. 이는 팀에도 적용될 수 있다.

NC 다이노스 출범 당시의 일이다. 다이노스는 신생 팀이다 보니 당시 기존 여덟 구단에게 만만해 보이는 경향이 있었다. 선수들도 주눅이 든 느낌이었다. 다들 열심히 해서 리그 진입 2년 차부터 가을야구를 했지만, 결정적일 때 승리를 놓쳤다. 그래서 세 번째 플레이오프에 나갈 때쯤 두 가지 버전으로 만든 티셔츠를 선수들에게 나눠주었다. "So what" "Why not us(왜 우리는 안 돼?)"라고 새긴 티셔츠였다. 무슨 뜻이냐고 묻는 사람도 있었고, 정말 도움이 될까 의문을 가지는 사람도 있었다. 그럴 때마다 그냥 읽으라고 했다. 부담감과 압박감을 떨쳐내기 위한 일종의 자기 암시 효과를 위해서였다. – *lee*

마음먹은 대로 할 수 있다는 긍정적인 자기 암시는 결국 자신에 대한 믿음을 불러온다. 스포츠의 세계만이 아니라 그 어떤 세계에서도 통하는 방법이다.

이런 긍정적 암시가 '반복'이 된다면? 언제든 원할 때마다 '반복'할 수 있다면? 그것이 바로 '바른 루틴'이다.

똑같이 바쁜데 어떤 사람은 목표한 바를 성취하고 어떤 사람은 항상 실패한다. 그 차이는 한 가지 일에 얼마나 오래 집중하고 반복하는가다. 본래 노력을 들여야 하는 의식적인 행동이지만, 반복하다 보면 어느새 무의식적인 습관이 된다. 무슨 일이든 습관이 되면 큰 힘을 들이지 않아도 꾸준히 할 수 있다.

좋은 선수들에게는 이런 루틴이 있다. 그런 사례들을 찾으려는 노력이 필요하다. 얼마든지 찾아볼 수 있고, 나도 그렇게 해 보고 싶다는 마음이 생길 것이다. 루틴이 꼭 경기 중에 하는 행동만 있는 것은 아니다. 생활 속의 습관일 수도 있다.

"너는 왜 그런 행동을 해?"
― 루틴의 힘

훈련 과정은 물론, 일상생활 역시 체계적으로 돌아가야 매번 반복되는 경기에서 꾸준한 수준의 성과를 낼 수 있다. 루틴은 명확해야 하고, 일관적이어야 한다. 그리고 목표가 분명해야 한다. 습관과 루틴이 뭐가 다른가. 습관이 무의식적인 행동이라면 루틴은 의식적으로 행하는 것이다. 예를 들어 외출하면서 마스크를 챙기거나 점심식사 후에 커피를 마시는 행동은 굳이 애쓰지 않아도 필요나 욕구에 따라 자연스레 하게 된다. 하지만 공복에 유산소 운동을 30분씩 하거나 잠자리에 들기 전 명상을 하는 행위는 체력이나 정신 수련이라는 목표를 가지고 노력을 들이는 것이다.

이 루틴을 상황에 따라 만들 수도 있다. 선발투수로 등판하는 날의 훈련 루틴과 등판 일이 아닌 날의 훈련 루틴, 경기에 임하는 루틴, 경기가 끝난 뒤의 루틴까지 만들 수 있다. 자기만의 '루틴'이 있으면 모든 상황을 '통제'할 수 있다는 자신감이 생기고 필요한 순간마다 원하는 몸이나 마음 상태를 만들 수 있다.

경기장 밖에서 사람을 대할 때도 적용할 수 있다. 매스컴은 언제나 당황스럽고, 소중한 팬들이라도 그날 경기의 결과나 컨디션에 따라 대하는 마음이 만족스럽지 않을 수 있다. 그럴 때 대응하는 루틴도 만들 수 있다. 돌발 상황이 생기면 침착함을 유지하기 위한 행동을 정해보자. 사소한 행동이라도 도움이 되고, 큰 어려움에서 빠져나올 기회를 만들어주기도 한다.

한국프로야구 최고의 홈런 타자였던 이승엽 감독에게도 훈련에서의 루틴이 있었다고 한다. 훈련 과정은 물론 훈련이 끝나고 나서도 다음 훈련에 대한 계획을 세우고, 훈련 속에서 느낀 부분을 되새기고 정리하는 루틴이다. 새로운 것을 발견하면 시도해보는 시간을 가지는 것도 미리 계획한다고 한다. 결국 홈런 타자 이승엽도 루틴을 가지고 있기 때문에 고도의 집중력을 발휘하고 훈련 속에서 깨달음을 찾았다.

이승엽 감독은 하루에 타격 훈련을 100번씩 하기로 정해둔 다음, 체력이 좀 남아 있는 날에는 '오늘 좀 더 하고 내일은 쉬자' 하면서 100번을 더 했다고 한다. 그리고 다음 날이 되면 전날의 일은 잊고 평소처럼 100번의 타격 훈련을 하는 것이다. 이런 식으로 일주일에 700번이 아니라 1,000번, 1,200번의 타격 훈련을 할 수 있었다. 타석에 들어설 때는 웨이팅 서클의 선을 밟지 않고 왼발부터 들어가 스윙을 두 번 해보는 것이 그의 루틴이었다. 잘될 확률을 조금이라도 높이고 싶은 상황에서 나름의 의식으로 긴장을 푼 것이다.

이승엽 감독보다 더 많은 훈련을 했던 선수들도 있었을 것이다. 하지만 이승엽 감독은 본인만의 좋은 루틴이 형성된 덕에 오랫동안 야구할 수 있는 힘을 가질 수 있었고, 그 속에서 위대한 기록이 가능했을 것이다.

좋은 루틴을 가진 선수들은 쉽게 흔들리지 않는다. 눈앞의 상황에 일희일비하지 않고 늘 반복하는 루틴 속에서 마음을 정리하며 다음 행동을 준비한다.

자신의 루틴을 만들어내는 선수는 꾸준할 수 있다. 꾸준한 선수는 다시 도전할 수 있고, 오래갈 수 있다.

17년간 메이저리그에서의 활동 속에서도 많은 시련이 있었다. 108배를 하고 명상을 하면서 마음의 상처를 치료하는 힐링의 시간을 가졌다. 이러한 생활 루틴이 시련을 극복하는 데 큰 힘이 되었다. *– park*

집에서의 생활 루틴, 몸으로 행동에 임해야 하는 육체적인 루틴, 생각을 정리하는 생각 루틴 등 운동선수가 아닌 일반인에게도 필요한 루틴이 있다. 결국 루틴은 지금 이 순간 내가 어떤 일을 해야 할지를 아는 것과 모르고 흘러가는 것의 차이, 편안함과 불편함의 차이다.

그렇다면 선수는 어느 쪽에 있어야 좋은 성적을 낼 수 있을까. 이 중에서도 생각 루틴이 가장 중요하다. 오늘 경기에서 일어날 상황을 미리 대처하는 준비, 경기 후에 결과에 따라서 해야 하는 인터뷰 내용, 자세하게는 홈런을 맞은 이유나 안타를 맞은 이유를 생각하는 것까지, 미래의 해야 할 일이 다 들어 있는 것이 좋다. 그래서 원하는 순간이 오지 않아도 대처할 수 있는 마음이 준비되는 것이다.

명상과 일기 쓰는 시간도 내 생활 루틴으로 자리 잡혔다. 상황이 벌어진 그림을 스스로 연출해서 긍정과 부정을 정리하는 시간을 가졌다. 명상 속 나의 미래에는 늘 설렘과 도전이 있었고, 결실에 대한 행복도 있었다. 명상이 끝나고 나면 깊고 고요한 자신감을 느끼며 잠들었다. _– park_

진짜 기회는 가시밭길에서 온다. 선수로서 할 수 있는 일은 운동이든 멘털이든 자신의 루틴을 유지하며 기회를 잡는 것뿐이다. 내일을 준비하는 사람에게는 미래가 밝다.

수비수,
27번의 안정된 아웃 만들기

야구는 경기 자체가 꾸준함을 쌓아야 승리가 가능한 스포츠다. 야구에서 이기기 위해서는 상대 팀을 27번 아웃시키면 된다. 화끈한 공격도 좋지만, 승리의 핵심은 결국 수비에 있다. 화려한 플레이보다 '안정된 아웃'을 늘려가며 승리를 향해 나아가야 한다. 안정된 아웃을 늘릴 수 있는 팀이야말로 진정한 강팀이다.

안정된 아웃을 늘리기 위해서는 어떻게 해야 할까.

마이너리그에 있을 때 투수 코치가 선수들에게 받기 쉬운 볼만 쳐주었다. 너무 쉽고 기본적인 것만 연습한다고 생각해서 코치에게 더 어렵게 쳐달라고 건의했다. 그랬더니 코치는 두 가지 이유를 이야기했다. "첫 번째, 우리는 실전에서 필요한 훈련을 하는 것이다. 실전에서 쉽게 아웃을 시킬 수 있는 수비에서는 절대 실수가 있어서는 안 된다. 두 번째, 무리한 훈련을 하면서 다쳐서는 더욱 안 된다. 좋은 타구를 타자가 치면 타자의 능력을 인정해야 하지만, 그렇지 않은 공은 잡아내야 한다. 어려운 타구를 받지 못하는 것과 평범한 타구를 받지 못한 후의 타격은 너무나도 다르다." – *park*

내야 땅볼의 경우, 투수 입장에서는 1루 주자가 2루로 진루할 수 있을지언정 타자 주자는 꼭 아웃시켜야 하는 타구가 있다.

물론 1루 주자와 타자 주자를 모두 잡을 수 있다면 좋겠지만, 두 마리 토끼를 잡으려고 욕심을 부리다가 다 놓친다면 낭패가 아닐 수 없다. 누가 봐도 아웃을 잡을 수 있는 상황에 에러가 나면 투수 입장에서도 타격이 심하다. 위기는 항상 그런 순간에 찾아온다. 최악의 경우 투수를 비롯한 수비진이 흔들리면서 대량 실점의 물꼬를 트게 될지도 모른다. 야구 경기에서는 볼넷이나 평범한 타구를 아웃시키지 못한 상황이 실점으로 이어지는 경우가 너무나도 많다.

'원칙을 이길 수 없는 변칙'이라는 말이 있다. 고수들의 경기에서는 더욱 그렇다. 입담 좋기로 유명했던 하일성 해설위원 (현 KBO 야구총재)은 중요한 경기에서 항상 이렇게 말했다. "오늘 경기는 실수를 먼저 하는 팀이 불리합니다." 이처럼 상대를 무너뜨리는 전략이 아니라 내가 무너지지 않는 전략이 중요하고, 또 필요하다.

안정된 아웃을 잡지 못하면 손해를 두 배로 보는 것이나 다름없다. 아웃카운트 하나를 늘리지 못한 것은 물론이고, 원래는 없어야 할 주자까지 생겼기 때문이다.

타자,
1루까지 최선을 다하는가

투수에게 있어 가장 좋지 않은 것은 역시 볼넷이다. 류현진은 "홈런을 맞는 것보다 볼넷을 내주는 게 더 싫다"고 공공연히 말했다. "홈런은 타자가 잘 친 것이고 볼넷은 투수가 잘못한 것"이라는 게 그의 철학이다. 안타도 아니고 볼넷으로 주자를 내보내는 것은 분명 쓰라린 일이다.

투수가 주자를 내보내지 않아야 한다면, 타자는 반대로 어떻게든 나가서 주자가 되어야 한다. 홈런도 좋지만, 타자의 첫 번째 목표는 누상에 나가는 것이다. 그러기 위해서는 방망이를 쉽게 휘두르기보다는 공을 잘 골라내는 게 필요하다.

메이저리그 통산 최다 홈런 기록을 가지고 있는 배리 본즈는 공을 무척 잘 고르는 선수였다. 웬만한 공은 홈런으로 만들 수 있는 파워를 가지고 있었지만, 반드시 치기 좋은 공, 그중에서도 자신이 좋아하는 구질의 공을 기다렸다.

강타자를 상대로 초반부터 치기 좋은 공을 던지는 투수는 드물다. 정면 승부보다는 타자를 속이기 위한 공을 던지는데, 타자가 잘 속지 않으면 볼카운트만 불리해진다. 투수는 던질 공이 없어지고 결국 싸움은 타자에게 유리해진다. 배리 본즈는 이런 식으로 홈런뿐 아니라 볼넷을 자주 얻어냈고, 높은 출루율을 기록했다. 2004년의 출루율은 무려 6할이 넘는다.

홈런 타자로 유명한 또 다른 선수 새미 소사는 배리 본즈와 달리 적극적으로 방망이를 휘둘렀다. 공을 기다리기보다는 의욕적으로 치려고 하기 때문에 변화구를 초구로 던지면 헛스윙 확률이 높은 편이었다. 그런 만큼 볼넷을 많이 얻어내지는 못했다.

투수 입장에서는 어떤 타자가 더 어려울까. 새미 소사보다 배리 본즈 같은 타자를 상대하는 일이 더 까다롭다. 끈질긴 스타일의 타자는 투수와 수비진을 지치게 한다. 안정된 아웃을 늘리는 데 가장 방해가 되는 요인이라고 할 수 있다. 그래서 타자에게는 끈질긴 플레이가 필요하다. 무엇보다 공을 치고 나서는 1루까지 최선을 다해 달리자. 아웃이라는 결과가 빤히 예상되는 평범한 타구라고 해도 미리 포기하지 않아야 한다.

타자는 치고 나서 1루 베이스를 밟기 전에는 아웃인지 아웃이 아닌지 판단하지 말아야 한다. 플라이볼을 쳤든 그라운드볼을 쳤든 전력으로 베이스를 밟고 난 후에 인지하는 습관이 생기면 분명 간발의 차이로 살아 나갈 수 있는 상황이 생각보다 많이 있을 것이다.

베이스 러닝은 너무나 기본적이다. 최선을 다하는 모습은 그 자체로 아름답지만, 때로는 그 최선이 좋은 기회로 연결되기도 한다. 1루로 전력 질주하는 타자를 보면 수비수들은 서두를 수밖에 없고, 그러다 보면 실책을 저지르기도 한다. 안정된 아웃을 놓치는 것이다. 그 순간은 한 팀에게 위기로 가는 길목이 될 수 있고, 또 한 팀에게는 승리의 원동력이 될 수 있다.

물론 홈런을 쳐놓고 죽을 것처럼 뛸 필요는 없다. 홈런은 전력 질주를 하지 않아도 된다는 일종의 혜택을 얻을 수 있는 카드다. 다만 홈런 맞은 투수에 대한 배려가 담긴 베이스 러닝도 필요하다. 타자는 그 카드를 가지려 할 것이고, 투수는 주지 않으려 할 것이다. 당연하게도 그 카드는 얻기가 꽤 어렵다. 프리미엄 카드의 특징이 희소성 아니던가. 아슬아슬하게 외야 펜스를 넘기는 홈런도 있으니, 어쨌거나 공을 때린 다음에는 열심히 뛰는 게 맞다.

내야 땅볼이 간발의 차이로 세이프가 될 수도 있고, 외야 플라이는 야수의 실책으로 2루타가 될 수도 있다. 우리는 이 확률을 플레이의 한 부분이라고 생각해야 한다. 끈질기게 고르고, 끈질기게 치고, 끈질기게 달리는 것. 그게 타자의 덕목이다.

부지런한 포수는
모두의 보배

투수에게는 좋은 포수가 정말 필요하다. 메이저리그에는 전설적인 포수들이 명맥을 이어왔다. 이반 로드리게스는 메이저리그 역사상 처음으로 포수로서 20-20을 달성했다. 데뷔한 지 얼마 지나지 않아 전설을 써나가기 시작한 그는 결국 명예의 전당에 올랐다. 기록으로 보나 실제 능력으로 보나 분명 출중한 선수였다. 마이크 피아자는 박찬호의 전담 포수는 아니었지만, 배터리로 함께한 경기가 무척 많았던 선수다. 피아자는 로드리게스와 달리 장단점이 명확하다. 수비보다는 공격력이 뛰어나 훗날 뉴욕 메츠에서 3, 4번 타자로 활약했다. 피아자에게는 넓은 인맥을 자랑하는 부자 아버지 덕분에 낙하산으로 구단에 들어왔다는 소문도 있었다. 그러나 메이저리그에 올라와 주전 포수가 된 뒤 신인왕과 실버슬러거를 수상하고, 훗날 명예의 전당에 오르기까지 했으니 실력으로 입증한 것이다.

타자가 끈질겨야 한다면 포수는 부지런해야 한다. 투수와의 소통이 무엇보다 중요하기 때문이다. 박찬호와 합을 맞춘 포수 중에 채드 크루터라는 선수가 있다. 누구보다 부지런한 선수이며 전형적인 수비형 포수다.

크루터는 로드리게스, 포사다 같은 선수들처럼 타격 능력이 출중하지는 않았다. 오히려 그랬기에 매번 포수로서 좋은 모습을 보여야만 했다. 그것이 자신의 자리를 지키고 괴물 포수들이 즐비한 메이저리그에서 살아남는 길이었다. 그렇기에 경기에 앞서 투수와 소통하고, 타자들을 공부하는 데 열심이었던 것이다. 그는 경기 전 투수와 포수를 위한 팀 미팅 후에도 그날의 투수들을 찾아다니며 경기에 대해 상의하는 부지런함을 보였다.

포수는 타자와 가장 가까이에 있고 모든 수비와 반대 방향으로 수비를 한다. 그만큼 예민하게 상대를 느낄 수 있는 포지션이다. 공이 흘러가는 모습과 주자들의 움직임을 바라보는 위치이기에 경기 전체를 볼 수 있다. 부지런한 포수는 자신과 호흡을 맞추는 투수뿐 아니라 타자에 대해서도 잘 안다. 상황 파악이 빠른 것은 물론, 그렇게 파악한 정보를 투수와 수비수에게 원활하게 전달할 수도 있다. 좋은 포수는 좋은 경기를 이끌어 간다. 팀의 승리에 있어 부지런한 포수가 중요한 이유다. 포수 출신의 좋은 감독이 많은 이유가 여기에 있지 않을까.

야구,
긴 여행을 가는 일

샌디 쿠팩스는 다저스의 영웅이자 메이저리그의 전설과도 같은 인물이다. 그런 그가 영어를 하나도 하지 못하는 박찬호에게 개인 코칭을 해준 적이 있다. 그는 많은 인파와 기자들이 있는 곳을 피해서 아무도 없는 마이너리그 연습장으로 박찬호를 데리고 갔다. 다저스의 사진기사가 그 뒷모습을 찍었다. 쿠팩스가 사진에 적어준 "너에게 앞으로 긴 여정이 될 거다. 계속 가라. 행운을 빈다"라는 글은 야구인으로서의 가치를 더 깊이 있게 만들어주었다.

'여정'이라는 말에 특히 매료되었다. 그때부터 메이저리그에서의 커리어를 여정이라고 생각하기 시작했다. 성적이 기대했던 만큼 나오지 않아도 종착지가 아니라 지나가는 과정 중 하나일 뿐이라고 생각하면 마음이 편했다. 덕분에 실망하거나 포기하지 않을 수 있었다. 이 길의 끝에 무엇이 있을까 설레기도 했다.

부상을 당했을 때도, 마이너리그에 있을 때도, 뭔가 기다림이 필요할 때마다 현실을 이해하고 집중할 수 있게 되었다. 그 또한 중요한 과정의 일부분임을 깨달았기 때문이다. — *park*

스포츠란 긴 여정이다. 메이저리그에 간다고 해도, 메이저리그 진출은 시작점일 뿐이다. 그만큼의 실력을 갖춘 선수라면 그 뒤로도 10년, 20년간 이어질 커리어를 어떻게 만들어갈지 생각해야 한다.

야구를 하다 보면 눈에 보이는 결과에 마음이 흔들리기 쉽다. 그럴수록 멀리 보아야 한다.

하나의 경기 안에서도 마찬가지다. 구속이 150킬로미터든 160킬로미터든 스트라이크를 던지지 못하면 소용이 없다. 더 빨리 던지기보다 하나하나 아웃을 만들어가는 길을 가야 한다. 긴 선수 생활 속에서도 그렇다. 마이너리그에 있다 보면 '나는 언제 다시 메이저리그로 올라가지?'라는 생각을 하게 된다. 모든 일은 과정이 필요한데 빨리 결과를 얻으려고 조급해지면 안 된다. 야구는 9회까지 있고, 야구선수의 길은 그보다 수없이 길다.

데이브 윌리스 코치가 나에게 이런 말을 해주었다. "잘하는 것보다 오래 할 수 있는 능력이 더 훌륭하다." 그 뒤로 이 말을 나의 모토로 삼고 있다. 우리는 당연히 내일도, 그다음 날도 삶이 유지될 거라 생각하지만 그렇지 않다. 길게 보는 계획과 노력, 인내심, 꾸준함을 바탕으로 최선을 다해야 한다. — *park*

It's unbelievable how much you don't know
about the game you've been playing all your life.

— Mickey Mantle

우린 평생 해온 경기에 대해 놀랄 정도로 무지하다.

— 미키 맨틀 외야수

6

슬럼프를 이기고 싶다면
고개 숙이지 마라

고개 숙이는 선수보다
도전하는 선수를 원한다

1999년 4월 23일 LA 다저스와 세인트 루이스 카디널스와의 경기. 3회 초 무사 만루 상황. 만루가 되면 투수에게는 스트라이크존이 굉장히 좁게 느껴진다. 볼넷을 허용해서는 절대 안 된다는 생각에 박찬호는 직구를 꽂아 넣었다. 역시 위험한 선택이었다. 타자가 배트를 크게 휘둘렀다. 공은 담장 밖으로 넘어갔고, 전광판에는 한꺼번에 4점의 숫자가 올라갔다.

이어진 안타와 두 번의 볼넷 이후 상황은 계속해서 꼬이기 시작했다. 야수 선택으로 인해 번트 타자와 주자가 모두 살았고, 홈 송구 실책이 이어졌다. 실점이 계속 늘었다. 다시 찾아온 만루. 게다가 타자박스에는 만루홈런을 쳤던 그 선수가 서 있었다. 짧은 시간 동안 머릿속에 수많은 장면이 스쳤다. 아까 맞은 홈런, 쭉쭉 뻗어나가는 공의 궤적, 안타와 볼넷으로 걸어 나간 주자들의 모습. 분노와 두려움이 뒤엉켰다. 끓어오르는 감정을 극복해야 하는데 방법을 찾지 못했다.

'볼을 던져서는 안 된다.'

만루홈런을 내줬을 때와 똑같은 생각을 했다. 안타를 맞으면 안 된다는 생각, 볼넷은 더더욱 안 된다는 생각이었다. 직구를 던질까 변화구를 던질까 등등 이런저런 복잡한 생각으로 머릿속이 꽉 찼다. 복잡한 생각 속에서 최종 선택한 구종은 커브였다. 날아가던 공은 타자의 배트 중심에 부딪혔다. 한 이닝에서 한 타자에게 두 번의 만루홈런을 맞았다. 투수 박찬호가 '한만두' 박찬호가 되는 역사적인 순간이었다.

기대를 많이 받고 있는 비중 있는 선수일수록 실패가 더욱 아프다. '나 때문에 졌다'라는 생각은 동료 선수와 팀, 팬에 대한 죄책감을 불러일으킨다. 마운드에서 내려올 때 절로 고개가 떨어진다. 실망하는 관중, 야유하는 관중이 보이기 때문에 그럴 수밖에 없다. 팬들의 실망한 얼굴을 마주할 자신이 넘쳐나는 선수는 아무도 없을 것이다.

'한만두' 이후 강판당한 나는 클럽하우스로 바로 들어가서 고개를 숙이고 앉아 있었다. 시합 중임에도 데이비 존슨 감독이 와서 괜찮다, 고개를 떨구지 말라고 하며 손을 어깨에 얹어주었다.

지금은 후배들에게 마운드에서 내려올 때 절대 고개를 숙이지 말라고 이야기한다. 실책이나 부진한 성적으로 비난을 받을지라도 그저 다시 열심히 뛰기를 바란다. 팬들의 야유는 경기의 결과에 대한 반응이다. 진정한 팬이라면 그 결과에 대한 아쉬움으로 화를 내는 것일 뿐, 선수의 인격이나 인생을 욕하지 않는다. *– park*

실수 혹은 부족한 플레이도 경기를 구성하는 하나의 요소다. 일어날 수밖에 없는 일이기도 하다. 아무리 뛰어난 선수도 데뷔부터 은퇴까지 매 순간 훌륭한 플레이를 할 수는 없다. 그러니까 고개를 숙이는 대신 도전하고 또 도전하며 이겨내야 한다. 팬들이 바라는 것도 이런 태도, 정신이다.

실수를 만회하는 방법은 하늘에서 찾고, 성공의 축하는 땅에서 찾아라. 실수했다고 고개를 숙여도 방법을 찾을 수 없다. 하늘을 보면 가슴이 열려서 다시 자신감이 생긴다. 성공의 보람을 땅에서 찾으면 겸손이 생긴다.

슬럼프도
선수가 해야 할 숙제

경기가 잘 풀리지 않아서 유난히 답답할 때가 있다. 그런 시기가 길어지면 뭘 해도 안 된다는 느낌이 든다. 훈련의 양이나 내용이 달라진 것은 아닌데 장점은 갑자

기 사라지고 단점은 커진 것 같다. 이런 때 선수들은 '슬럼프'
라는 단어를 떠올린다.

　슬럼프를 어떻게 극복하느냐는 질문을 많이 받았다. 결론부터 말
하자면, '슬럼프란 없다'는 마음으로 지냈다. 모든 선수들이 다 겪는
과정의 일부분이니까. 다만 조금 어려운 숙제가 생겼다고 생각했다.
그 숙제는 모든 선수에게 던져진 것이다. 어떤 선수는 하루 만에 끝낼
수도 있고, 어떤 선수는 오랫동안 풀지 못할 수도 있다. 그러나 다 끝
내기만 하면 아무것도 아니었음을 느끼게 된다. 야구는 응원하는 맛
으로 보는데, 요즘 나는 야구 경기를 재미보다는 진단하는 의사의 마
음으로 보게 된다. 관중이 아닌 선수의 입장이 되고, 특히 부진한 투
수를 보고 있으면 그 마음 상태가 그대로 전해져서 함께 긴장된다. 그
리고 부진한 선수들에게 필요한 처방전을 생각하게 된다. ― park

　처방전에는 '나보다 훌륭한 선수들도 부진할 때가 있다'는
사실을 상기하는 약이 있다. 애틀랜타 브레이브스의 전성기를
이끈 톰 글래빈 투수가 한 이닝에 7점을 주는 모습을 보면서는
부진했던 스스로의 모습이 함께 그려지기도 했다. 그럴 때면
부진은 나에게만 오는 것이 아닌 모든 선수에게 놓인 수업 시
간이라고 생각하게 된다.
　그레그 매덕스 같은 투수도 중요한 경기를 앞두고서는 하비
도프먼 박사에게 연락해 떨리는 심정을 털어놓았다. 매덕스는
17년 연속 15승이라는 대기록을 세운 전설적인 투수다. 그런 선

수도 긴장감에 시달리곤 했던 것이다. 긴장하지 않는 선수는 없다. 다만 긴장을 푸는 방법을 아는 선수가 있을 뿐이다.

어려운 상황일수록 마음을 재정비할 수 있어야 한다. 자신의 이름을 부르면서 "할 수 있다"고 소리를 내서 말하는 것도 좋다. 이는 케빈 브라운과 그레그 매덕스의 습관이기도 했다. 브라운과 매덕스는 마운드에서 공을 던질 때나 연습을 할 때도 자주 혼잣말을 했다. 긍정적인 단어들을 반복해 읊으면서 평정심을 찾는 방법이다. 특히 소리를 직접 내어 자신의 소리를 들으면 목적을 뚜렷하게 만드는 데에 효과적이다.

야구선수가 되기로 결심했다면, 메이저리그에 가는 훌륭한 투수가 되고 싶다면, 그때부터 주어진 과제들이 있고 들어야만 하는 수업들이 있다. 슬럼프는 '잘 알아듣기 힘든' 수업이고 '풀기 어려운' 과제이지만, 겪지 않을 수는 없는 일이다.

부상에는
기다릴 줄 아는 용기가

운동선수에게 가장 큰 시련은 부상일 것이다. 부상이 생기면 선수는 신체적인 고통보다 더한 심적 고통에 시달린다. 검사와 수술, 재활이 이어지는 동안 머릿속에는 불안감이 떠나지 않는다. 선수 생활이 끝날지도 모른다는 두려움은 마치 인생이 끝나는 것과 같은 절망감으로 다가오기도 한다. 오로지 야구를 보고, 야구만 하면서 살아온 이들이 대부분이기 때문이다.

시간이 지날수록 내 자리는 사라질 것 같고, 팬들도 나를 잊을 것만 같다. 빨리 회복해야 한다는 생각에 마음은 자꾸만 조급해진다. 재활에 서두르다 보면 완쾌가 되지 않았는데도 스스로에게 거짓말을 하게 된다. 몸은 아직 아프다고 하는데 머리는 그 사실을 부정한다. 내 몸이 건강하다는 사실을 사람들에게 얼른 보여주고 싶은 생각뿐이다. 하지만 육체에는 시간이 필요하다. 다른 방법은 없다. 시간을 빨리 돌릴 수는 없으므로 오직 견뎌야 한다. 그걸 견디지 못하고 부상을 안고 마운드에 서면, 그 뒤로 크고 작은 부상에 계속 시달리게 된다.

부상을 당하면 더 단단해질 기회가 왔다고 생각하는 것이 좋다. 스스로를 돌이켜보고 재활에 전념하며 몸과 마음이 회복될 때까지 그저 기다리는 것이다.

기다림에는 용기가 필요하다. 부끄러움을 참는 것도 용기고, 부족함을 인정하는 것도 용기다. 귀찮음을 이겨내는 것도, 좌절감에서 벗어나는 것도 모두 용기가 있어야 가능하다. 선수라면 '용기'를 내라는 말이 무엇인지 너무 잘 알 것이다. 재활 앞에서 '기다리는 용기'를 가져보자.

베테랑이란 무엇인가

위기의 순간에 필요한 것 중 하나가 바로 '멘토'다. 그라운드 위에서는 야구선수가 누구보다 똑똑하다. 야구에 있어서는 끊임없이 전문가가 되려고 노력하기 때문이다. 그런데 세상을 살아가는 데 있어 그것만이 전부는 아니다. 야구를 잘한다는 이유로 팬들의 환호를 받고, 세상의 인정을 받게 되면 자기가 대단하다는 착각에 빠지기 쉽다. 야구에 있어서는 대단할지 모른다. 그러나 대단한 선수가 꼭 훌륭한 선수로 성장하는 것 같지는 않다.

훌륭한 선수들을 보면 자신을 자랑하기보다 자신의 무지를 드러내는 데 솔직하다. 스포츠 선수들이 세상에 대한 일을 잘 알고 지식이 많기는 어렵다. 그래서인지 무지를 들키기 싫어하는 마음이 크다. 아마도 자존심 때문인 것 같다.

처음 미국에 갔을 때 영어를 못한다는 점이 굉장한 콤플렉스였다. 누가 질문을 던져도 아무런 말을 할 수 없었다. 입을 꾹 닫은 채 눈을 굴리는 내 모습이 부끄럽다 못해 한심하게 느껴질 때도 있었다. 그때 에이전트가 이런 말을 해주었다. "너는 영어로 인사라도 할 수 있잖아. 쟤네는 한국말을 아예 못 해." 그 한마디가 큰 깨달음을 주었다. 그들과 내가 비슷한 입장이라는 생각이 들었다. 영어 공부에 자신감이 붙었다. 말하는 연습은 물론이고, 공격적인 말을 들었을 때 반박하는 연습, 누군가가 무시할 때 화내는 연습까지도 했다. 그러자 자신감이 생기고 콤플렉스를 극복하는 데에도 힘이 되었다. 그리고 조언을 해주는 멘토들의 이야기에 귀 기울이기 시작했다. 멘토를 만든다는 것은 경험과 뜻을 받아들이는 것이다.   *– park*

    모든 사람이 모르는 게 더 많다. 알기 위해서는 배워야 하고, 나를 가르쳐줄 수 있는 사람을 찾아야 한다. 먼저 다가가는 열의가 필요하고, 질문할 줄 알아야 한다. 그러다 보면 어느덧 슬럼프에서 벗어나 있을 것이고, 도리어 힘든 시기를 겪고 있는 동료들에게 도움을 주는 선수가 될 수도 있다.

    위대한 선수들은 동료를 이끌 줄 안다. 뉴욕 양키스의 데릭 지터, 호르헤 포사다, 마리아노 리베라 같은 쟁쟁한 선수들은 새벽부터 훈련에 나온다. 스프링캠프 기간 팀 훈련은 아침 9시 반에 시작하는데, 그들은 6시에 와서 미리 운동한다. 왜 그렇게 할까. 하나는 "늘 이렇게 해왔기 때문에 지금의 내가 있다"는 것이었고, 다른 하나는 "내가 나중에 오면 젊은 선수들이 훈련할 시간이 줄어든다"는 것이다. 먼저 오는 게 귀찮을 법도 한데, 자기들이 먼저 운동을 끝내고 자리를 내줘야 후배들이 시간에 쫓기지 않고 편하게 운동할 수 있다고 했다. 더 나은 '우리'가 되는 게 야구이고, 그 길을 위해 내가 무엇을 해야 하는지를 아는 것이다.

    선수로서의 책임감이 무엇인지 아는 것은 물론, 그렇게 행동할 줄 아는 사람이 성공을 거머쥔다. 그들은 배려와 희생, '함께'를 생각할 줄 안다. 이런 선수들을 '베테랑'이라고 하며, 어린 선수들은 이들을 보고 배운다.

좋은 구단에는 이런 베테랑 선수들이 있다. 대부분의 선수는 야구만 잘하려고 한다. 잘 던지고, 잘 치고, 잘 뛰기를 원한다. 개인의 장기가 모여 팀플레이가 되어야 한다는 사실은 자주 잊는다. 하지만 베테랑 선수들은 그 가치를 잘 알고 있다.

2010년 메이저리그 커리어 마지막 시즌 중 박찬호는 양키스에서 방출됐다. 그런 그에게 내셔널리그 꼴찌에 젊은 선수들만 있는 팀인 피츠버그 파이리츠에서 유일하게 손을 내밀어주었다. 내셔널리그 꼴찌라는 사실에 잠시 망설였지만, 124승이라는 목표 앞에 3승만 남아 있는 상황이었기에 이적을 선택했다.

나에게 의외의 손을 내민 파이리츠 단장이 바라는 것은 전성기의 모습도, 대단한 공도 아니었다. 그저 성실하고 묵묵하게 훈련하며 그간 쌓은 경험을 후배들에게 들려주는 선배로서의 역할을 바랐다. 선배 노릇은 때로 귀찮을 수 있다. 본인의 컨디션을 조절하고 실력을 키워야 할 시간에 후배들을 챙기고 그들을 배려하며 희생해야 한다. 하지만 야구에서 중요한 것은 개인이 아니라 팀이다. 그런 일을 기꺼이 맡아서 하는 선배가 있다면 자기 역할에 대한 분명한 이해와 책임감을 지닌 선수라고 할 수 있다.

피츠버그에서 단장은 나에게 베테랑의 역할을 주문했다. 이방인임에도 불구하고 그런 역할을 맡아달라고 했던 것이다. 책임감을 느끼는 한편 흐뭇했다. 젊은 선수들은 나의 커리어에 대해 궁금해하고 본인들에게 도움이 될 만한 이야기를 경청했다. — *park*

우리 사회는 수직적인 조직 문화에 익숙하다 보니 후배가 선
배를 어려워하는 경향이 있다. 실제로 어떤 선수들은 기강을
잡는다는 핑계로 후배를 괴롭히기도 한다. 여러모로 미성숙한
아마추어 야구 시절에 자주 일어나는 일이지만, 프로에서도 자
기보다 잘하는 어린 선수가 있으면 대놓고 경계하는 등 선배답
지 못한 모습을 보이는 선수들이 있다. 어떤 선수든 영원히 스
포트라이트를 받을 수는 없다. 선배라면 선배답게 새로이 무대
에 오르는 후배들을 도와주고 박수를 보낼 줄도 알아야 한다.

베테랑 선수란 어떤 선수인지를 보여주는 일화는 많다. 샌디
에이고 파드리스의 트레버 호프먼과 뉴욕 양키스의 마리아노
리베라도 그런 선수다. 어느 팀이나 마무리 투수라는 보직은
실력도 실력이지만 경험이 많은 베테랑이 맡는 경우가 많다.

보통 마무리 투수들은 9회에만 등판하고, 연장전에 돌입하면 마
지막 이닝의 승부까지 기다린다. 그런데 호프먼은 경기 시작 전부터
5이닝까지 경기장 안에서 다른 선수들과 같이 경기를 지켜봤다. 호
프먼 같은 팀의 베테랑 선수, 마무리 투수, 리그에서 인정받는 선수
가 팀에 있다는 것 자체가 힘이 된다. 그런 선수와 불펜에서 같이 경
기를 지켜보면서 상대 타자들에 대해 연구하고 의견을 나누다 보면
각자 등판을 준비하는 데 큰 도움이 된다. 그는 자신이 팀과 함께 존
재한다는 것을 느끼게 해주는 진정한 베테랑이었다.   *– park*

2001년 시즌 후반 첫 경기에 다저스의 에이스 케빈 브라운이

선발로 등판해 1대 1 동점이었을 때였다. 9·11 테러로 리그가 잠시 중단된 후에 열린 경기라, 빠른 시일 내에 실전 감각을 찾고 싶었던 박찬호는 당시 감독인 짐 트레이시에게 오늘 경기에 한 이닝이라도 던질 수 있으면 좋겠다고 부탁했다. 선발투수가 구원투수의 역할을 해주면 앞으로의 경기에 구원투수들을 쓰는 데 수월해지기 때문에 감독도 긍정적으로 생각했다. 결국 7회에 박찬호가 마운드에 올랐다.

박찬호는 2001년 올스타에 뽑혔을 정도로 좋은 시즌을 보내고 있었다. 어느 타자를 상대하든 자신감이 넘치던 때였다. 자신감을 가지고 마운드에 올랐지만 갑자기 모든 게 낯설었다. 경기 중에 불펜에서 웜업을 하는 것도, 불펜에서 마운드까지 뛰어가는 상황도, 마운드에 올라가서 웜업 피칭을 하는 것도 너무나 낯설었다.

순간 경기 전에 감독에게 등판하고 싶다고 했던 자신감은 어디론가 사라지고, 동점인 상황에서 이 경기를 말아먹지 말아야겠다는 긴장감으로 몸이 경직되기 시작했다. 호랑이가 갑자기 고양이로 변한 것처럼 투지가 쪼그라드는 느낌이었다.

결국 나는 4실점으로 물러나 구원 패전 투수가 되었다. 경기 후 케빈 브라운에게 가서 "너의 경기를 내가 망가뜨렸다. 미안하다"라고 했다. 그러자 케빈 브라운은 "걱정하지 마. 내 게임이 아니라 이건 우리의 게임이야. 우리는 다시 잘할 수 있을 거야(Don't worry. It's not my game. It's our game. We will come back)"라고 이야기했다. 거기서 나는

내가 아닌, 너가 아닌, 우리(팀)에 대해서 생각하게 되었다. *– park*

　뛰어난 리더일수록 자신의 기술을 높이는 것은 물론, 자신의 기술을 통해 팀이 잘되도록 하는 데에 신경 쓴다. 어린 선수들과 적극적으로 소통하고, 팀에 웃음이 스미게 한다. 베테랑의 노하우가 끊임없이 전수되는 한편, 선수들은 자연스럽게 화합한다. 그러다 보면 강팀이 될 수밖에 없다. 팀의 승리가 곧 선수의 승리다. 좋은 선수는 자신의 실력을 끌어올리지만, 좋은 베테랑 선수는 팀을 우승으로 이끈다.

It ain't over till it's over.

— Yogi Berra

끝날 때까지 끝난 게 아니다.

— 요기 베라 포수, 야구감독

7

정의, 명예, 존중이라는
에너지

칭찬하는 선수가
칭찬을 받는다

　　　　　　　　　스포츠 심리 상담가인 하비 도프먼 박사가 2011년 세상을 떠났다. 그는 1989년에 『야구의 심리학』이라는 책을 펴냈다. 신체적 능력이 뛰어나야 야구를 잘한다고 믿었던 시대에 선수들의 심리 상태가 실력과 경기에 얼마나 큰 영향을 미치는지 파악하고 연구한 사람이다. 도프먼 박사의 말대로 야구는 정신이 지배하는 운동이고, 자신의 심리를 잘 다스리는 선수가 좋은 성적을 얻을 수 있다.

　도프먼 박사가 투병 중일 때 그를 격려하기 위한 동영상을 이메일로 보냈다. 그런데 바로 다음 날 도프먼 박사의 딸에게서 답장이 왔

다. 박사가 사흘 전에 작고했다는 내용이었다. 순간 숨이 멎는 것 같
았다. 온몸에 힘이 빠졌고, 어느새 눈물이 고였다. 그는 선수들에게
항상 따라다니는 불안과 긴장을 이해하고, 그런 부정적인 감정을 극
복하도록 도와주는 사람이었다. 상담이 끝날 때마다 항상 "걱정하지
마. 넌 고칠 거니까 그저 행복하면 돼. 그리고 자기 자신을 사랑해야
해"라는 말을 건네곤 했다. – park

　상대의 약점만 파악하려 하고, 그 약점을 공격하는 것을 우
선으로 하는 사람은 상대의 장점 앞에서 늘 불안할 수밖에 없
다. 상대의 장점을 인정하고 칭찬할 때, 자신의 장점 역시 두각
을 나타낸다. 타인의 장점은 언제나 질투의 대상이 아니라 발
전의 동력이 되어야 한다. 남을 인정하되 나 역시 성장하겠다
는 긍정적인 마음가짐이 중요하다. 좋은 상대와 싸워야 좋은
승부가 가능하다는 점 또한 잊어서는 안 된다. 스포츠는 긍정
적인 마음을 넘어 선수에게 더 대단한 것을 요구한다. 바로 명
예, 예의, 존중과 같은 것이다.
　2006년 WBC, 한국은 일본에 내내 끌려가는 듯하다가 8회 초
에 터진 이승엽의 홈런 덕분에 3대 2로 앞서는 중이었다. 9회
말, 승리를 지켜야 하는 상황에서 박찬호는 아웃카운트 두 개
를 잡아내고 타자 이치로를 상대하게 되었다. 140킬로미터 직
구로 스트라이크를 잡고 바로 141킬로미터 직구를 던졌다. 이
치로가 세 번째 공을 쳤다. 3루 플라이 아웃으로 경기가 끝났
다. 그날 박찬호의 공은 모두 직구였다.

꼭 직구로 이기고 싶었고, 직구로 한국을 지키고 싶었다. 진짜 승부는 상대의 장점과 경쟁하는 것이라 생각했기 때문이다. 명승부가 나오려면 경기의 내용이 훌륭해야 하고, 경기를 하는 사람이 훌륭해야 한다. — park

상대의 실수를 이긴 것보다, 나의 베스트로 상대의 베스트를 이겼을 때 승리의 행복을 느낄 수 있다. 상대의 베스트와 맞서는 당당함과 용기가 중요하다.

예의 없이
위대함도 없다

예의는 스포츠에 있어 굉장히 중요하다. 이기고 지는 것만 가리려고 한다면 싸움과 다를 게 없을 것이다. 야구도 마찬가지다. 한때 한국프로야구 선수들의 배트 플립, 일명 '빠던'이 미국 야구 팬 사이에서 화제가 되었다. 배트 플립이란 타자가 공을 치고 나서 세리머니로 방망이를 던지는 행위를 의미한다.

미국에서는 배트 플립을 하는 타자가 거의 없다. 투수를 자극하는 비신사적인 행위라고 해서 금기시하기 때문이다. 그러니 홈런을 친 뒤에 배트를 날려버리는 한국 타자들의 모습이 신기하게 느껴질 법도 하다.

경기의 재미를 위해 그런 행동이 있을 수도 있다. 그러나 과하게 기쁨을 표현하며 일부러 배트를 요란하게 날린다든지, 1루로 뛰지 않고 멀리 날아가는 공을 바라보고 서 있는 모습은 투수에 대한 모욕이다. 투수 역시 삼진이나 병살타를 잡고 나서 감정 표출을 과하게 하는 경우가 있는데, 그래서는 안 된다. 다른 사람에게 상처를 주는 행위는 결국 자신의 상처로 돌아오게 된다. 그것이 일순간 팬들에게 즐거움을 줄 수 있어도, 리그 전체가 성장하는 것을 방해하고 야구라는 스포츠가 보여줄 수 있는 위대함을 해칠 수도 있다. 무엇보다 스스로의 성장을 막는다.

우리 야구계는 선후배 문화가 너무 강해서 그에 대한 반발 심리 때문에 배트 플립과 같은 퍼포먼스를 일종의 개성으로 인정하는 흐름이 생긴 것 같다는 분석도 있다. 그러나 미국이라고 해서 우리가 생각하는 것처럼 자유로운 것은 아니다. 팀 내 질서는 굉장히 엄격하다. 메이저리그에서의 경력이 많으면 나이에 상관없이 선배 대우를 한다. 물론 경력이 아무리 많아도 솔선수범을 하지 않는다거나 팀플레이에 협조적이지 않으면 인정받지 못한다.

인생에는 잘되는 날만 있는 것이 아니고, 이기는 날만 있는 것도 아니다. 상대의 처지가 언젠가 내 처지가 될 수도 있다. 내가 상대에게 불편함과 불쾌감을 주게 되면 반대로 상대에게서 그런 감정을 받게 된다. 팬들 사이에서 이슈가 되고 미디어의 주목을 받는 화려한 퍼포먼스도 좋지만, 기본적인 예의를 지키는 태도야말로 멋지다고 생각한다.

패자는 승자를 인정하고, 그 경쟁 속에서 얻은 소중한 경험을 바탕으로 승리를 위한 목표를 세운다. 승자는 패자의 정정당당한 승부를 존중하며, 값진 승리 속에서 우월감이 아니라 성숙과 성장의 결실을 느낀다. 그래야 계속해서 발전한다.

스포츠 선수라면 같은 선수에게 예의를 지키고, 나아가 구단과 팬의 명예를 지켜야 한다. 야구 유니폼을 보자. 선수의 이름은 뒤에 있고, 팀의 이름은 앞에 있다. 선수 입장에서는 자신의 얼굴이 팀이라는 이름과 함께 경기하는 셈이다. 또한 선수의 등 뒤에는 그 선수를 지켜보며 지지하는 팬들이 있다. 팬에게 잊을 수 없는 추억과 감동을 주는 만큼 그들의 사랑과 응원을 받는다. 프로선수는 이런 이치를 알고 팀과 팬 앞에서 떳떳한 경기를 펼쳐야 한다. 그것이 스스로의 명예를 높이는 길이다.

알려주고도
이길 수 있어야

야구 기자 시절 국제대회 출장을 자주 다녔다. WBC나 메이저리그 같은 프로야구 위주로 다녔지만 청소년대표팀, 아마추어 국가대표팀 대회도 자주 다녔다. 유망주들과 동행하며 그들의 열정을 지켜보는 것은 특별한 경험이었다. – *lee*

아마추어 대회는 대부분 예선 리그를 거쳐 결승 토너먼트로 진행됐다. 각 팀 감독은 모든 경기를 결승전처럼 치렀다. 경기장에 나오면 경기 전 상대 팀이 훈련하는 모습을 지켜보면서 그 팀의 코치에게 어떤 유형의 투수가 나오는지 슬쩍 묻곤 했다. 상대 팀의 선발투수가 오른손 투수인지 왼손 투수인지, 사이드암 투수인지 언더핸드 투수인지에 따라 선발 라인업과 타순을 조정하기 위해서였다. 타자들을 전략적으로 배치하는 일이 경기의 승패에 영향을 미치기 때문이다.

경기 전 운동장에 선수단이 도착하면 코치들 가운데 투수코치 같은 인물을 점찍은 뒤 그에게 다가간다. 그리고 몸의 한쪽 팔을 나머지 팔로 가리키며 "레프트? 라이트?" 하고 묻는다. 미국 선수단 같은 경우에는 이럴 때 왼쪽 팔을 가리키면서 "예스, 레프트"라고 하거나 슬쩍 눈을 깜빡인다. '오케이'라는 시그널이다. 그러면 대답을 들은 우리도 비슷하게 팔을 하나 가리키면서 왼손 투수가 나가는지 오른손 투수가 나가는지 알려준다. 미국 팀들은 대부분 이런 문화에 익숙하다.

일본은 그렇지 않다. 일본의 야구 문화는 상대에게 나를 드러내기보다는 감추는 쪽이고, 야구 경기에서도 숨기는 동작이나 위장 오더로 불리는 일종의 속임수를 치사하게 생각하지 않는다. 당연히 선발투수가 어떤 유형인지 묻지 않고, 가르쳐주지도 않는다. 오히려 다른 유형인 척해서 상대가 속기를 유도한다. 한국프로야구 초창기에 일본 출신 코치나 감독들이 비슷한 전략을 사용했던 배경이다.

한국프로야구는 2001년 공식적으로 선발투수 예고제를 도입했다. 경기 전날 서로 선발투수를 알려주고 그 정보에 따라 최고의 타자 라인업을 준비해 경기에 대한 팬들의 관심과 흥미를 고조시키는 것이 우리 문화와 맞다고 결정한 것이다. 두 장의 선발 명단을 만들어 둔 뒤, 상대 팀의 투수가 왼손이냐 오른손이냐에 따라 뒷주머니에서 맞춤형 명단을 꺼내던 '꼼수 시절'과 이별을 고한 것이기도 하다. 그렇게 해서 상대의 결함이나 실수를 유도해 승리를 얻어내기보다는 서로 최선을 다할 수 있는 조건을 만들고, 최고의 퍼포먼스를 선보여 명승부를 만들어내자고 뜻을 모은 것이어서 반가웠다.

스포츠에 있어 승리는 분명 최고의 가치다. 그래도 야구는 결과만큼 과정을 소중하게 여기는 문화라는 것을 잊지 말았으면 좋겠다. NC 다이노스 초창기에 한 인터뷰에서 "우리가 추구하는 최고의 가치는 승리가 아닌 명승부"라고 답하기도 했다. 그 생각에는 이런 배경이 있었다. — *lee*

인류에게 가장 아픈 일, 전쟁은 양측의 이념이 다르고, 오로지 승리만이 절대적인 가치다. 그러나 스포츠는 그런 것이 아니다. 같은 조건에서 선의의 경쟁을 통해 최고의 퍼포먼스로 관중을 열광시키는 일종의 공연 같은 일이다. 양 팀이 서로 최선을 다하는 모습을 보여주는 것이야말로 스포츠의 기본이자 야구 정신이라고 생각한다.

스포츠 정신이란
도대체 뭔가

필승관이라는 대전의 실내 훈련장에서 처음 정민철 선수를 만났다. 그에게 목표를 묻자 이런 답변이 돌아왔다. "1군에만 들어가면 저는 성공입니다." 가장 큰 목표는 팀의 우승이라고 했다. 처음으로 올라간 1군 경기에서 정민철 선수는 김동재라는 타자에게 만루홈런을 맞았다. 쓰라린 데뷔 무대였다. 얼마 뒤, 정민철 선수의 편지를 받았다. 손으로 직접 쓴 편지에는 그 시절 유행했던 노래 〈타타타〉의 가사가 적혀 있었다. "알몸으로 태어나서 옷 한 벌은 건졌잖소"라는 대목이었다. 프로 무대에 데뷔하자마자 만루홈런을 맞은 것도 자신에게는 소중한 경험이라는 것이다. 그 어린 나이에 기가 죽기는커녕 그런 깨달음을 얻다니 보통이 아니라는 생각이 들었다.
— lee

정민철은 어떤 선수인가. 한화 이글스의 레전드로 영구결번에 한화의 단장까지 지낸 선수다. 정민철은 대전고등학교를 졸업하고 빙그레 이글스에 입단했는데, 큰 주목은 받지 못했다. 박찬호, 임선동, 조성민 등 뛰어난 선수들이 워낙 많았기 때문이다. 이글스가 일본으로 전지 훈련을 떠났을 때, 정민철은 캠프에 합류하지 못한 채 한국에 남았다. 김영덕 감독은 스프링 캠프 명단에도 올리지 않았던 정민철을 1992년 LG와의 개막 2연전에 내보냈다. 당시에는 대학을 졸업하고 프로에 오는 경우가 많았는데, 고등학교를 졸업한 지 얼마 안 되는 선수가 개막과 함께 공을 던진다니 놀랄 만한 일이었다. 그러나 그 경기에서 정민철은 만루홈런을 맞았다.

스포츠 정신이 필요한 것은 완전히 엉망진창이 된 것 같은 순간이 누구에게나 찾아오기 때문이다. 박찬호가 페르난도 타티스에게 연타석 만루홈런을 맞은 일도 그렇다. 타티스는 현재 샌디에이고 파드리스에서 타자로 활동 중인 페르난도 타티스 주니어의 아버지다. 한 이닝에 연타석 홈런도 쉽지 않은데, 연타석 만루홈런이 그것도 같은 투수와 타자 사이에서 일어날 확률은 극도로 희박하다. 한 이닝에 만루홈런을 두 방 맞았다고 해서 야구팬들은 이 사건을 '한만두'라고 줄여 불렀다.

그 일이 박찬호 인생 최악의 사건이고 엄청난 좌절을 남겼을까. 박찬호는 2024년 MLB 서울시리즈를 위해 한국을 방문한 타티스 주니어와 인터뷰를 했다. 한만두에 대해 들어본 적이 있느냐고 물었더니, 자기 아버지도 그 일을 기억하고 있다고 했다. 그 일로 농담을 하고 싶지는 않다며 배려하는 모습을 보였지만, 정작 박찬호는 그런 대기록을 세웠으니 타자로서 무척 영광이었겠다는 말을 건넸다.

스포츠 정신은 서로의 패배를 복기하기보다 서로의 승리를 존중하는 것이다. 패배를 받아들이고 승리를 축하하는 것이다. 스포츠의 목적 중 하나는 판정에 승복하는 태도를 기르는 것이다. 흔히 이야기하듯 오심마저 경기의 일부다. 그것이 경기가 우리에게 가르쳐주는 지혜다.

요즘은 과학기술을 기반으로 판정의 옳고 그름을 끝까지 따진다. 옳은 판정은 물론 중요하다. 그러나 규칙, 규범, 법 등의 체계는 그 법을 치밀하게 보완하는 것보다 훌륭한 사람들(사법, 입법 관련자)에 의해서 더 좋아진다고 본다.

천종호라는 판사가 있다. 창원지방법원 소년부에서 근무했는데, 호랑이 판사님으로 불렸다. "안 돼, 안 바꿔줘, 바꿀 생각 없어. 빨리 돌아가"라는 대사와 사진으로도 유명한 분이다. 천종호 판사는 잘못한 청소년에게 준엄한 훈계를 했다. 죄를 뉘우치지 않는 가해자 학생과 그 가족들에게는 호통을 치기도 했다. 그러나 재판장 밖에서는 비행 청소년을 위한 활동에 앞장섰다. 갈 곳 없는 아이들이 살 수 있는 시설을 설립하기도 했다. '레인보우 카운트'라는 야구단 단장을 맡고 있기도 하다. '보호소년'의 재범률을 낮추는 데 스포츠가 도움이 된다고 믿기 때문이다.

천종호 판사는 엄벌주의를 고집하지 않는다. 학생들이 범죄를 저지르는 데에는 그 환경에 원인이 있다고 본다. 소년법 개정에 대해서도 무조건 폐지하기보다는 일부를 개정하는 방법을 주장한다. 그렇다고 해서 원칙을 어기는 것은 아니다. 법은 지키되 더 높은 가치가 있다고 생각하는 것뿐이다. 정확한 판결도 중요하지만, 그걸 넘어서는 좋은 판결이 있다고 믿는 것이다.

야구도 그렇다. 정확한 룰과 원칙만큼이나 중요한 것은 최선을 다한 승부와 그 결과에 승복하는 태도다. 그것이 좋은 승부,

그리고 좋은 야구가 아닐까.

치열하게 승부를 겨루다가도 경기가 끝난 뒤에는 악수하며 등을 두드릴 수 있는 선수인가. 승자를 축하하고, 패자를 포용할 수 있는 선수인가. 그런 뒤에 다음 경기는 꼭 이기겠다는 각오로 또다시 땀을 흘릴 수 있는 선수인가. 더 좋은 경기를 만들 수 있는 선수인가. 그 질문에 대한 믿음이 중요하다.

메이저리그에서는 선수들끼리 지든 이기든 서로 잘했던 것만 이야기했다. 져서 쓰라리지만, 강판됐더라도 위로의 말을 하면서 "Hey, it's okay! 그때 던진 스트라이크가 좋았어"라고 칭찬해준다. 에러를 한 선수에게는 잘 쳤던 순간에 대해서 이야기해준다. '실수는 빨리 잊어버리고 장점은 잊지 말라는 것'이다. 진탕 깨진 게임에도 팬이 다가와 "넌 최고야(You're the best)"라고 말해주었다. 지금까지 잘해왔고 앞으로도 잘할 것이라는 의미였다. 긍정적인 생각은 좋은 것, 좋아야 할 것, 기억해야 할 것, 다시 사용해야 할 것들이다.

미래에 필요한 것들만 모으는 일도 바쁘고 마음에 담기가 부족하다. 나를 사랑하고 아끼는 사람들만을 위해 사는 시간도 부족하다는 이야기다. 나를 비난하고 야유하는 사람, 내가 아무리 성장해도 바뀌지 않는 사람들을 위해 마음과 시간을 소비할 필요는 없다. – *park*

I never stop looking for things to try and
make myself better.

— Barry Bonds

나는 스스로를 더 좋게 만들기 위해 노력하고
시도하는 것을 멈추지 않는다.

— 배리 본즈 외야수, 샌프란시스코 자이언츠 CEO 특별 고문

8
경기장 밖에서도
챔피언이 돼라

나누고,
좋은 본보기가 돼라

제이미 모이어는 스물네 살에 메이저리 거가 되어 무려 쉰 살까지 선수 생활을 했다. 철저한 자기 관리로 체력을 유지했고, 수많은 우여곡절에도 포기하지 않는 강인한 정신력을 가지고 있었다. 모이어는 빠른 공을 가진 투수가 아니었지만, 타이밍을 뺏는 투구로 메이저리그의 쟁쟁한 타자들을 상대했다. 패스트볼로 승부하는 타입이 아니기 때문에 그렇게 오랜 시간 동안 투수로 뛸 수 있었는지도 모른다.

동료들은 모두 모이어를 좋아했다. 그에게 농담을 하면서 함께 웃을 때도 많았다. 쉬는 날에는 공을 받아줄 사람이 없어서 피칭 연습을 할 수 없는데, 모이어는 집에서도 연습이 가능하다는 것이다. 아내도 받을 수 있을 만큼 느린 공을 던진다는 뜻의 농담이었다.

　모이어에게 배운 것 중 하나가 연습 투구 시 타자가 치기 어려운 스팟을 눈 감고 던질 수 있을 정도로 연습해야 한다는 점이었다. 한 곳에 꾸준하게 던지는 능력을 키우면, 다른 곳에 던지는 능력을 키우지 않아도 된다는 것이었다. 대부분의 투수가 서너 개를 던지고 로케이션을 던지는데, 연습 방법에서 잘못되어 있다고 했다. 그 이야기를 들은 후 한 스팟에 스무 개 이상 던지는 연습을 시작했다. 정확하게 서너 번 이상 꽂히면 연습이 끝났다. 한국 동료들에게도 이러한 것을 알려주었다. *– park*

　모이어는 성실함과 도전 정신, 야구에 대한 열정으로 많은 선수들에게 귀감이 된 선수다. 그는 자신의 성을 붙인 모이어 재단을 운영하며 자선 행사에도 열심이다. 박찬호는 필라델피아 시절 모이어 재단의 행사에 함께 참석하기도 했다. 시즌 중에 열리는 행사였지만 그만큼 팬들과 밀접하게 그 가치를 느낄 수 있었다. 인간 모이어에게 늘 배울 게 많았기 때문에 많은 선수들이 참석에 큰 의미를 두었다. 시즌 중에도 이렇게 일을 할 수 있구나를 느끼면서 박찬호장학재단에 대한 애정과 가치에 대해 더 고민하는 계기가 되기도 했다.

　한국프로야구에서는 경기에 지장이 될까 봐 시즌 중에 사회 활동을 지양하는 편이다. 혹시 귀찮아서 그런 것은 아닐까. 그 귀찮음을 이겨내고, 경기에 대한 부담감을 떨치면서 사회활동을 하다 보면 깊은 보람을 느끼게 될 것이다. 사회 활동은 학업을 통해 배우지 못한 것들을 경험하는 기회이기도 하다. 팬들과의 소통, 사람들과의 교감을 통해 공부하고 성장하는 것이 1승, 홈런, 안타보다 더 귀중하다.

모이어는 로베르토 클레멘테상(賞)을 받기도 했다. 로베르토 클레멘테상은 메이저리그 사무국에서 매해 사회 공헌 활동에 앞장선 선수를 뽑아 수여하는 상이다. 1971년에 처음 제정됐을 때는 공로상이라는 평범한 이름이었는데 1973년부터 푸에르토리코 출신 선수인 클레멘테의 이름을 땄다.

클레멘테는 18시즌 동안 타격왕에 네 번이나 오른 실력도 그렇지만, 어린이와 가난한 이들에게 누구보다 헌신적이었다는 점에서 진정한 스타였다. 하지만 1972년 비행기 추락 사고로 안타깝게 사망하고 만다. 당시 그는 큰 지진이 일어난 니카라과에 구호품을 전달하러 가는 길이었다.

왜 메이저리그가 위대한가. 당연히 최고의 플레이를 보여주기 때문이다. 그러나 그 리그 전체를 보면 경기 이외의 요소들이 더 큰 자산이라는 걸 느낄 수 있다. 메이저리거들은 선행에 앞장서는 것에 주저하지 않는다. 메이저리그 사무국은 클레멘테상을 제정하고 선수들의 사회 활동을 적극적으로 독려한다. 부와 명성은 나누지 않으면 대가와 유명세에 불과할 뿐이다.

선수가 지켜야 할
세 가지 약속

좋은 선수가 되려면 약속을 잘 지켜야 한다. 자신과의 약속, 구단과의 약속, 팬과의 약속이 여기에 포함된다. 야구는 피지컬만 가지고 하는 스포츠가 아니다. 혼자 잘한다고 승리할 수 있는 스포츠도 아니다. 체력은 꾸준한 운동으로, 정신력은 철저한 준비로 다질 수 있다. 자신과의 약속을 자주 어기는 사람은 야구뿐 아니라 어떤 분야에서든 자신이 원하는 단계에 도달하기 어려울 것이다.

구단과의 약속도 중요하다. 연봉을 받으니까 그만큼 해내야 한다는 생각은 기본이고, 하나의 팀으로 함께하는 마음이 필요하다. 기본적으로 구단의 방침을 존중해야 한다. 물론 구단 역시 선수를 존중해야 할 것이다.

스포츠 선수라면 특히 팬과의 약속에 신경 쓸 필요가 있다. 팬의 성원을 받는 만큼 보답해야 한다는 뜻이다. 프로스포츠는 팬이 없으면 존재할 수 없다. 프로선수에게 있어 팬서비스는 덤이 아니라 의무 사항이다.

경기에 모든 에너지를 쏟아붓고 나서 팬들에게 일일이 사인을 해주는 일이 번거롭게 느껴질 수 있다. 선수도 사람이기 때문에 귀찮을 때가 있기도 하다. 그럴 때는 그 팬이 경기장에 오기까지 한 수고를 떠올려보라. 적지 않은 돈을 들여 표를 구입했을 것이다. 사람이 붐비는 버스나 지하철을 탔을 것이다. 그 두 가지를 모두 탔을지도 모른다. 차를 끌고 나왔다 해도 퇴근길과 주말의 교통체증을 각오해야 했을 것이다. 그렇게 경기장에 와서 나를 응원한 팬, 경기가 끝난 뒤에도 자리를 뜨지 않고 나를 기다린 팬이다. 이런 생각을 하면 귀찮음을 이겨낼 수 있다.

박찬호에게 '투머치토커(too much talker)'라는 별명은 언제 생겼을까. 방송 프로그램에서 생긴 게 아니라 팬들과의 관계에서 생겼다. 처음에는 팬들에게 사인만 해주다, 이왕이면 웃으면서 사인을 하기로 했다. 그런 다음에는 이왕이면 웃지만 말고 한 마디씩 해주자고 다짐했다. 그 한 마디가 두 마디, 세 마디로 길어지고 대화로 이어졌다.

비행기표를 사기 위해 열심히 돈을 모은 사람들, 어렵게 유학하면서도 짬을 내서 와준 사람들이 많았다. 어떻게 아무 말 없이 보낼 수 있겠는가. 사인을 해주면서 한 마디씩 안부를 물었다. 공부를 열심히 하라는 말도 덧붙였다. 유학생들에게는 돈도 아껴 쓰고 마약 같은 유혹에 빠지지 말라는 잔소리도 했다. IMF로 유학생들이 어려운 상황 속에서 한국으로 돌아가야 하는 안타까운 일도 생겼다. 그러다 보니 어느새 '투머치토커'라는 별명도 생겼다. 인정하기는 어렵지만, 팬들의 애정이 담긴 별명이라고 생각한다.

한 가지 아쉬운 것은 내가 선발투수일 때는 경기를 집중해서 준비해야 하기 때문에 팬들과 대면할 기회가 흔치 않았다는 점이다. 구원투수로 활약했던 몇 년 동안은 팬들과의 소통이 편안했다. 한국 팬들은 내가 등판할지도 모른다는 기대로 경기장에 찾아왔다. 내 이야기에 귀 기울여주었던 팬들, 고깃집에서 마주치던 청년들, 박찬호 유소년 캠프에 참가했던 유망주들에게 미안한 마음도 있었지만 TMT로서 매 순간이 너무 행복했다. — *park*

팬들과의 약속을 지키라는 건 팬서비스를 자주 많이 하라는게 아니다. 메이저리그 선수들은 팬서비스가 좋은 편이지만, 구단 이벤트를 제외하고는 경기장 밖에서 팬들을 마주치는 경우가 드물다. 원정 때는 철저한 경호나 관리 체계 속에서 이동한다. 불의의 사고를 대비해서 FBI 요원들이 1년 내내 배치되어 있기도 하다. 팬들과의 접촉이 어렵기 때문에 우연찮게 선수를 만난 팬들은 더 영광스러워하고, 선수를 만날 수 있는 이벤트에 더 열광적으로 참여한다. 경기 전에는 야구장 안에서 웜업하는 선수들과 접촉할 수 있는 기회가 있는데, 그 순간을 팬들은 가장 달콤해한다.

오타니처럼 인성이 좋은 선수도 정해진 시간과 장소 외에는 사인을 해주지 않는다. 동료들이 부탁해도 안 된다. 이는 인성 탓이 아니라 사인에 관한 사항까지 계약이 되어 있는 탓이다. 에이전시는 사인볼의 수량을 정해놓고 가치를 높인다. 야구공 하나에 사인하는 문제도 에이전시와 논의를 거쳐야 한다.

우리나라 선수들은 자주 노출이 된다. 언제 어디서나 지켜보는 눈이 많고, 그런 만큼 여러 가지 사건에 휘말릴 가능성도 크다. 그 부담과 고충은 충분히 이해한다. 조심하는 것 외에는 방법이 없을 것이다. 그러면 선수를 지켜보는 팬의 눈도 한결 너그러워지리라 믿는다.

팬과의 약속이란 어느 누가 정한 것은 아니지만, 그 관계 안에서 형성되는 책임감을 의미한다. 선수가 1만큼 더 노력하면 팬들은 열 배, 스무 배 더 기뻐한다. 그리고 그 기쁨은 다시 수십 배가 넘는 사랑과 응원으로 선수에게 돌아온다.

선수는 야구장 안에서만 존재하지 않는다. 야구장 밖에서도 이어지는 인생이라는 경기를 제대로 풀어나가야 한다. 그것이 야구를 사랑하는 팬들, 야구를 보며 자라나는 아이들을 위한 일인 동시에 스스로의 삶을 위한 길이기도 하다.

미국에서 나의 지인이자 멘토인 분이 "만약 찬호 네가 팬에게 받은 사랑의 10퍼센트만 보답한다면 그 가치가 더 크게 작용할 것이다"라는 조언을 해준 적이 있다. 팬들에게 받은 마음과 정성을 돌려주어야 한다. 사인 후에 안부를 묻거나, 고맙다고 하거나, 잠시 소통하는 시간을 주는 것 또한 10퍼센트에 포함된다. 10퍼센트를 실행하면서 더 큰 보람을 느끼게 될 것이다. – park

팀에 대한 예의를 갖추는 것도
프로의 자세

이글스에 있을 때 메이저리그나 일본리그와 완전히 다른 문화가 하나 있었다. 경기 날 상대 팀 선수들과의 교류가 두

드러지는 것이었다. 상대를 이기려는 투지를 가지고 경기장에 와야 하는데, 오히려 웃으며 같이 음식을 먹고 대화하는 모습을 목격할 수 있었다. 상대 팀 선수가 우리 팀 로커룸까지 와서 팀원처럼 앉아 이야기하는 모습을 보고 굉장히 놀랐다. 나는 경기 전에는 늘 상대 팀을 이겨야 한다는 생각으로만 가득했기 때문이었다. — *park*

물론 선수들끼리 쉽게 접촉할 수밖에 없는 환경이기는 하지만, 경기만큼은 꼭 이기겠다는 마음가짐이 필요하다. 만약 그날의 선발투수가 그 모습을 봤다면, 동료를 의심하는 마음으로 경기에 들어갈 가능성도 있다. 상대 팀에 대한 존중도 필요하지만, 더욱 중요한 것은 같은 팀끼리의 존중이다. 우리 팀 로커룸에 와서 분위기를 살피고 간 상대 선수는 얼마나 많은 정보를 가지고 경기에 임하겠는가. 우리 팀 클럽하우스에서 상대 팀을 때려눕히겠다는 투지, 무서움을 느끼기는 했을까.

다음 날 팀 미팅을 소집해서 자신이 느낀 점을 동료들에게 이야기해주었다. 절대 상대 팀이 우리 팀 로커룸에 오지 않고, 우리 역시 상대 팀 로커룸에 가지 않도록 하자. 경기 중에 상대 팀과 이야기를 삼가자. 팀이 어떻게 해서든 이기도록 예의와 존중을 지키자. 친분이 있는 상대 팀 선수와는 경기 후 개인적으로 만나길 바란다. 마지막으로 팀을 위해서 반드시 이기겠다는 맹수의 눈으로 상대를 대할 수 있었으면 좋겠다고 당부했다.

샌디에이고에서 경기 전 웜업 중 한 선수가 상대 팀 선수와 길게 대화하는 모습을 포착한 동료들이 선수 간 미니 법정(캥거루 코트, kangaroo court)을 연 적이 있었다. 미니 법정을 통해 해당 선수에게 3,000달러의 벌금이 부과되었다. 그 선수는 바로 팀 일원으로서 자기 잘못을 시인했다. 반면 팀 훈련 중에 여성 팬과 유난히 길게 대화하는 선수에게 미니 법정에서 벌금을 부과한 적도 있는데, 그 선수는 "나는 여성으로 대한 게 아니라 우리 팀을 응원하고 지지하는 팬으로 대했기 때문에 무죄다"라고 주장하여 결국 이기는 일도 있었다. 오히려 이를 고발한 선수가 벌금을 내게 되었다. 프로선수로서 당연히 이행해야 할 팬과의 만남을 오해했다는 이유에서였다. – *park*

메이저리그에서는 프로로서 잘못된 모습이 발각됐을 때 선수들이 바로 고발하는 편이다. 미니 법정을 열어 선수가 자신의 입장을 펼치기도 한다. 이러한 과정을 통해 선수들은 각자에 대해서 배우는 계기가 되기도 하며, 이때 모인 벌금은 지역에 기부하는 등 좋은 일에 쓰이기도 한다.

양의지 선수가 NC 다이노스로 대형 계약을 하고 이적을 하며 바뀐 모습을 보인 적이 있었다. 당시 이호준 코치는 양의지 선수를 불러 거만한 행동을 지적하며 선배로서 많은 조언을 건넸다고 한다. 양의지 선수는 바로 다음 날 커피를 사 들고 선수들을 찾으면서 마치 루키가 할 법한 겸손한 행동들을 하기 시작했다. 여기에서 두 가지 긍정적인 면을 발견할 수 있다.

첫째, 선수들은 누구나 변화된 현실에 따라서 바뀔 수 있다. 거만해지기도 하고 스타가 된 걸로 착각하기도 한다. 선수 본인은 잘 느끼지 못할 수도 있다. 누군가가 제대로 조언해준다면 그 선수에게는 행운이다. 여기에서도 이를 기분 나쁘게 받아들이는 사람이 있는가 하면, 제대로 받아들이는 선수가 있다. 양의지 선수는 그 조언을 받아들이고 바로 초심으로 돌아갈 수 있는 용기를 가졌다.

둘째, 이호준 코치는 팀을 위해서 용기를 낸 것이다. 보통 코치들은 대스타와 불편해지는 것을 두려워하는 나머지, 진정성 있는 지적을 잘 하지 않는다. 팀의 주축인 선수들과 갈등을 빚는 것을 꺼리는 경향이 있다. 양의지 선수가 여전히 베테랑 선수로 리그의 주축이 되어 활약하는 데에는 이런 조언이 바탕이 되지 않았을까.

잘 치고 잘 던지는 선수는 너무나 많다. 하지만 본받을 게 많은 훌륭한 선수는 적다. 프로야구를 단 한 시즌만 경험했지만 인성이 뛰어나 사람들의 귀감이 되는 선수가 있는 반면, 오랫동안 슈퍼스타로 커리어를 이어갔던 선수라 할지라도 배울 게 없고 부정적인 이야기만 들리는 경우도 있다. 사람들은 과연 어떤 사례를 마음에 새길까.

선수들 앞에 놓인
새로운 위험들

80년대에는 음주가, 90년대에는 스테로이드가 문제였다. 지금은 마약이라는 위험에 선수들이 노출되어 있다.

야구선수가 성공하려면 절제해야 할 것들이 정말 많다. 그래서 성공은 쉬운 게 아니다. 술, 담배, 필요하다면 이성과의 교제까지 절제하는 습관이 필요한데, 요즘은 그보다도 더 큰 위험에 놓여 있는 것이다. 약물, 마약, 스테로이드, 음주운전, 승부조작, 도박 등은 나 자신을 망가뜨릴 뿐만 아니라 리그 전체를 망가뜨리는 일이 된다. 그리고 세상을 어지럽히는 일들이기도 하다는 점을 꼭 숙지해야 한다.

한국야구는 이제 공연장 문화처럼 즐기는 분위기로 변해가고 있다. 이와 더불어 프로스포츠 자세와 정신을 훼손하는 유혹들이 광범위하게 많아질 것이다. 철저하게, 정말 철저하게 스스로를 절제하기를 바란다. 스포츠의 정신과 품위를 훼손시키는, 진정성을 가지고 사랑을 주는 팬들에게 상처를 주는, 더 나아가 각자의 가족에게도 큰 상처를 주는 일들이 절대 없었으면 좋겠다. – *park*

사고가 났을 때 선수는 자신의 삶에 책임을 지는 대가를 치르게 되고, 구단은 사회에 나쁜 영향을 끼친 것에 대한 책임을

지게 된다. 구단이 선수의 진로를 막을 수 있지만, 야구 인생은
선수 자신의 책임이다. 야구가 자기 삶에 있어서 가장 중요하
게 자리 잡으면 많은 유혹을 뿌리치는 것이 꼭 어렵지만은 않
을 것이다.

 선수들의 목표는 더 잘하는 사람, 더 유명한 사람이 되는 것
인데 그 자리로 갈수록 더 큰 위험에 노출되기 마련이다. 혹시
나 이 책을 읽을 후배들에게 간곡히 부탁한다. 우리는 이 리그
를, 이 야구판을 좀 더 나은 방향으로 다지고 성장시켜서 다음
세대에게 물려줘야 할 의무가 있다.

PART

②

Beyond the Baseball Game

감독

야구는 사람이 하는 일임을
깨닫게 하는 자

1
감독에게는
세 가지 매니징이 있다

코치는
선수들의 거울

메이저리그는 결과를 중시하고, 마이너리그는 과정을 중요하게 생각한다. 어느 것이 더 우위라는 게 아니다. 마이너리그에서는 선수들의 성장 가능성, 이기고 지는 것보다도 각 선수의 능력과 성장 과정을 체크한다. 그 선수의 능력이 메이저리그에서 통할지, 메이저리그 스타가 될 수 있을지를 판단한다. 메이저리그에서 통할 수 있는 재능을 가진 선수들은 너무나 많다. 그래서 재능만으로는 메이저리그와 마이너리그를 왔다 갔다 하는 것에 그칠 수도 있다.

성장 과정에서의 인성, 정신, 잠재력 등을 긍정적으로 평가받는 선수는 메이저리그에서 더 오랫동안 프랜차이즈 선수로서 활약할 수 있다. 마이너리그를 거치지 않고 바로 메이저리그로 진출한 박찬호는 당시 잠재력만 확인된 상태였지만, 마이너리그로 내려가서 배웠던 다양한 과목들이 후에 메이저리그에서 그를 지탱해준 원동력이 되었다.

메이저리그에서 과정을 중시하지 않는 것은 아니다. 경기의 승패까지도 과정으로 받아들이고 승리에서도 패배에서도 각각 배울 점이 있다는 것을 그들은 늘 강조한다. '졌잘싸'라는 말이 있다. '졌지만 잘 싸웠다'라는 뜻의 줄임말이다. 스포츠 팬들은 자신이 응원하는 팀의 승리를 원하지만, 잘 싸운 경기라면 결과에 상관없이 선수들에게 아낌없는 박수를 보낸다. 아쉽게 패배했더라도 경기 내용이 좋았다면 그날의 패배는 승리를 향한 과정이 된다. 다음번에는 이길 수 있을 거라는 확신이 생기기 때문이다. 반면에 선수들이 실책을 남발했음에도 운 좋게 이기는 날이 있다. 과정은 좋지 않으나 결과가 좋은 경우다. 이런 경기 후에 다음의 승리를 확신할 수 있는 사람은 적을 것이다.

결과와 과정의 선순환 구조를 만드는 것. 이것이 지도자가 할 일이다. 결과냐 과정이냐와 비슷한 질문이 있다. 좋은 선수냐 좋은 팀워크냐다. 재능을 가진 선수들이 많다고 해서 팀의 성적이 꼭 좋은 게 아니다. 중요한 것은 팀워크다.

이 팀워크를 만들기 위해서는 모두가 노력해야 하지만, 선수보다도 감독보다도 중요한 역할을 하는 사람이 바로 코치다.

야구장에 가면 코치들은 매일 보는 선수들에게 유난히 디테일한 질문을 건네며 인사한다. "가족은 어떠니?" "오늘 몸은 좀 어때?" 투수 코치는 투수에게, 타격 코치는 타자에게, 포수 코치는 포수에게 더 자세하게 말을 건넨다. 매일 보는데도 그날그날에 따라 어떤 컨디션인지 살피며 선수들과 친밀하게 소통하려고 노력한다. 코치에게 야구뿐만이 아니라 인생을 배우는 경우도 많다. *- park*

팀이 단단해지려면 훌륭한 코치진의 노력이 있어야 한다. 앞에 드러나는 것은 언제나 감독의 이름이지만, 코치들은 빛이 나지 않는 자리에서 수많은 일을 한다. 사실 감독과 선수의 관계보다 코치와 선수의 관계가 더 중요하다고 할 수 있다. 선수들과 대면하고 소통하는 시간이 훨씬 많은 만큼 코치에 대한 선수들의 믿음이 강할 때 그 팀이 강해진다. 선수들 가까이에서 결과와 과정의 선순환 구조를 만들고, 재능과 팀워크를 조화시킬 줄 아는 것. 선수들이 자신을 비춰볼 수 있는 거울 같은 역할을 하는 것. 이것이 좋은 코치의 덕목이다.

감독이 하는 일은
코칭이 아닌 매니징

그런 역할은 감독이 하는 게 아닌가 하는 의문을 가질 수 있다. 코치와 감독의 역할은 확연히 다르다. 감독에게는 야구 기술이라는 관점에서 선수들을 '코칭(지도)'

하는 능력보다 '팀'이라는 관점에서 '매니징(관리)' 하는 능력
이 더 중요하다. 선수를 가르치는 역량보다는 선수와 팀, 게임,
그리고 시즌을 잘 관리하는 역량이 필요한 자리인 것이다. 야
구 감독을 '헤드 코치'가 아니라 '매니저'라고 부르는 이유이
기도 하다.

　감독은 선수들을 매니징하지만 결과적으로 코치들이 그날
그날 전해준 선수 정보를 매니징하는 것이다. 그만큼 정확한
정보를 파악하는 게 코치의 역할이고, 감독은 그 정보를 취합
해서 그날그날의 경기를 운영한다. 요즘은 데이터 야구가 더
두드러지면서 구단에 데이터 코치 하나가 더 생기는 변화를 볼
수 있다. 하지만 여전히 토미 라소다처럼 감각을 위주로 한 감
독들도 많다.

　감독은 선수들의 생각을 매니징 하는 것이 중요하다. 선수들
은 위기 상황에서 좋지 않은 과거를 상기하는 습관이 있다. 긴
장과 두려움으로 아직 일어나지 않은 일을 미리 생각한다. '삼
진을 두 번이나 당했는데, 이번에도 삼진이면 어떡하지? 오늘
내가 못 치면 감독님 얼굴을 어떻게 봐야 할까? 팬들은 또 얼마
나 실망할까? 지난번처럼 야유가 쏟아지는 건 아닐까?' 하는
식이다. 감독은 선수들의 이런 모습을 파악하고 각 선수에게
맞는 해답을 제시할 수 있어야 한다.

　다저스의 토미 라소다 감독은 관찰력이 뛰어난 사람이다. 그
의 책에 따르면 칭찬을 해줘야 하는 선수가 있고, 따끔하게 혼
을 내줘야 하는 선수가 있다. 마음이 약해서 혼나면 더 쪼그라

드는 선수가 있고, 반대로 쓴소리를 들어야 마음속 불씨를 태우는 선수가 있다고 한다.

토미 라소다 감독은 좋은 선수라는 날개를 달고, 부족한 선수들에게는 날개가 되어주는 역할을 했다. 나를 아들처럼 생각했던 그는 자기가 초대받은 행사나 파티, 지인들 집에 나를 통역도 없이 데리고 다니기를 좋아했다. 그렇게 미국 문화에 빨리 적응하기를 바랐다. (통역 없는 그 상황이 어려워서 속이 타들어가는 줄도 모르고 말이다.) 맛있는 음식을 먹는 것은 나쁘지 않았지만, 말도 통하지 않는 사람들과 인사를 하고 알아들을 수 없는 질문을 듣는 일은 무척 괴로웠다.

그러나 계속 다니다 보니 어느 순간부터 그 분위기에 익숙해졌다. 유창하게 말할 수는 없어도 영어가 조금씩 들리고, 내가 애쓰며 말하는 모습에 알아들은 것처럼 웃어주는 사람들이 늘어갔다. 제법 대화에도 끼게 되었다. 그 자리를 통해 표면적인 대화를 넘어 소통하는 법을 알게 되었다. 팀 내에서도 이방인에서 동료로 조금씩 자리를 잡아 갔다. 라소다 감독의 애정이 담긴 또 하나의 매니징인 것이다. — park

메이저리그에서 잘하는 선수들이 팀 분위기를 헤치는 행위는 잘 볼 수 없다. 자기 관리를 투철하게 하기 때문이다. 만약 그런 행동을 보인다면 과감하게 질책하는 감독이 있어야 한다. 못하는 선수들이 겸손한 경우가 많기 때문에 질책도 잘 수긍한다. 하지만 잘하는 선수들은 맞서는 경우가 많다. 개인적인 질책은 절대 타인 앞에서 하지 않는 것이 좋다. 야구를 잘하든 못하든 타인 앞에서 질책하는 것은 모욕을 주는 것이기도 하기 때문이다. 그러니 다른 팀원들 앞에서 한 선수를 모욕을 주는 일은 피하는 것이 좋다.

우리는 감독이 잘하는 선수, 베테랑 선수를 질책하거나 분위기를 불편하게 만드는 것을 어렵게 생각한다. 강자에게 약하고, 약자에게 강한 모습을 자주 보게 된다. 스포츠뿐만 아니라 조직 안에서도 이런 일이 있을 것이다. 나보다 어리거나 경력이 짧다고 해도 더 똑똑하거나 더 많은 정보를 가질 수도 있다.

다루기 쉬운 선수들만 있다면 아마추어 팀일 것이다. 프로는 모든 게 어려워야 한다. 그래서 노력해야 하는 것이다. 각자 다른 인격체, 다른 가치가 모여 하나의 팀으로 나아가야 하니까. 반면 아마추어는 끊임없이 배워야 한다. 그렇기 때문에 좋은 지도자 한 명의 역할이 크다.

나는 구단 대표로서 롱런(7년)했다. 운이 좋다. 그것보다 운이 더 좋은 것은 그 7년 동안 감독이 바뀌지 않았다는 거다. 둘이 함께 롱런할 수 있었던 비결은 좋은 성적도 있지만 무엇보다 공감, 이해, 존중 같은 가치였다. 김경문 감독을 NC 다이노스 초대 감독으로 영입한 뒤 선수단에 직접 참견하지 않았다. 어떤 변화를 주고 싶을 때는 감독과 공감하고 서로 이해한 뒤 감독을 통해서 그 변화를 실행했다. 구체적으로는 감독 리더십에 대해 게임 매니징, 시즌 매니징, 팀 매니징이라는 세 가지 관점으로 대화했다. – lee

감독에게는 세 가지 매니징 능력이 필요하다. 첫째, 게임 매니징은 그야말로 1회부터 9회까지 경기를 이끄는 것을 의미한다. 선발 라인업을 짜고, 선발투수를 지정하며, 불펜에 대한 판단으로 투수를 교체하는 등 경기 도중에 일어나는 다양한 경우의 수에 대처하면서 더그아웃을 떠날 때까지 선수단 전체의 최종 의사결정자가 되는 것이다.

야구 경기는 세 시간 남짓 진행되지만, 그사이에 일어날 수 있는 상황은 그야말로 무궁무진하다. 수비와 공격을 합해 300개 가까운 공이 오간다. 누상에 주자가 나가면 상황에 따라 대타나 대주자, 대수비를 기용해야 한다. 판정 여부에 따라 심판과 싸워야 할 때도 있다. 이런 경기를 3월 말 또는 4월 초부터 9월 말이나 10월 중순까지 144번 반복해야 한다. 늘 같은 판단력을 유지하기가 쉽지만은 않을 것이다.

'3연전'이라는 프로야구의 특성도 고려해야 한다. 모든 팀은 3연전에서 2승을 가져가길 원한다. 3연승이면 더 좋겠지만, 우선은 더 많은 승리가 목표다. 1차전은 2차전과 3차전에 영향을 주고, 1차전과 2차전은 다시 3차전에 영향을 준다. 이것이 3연전이라는 '시리즈'의 속성이다.

따라서 게임 하나하나보다는 시리즈를 잘 운영하는 것이 중요하다. 이것이 바로 '시즌 매니징'이다. 감독은 시리즈에 대한 전략을 가지고 있어야 하며, 1차전과 2차전을 거치는 동안 그 전략을 유지하면서도 탄력 있게 보완해야 한다. 관점을 길게 가지고 시리즈에서 그다음 시리즈, 다시 그다음 시리즈로 전략을 설계할수록 유능한 감독이라고 할 수 있을 것이다.

시즌 매니징은 게임 매니징보다 눈에 잘 보이지 않는다. 우리는 야구를 '게임' 단위로 본다. 경기에서 감독의 역량이 가장 잘 드러난다고 여긴다. 그러나 한 번 더 생각하면, KBO리그에서 각 팀은 '시즌'을 단위로 경쟁한다. 팀의 성적을 평가하는 기준은 '시즌 성적'이다. 감독은 그 시즌을 매니징 하는 능력으로 평가받아야 한다.

그렇다면 시즌은 언제부터 언제까지인가. 개막전부터 시즌 마지막 경기까지라고 생각하기 쉽지만, 개막전 앞에 시범경기가 있고, 또 그 앞에 스프링캠프가 있으며, 시즌 마지막 경기 뒤에 포스트 시즌이 있고, 또 그 뒤에 마무리 훈련이라고 부르는 팀의 자율 훈련 기간이 있다. 결국 시즌은 2월부터 11월까지 전부를 이른다. 모든 단계가 팀의 성향과 의도에 따라 하나의 흐름으로 연결돼야 한다. 그 방향을 설정하고 물줄기를 내서 물이 잘 흐르도록 하는 것이 감독의 역량이다. 그래서 선수단의 훈련 프로그램은 물론, 캠프 장소를 정하는 것부터 마무리 훈련에 포함될 선수의 명단을 결정하는 것 등은 구단에서 방향을 정하되 감독과 긴밀하게 협력할 필요가 있다.

시즌이 시작되어 종료될 때까지 팀은 마라토너처럼 스타트, 스퍼트, 숨 고르기, 슬럼프, 피니시 등을 거친다. 감독은 그 지점을 판단하고 준비하며 다스려야 한다. 1경기부터 144경기까지 한결같은 페이스를 유지하는 것은 사실상 불가능하다. 팀은 때로 연승의 호조 구간을 지나기도 하고, 연패의 슬럼프를 겪기도 한다. 연승 중에는 그 분위기를 최대한 연장하고, 연패 흐름은 짧게 끊어내는 운영의 묘를 발휘해야 한다.

팀 매니징은 최고 레벨의 프로야구 선수들로 이루어진 그 '팀'을 매니징하는 것이다. 게임이나 시즌과는 좀 다른, 감독의 역량이 반드시 필요한 분야다. 감독에게 있어 특히 중요한 역할은 '팀 분위기'로 불리는 '문화'를 조성하는 것이다. 2023 AFC 카타르 아시안컵 축구대표팀의 사례가 좋은 예다. 감독이 주도한 팀 문화가 베테랑-중간급-주니어 선수들에게 잘 연결될 때 팀의 분위기 역시 좋은 쪽으로 흐른다.

야구단에는 30명 정도의 주전선수들과 60명 정도의 퓨처스, 재활, 루키 레벨 선수들이 있다. 여기에 어떤 공기를 불어넣느냐 하는 점이 바로 팀 매니징일 것이다. 감독은 베테랑의 세대 교체, 유망주 발탁, 1군으로 올라온 퓨처스리그 선수의 기용, 부상을 입은 선수의 대체 선수 선택, 트레이드나 FA 선수 영입에 대한 의견 조율 등을 통해 이를 주도한다. 이것은 구단 혹은 단장의 영역이라고 선을 긋는 사람도 있겠지만, 한국프로야구의 풍토나 환경을 생각하면 감독이 꼭 관여해야 하는 부분이다. 메이저리그에서도 이와 같은 영역은 감독과 단장이 서로의 역할을 존중하며 만들고, 슬기로운 구단은 그 프로세스를 갈등 없이 진행한다. 구단은 감독의 성향과 의도를 이해하고, 그 의견을 경청해서 수렴하며 최종 결정을 해야 한다. 그렇게 서로를 존중하는 것이야말로 구단과 감독의 가장 이상적인 관계라고 생각한다.

매니징에도
디테일이 필요하다

다저스에서는 가끔 최고의 타자 마이크 피아자에게 낮 경기 휴식을 주었다. 최고의 기량을 펼치고 있는 피아자가 라인업에서 빠진 것이다. 그게 궁금했던 박찬호는 당시 수석 코치 빌 러셀에게 이유를 물어보았다.

"왜 마이크 피아자를 기용하지 않는 건가요? 오늘 이겨야 하지 않나요?"

마이크 피아자는 포수이기 때문에 휴식이 없으면 그다음부터는 힘들어질 것이라는 대답이 돌아왔다. 휴식이 있으면 더 건강하게 더 전력으로 경기에 임할 수 있다. 결국 체력이 있어야 집중력도 생긴다는 것이었다. 또한 우리에게 찬스가 오면 피아자라는 대타자를 전략적으로 기용할 수 있기 때문에 역전의 기회도 올 수 있다. 득점 기회가 왔는데 하위 타선인 경우, 즉 확률적으로 상위 타선보다 성공 확률이 적을 때 강한 대타자가 있다면 그 기회를 바로 살릴 수 있다는 것이었다. 그래서 핀치 히터(대타)들은 마무리 투수처럼 중요한 역할을 한다. 오늘의 후보선수들 중에서 아무나 선택하는 것이 아니다.

매니징은 선수들의 인성과 컨디션을 포함해 너무나도 디테일하고 광범위하다. 특히 미국에서는 한 시즌에 162경기를 해야 하는데 스프링캠프 기간까지 포함하면 200경기 가까이 된다. 그만큼 선수를 기용하는 매니징을 잘하지 못하면 부상자가 많아지기도 하고 시즌 후반에 체력적으로 약해지는 팀이 될 것이다.

양키스 선수 출신의 다저스 감독 조 토리가 있다. 2008년 시즌에 박찬호는 조 토리 감독과 함께하게 되었다. 워낙 유명한 감독이고 권위가 높았다. 말수도 적은 사람이었다.

원정 경기에서 조 토리 감독과 같이 아침 식사를 하며 대화할 기회가 있었다. 그는 나의 커리어에 대한 덕담과 칭찬을 건넸다. 그러면서 올해 같이하게 된 것에 대해 기쁘게 생각한다고 이야기했다. 그가 한국 지인에게 선물을 받은 좋은 술에 대해 이야기하며 즐거운 아침 식사를 이어갔다. 그 순간 감독이 위아래를 구분하지 않는 동료로서 나를 대해준 것 같아서 무척 좋았다.

감독에 대한 낯섦이 존중과 존경의 불씨로 바뀌었다. 그 시즌에 컴백하고 재기할 수 있었던 계기도 감독과 선수 간의 소통이 만들어낸 것이 아닐까. ─ park

메이저리그의 감독들은 "나를 위해 뛰었다(He played for me)"라는 이야기를 자주 한다. 라소다 감독은 자신에게 찾아오는 옛 제자들을 박찬호에게 소개하며 "그가 나를 위해 뛰었어"라고 이야기해주기도 했다. 파티장에서 만난 라소다의 옛 제자들이 그의 과거 실수를 재미있게 이야기하며 장난을 치는 편안한 분위기를 볼 수도 있었다. 물론 그러면서도 어떤 선을 지켰다.

야구장 안에서는 권위적인 리더십이 필요하다. 하지만 유니
폼을 벗고 나서는 큰형, 삼촌, 때로는 할아버지처럼 자상하고
친밀감 있는 관계가 좋지 않을까. 선수들에게도 야구 외에 그들
과 함께하며 배웠던 교훈 역시 깊게 남을 것이다.

　내가 존경하는 3김이 있다. 김경문, 김성근, 김인식 감독이다. 김
경문 감독은 말 그대로 매니저다. 선수들에 대해 디테일하게 파악하
고 매니징을 잘하는 것 같다. 편안하면서도 냉정한 결단력이 있다.
김성근 감독은 선수를 만들어서 사용한다. 선수의 부족함을 파악하
여 쓸모 있는 선수로 만드는 능력이 있다. 독하면서도 자상한 면이 있
다. 김인식 감독은 늘 밥을 같이 먹어주는 삼촌 같다. 선수 심리를 잘
읽고 너그러운 느낌이다. 선수는 감독을 위해서 플레이를 하고 싶을
때가 있는데, 김인식 감독이 그런 예가 아니었나 싶다.
　내가 감독이 된다면 어떤 스타일일까? 김경문 감독 스타일을 선호
하지만 막상 김성근 감독처럼 할 것 같은 느낌이 든다. 머리로 매니징
하는 것보다 몸으로 매니징하는 게 나에게 더 어울리는 것 같기도 하
다. 또한 코치진에게 가장 심혈을 기울일 듯하다. 그들과 같이 좋은
팀을 만들기 위해 토론하고 토론하며 시간 투자를 많이 하지 않을까.

− park

In baseball and in business,

there are three types of people.

Those who make it happen, those who watch it happen,

and those who wonder what happened.

— Tommy Lasorda

야구와 비즈니스에는 세 가지 유형의 사람들이 있다.
그것을 실현시키는 사람들,
그것이 일어나는 것을 지켜보는 사람들,
그리고 무슨 일이 일어났는지 궁금해하는 사람들이다.

— 토미 라소다 투수, 야구감독

2
'플레이 투게더'까지
이끌어낼 줄 아는가

플레이 하드에서
플레이 스마트로

재일 한국인으로 일본프로야구에서 유일하게 3,000안타를 기록한 최고의 타자가 바로 장훈이다. 장훈 선수의 기록은 아직도 깨지지 않고 있다. 장훈이 위대한 선수인 이유는 장애를 극복하고 대기록을 달성했다는 점이다. 장훈의 오른손은 어린 시절 입은 화상으로 네 번째와 다섯 번째 손가락이 붙어 있고, 엄지손가락도 약간 휜 상태였다. 게다가 매우 가난한 어린 시절을 보냈다. 어린 장훈 선수가 먹을 것이 없어 물로 배를 채우고 매일 천 개씩 스윙 연습을 했다는 일화는 그의 전기 영화 등을 통해 널리 알려져 있다.

어린 선수들은 일단 '열심히 하는 게' 중요하다. 10대에는 체력의 한계를 느낄 수 있을 정도로 많이 해야 한다. 특히 청소년기에는 육체적으로 쉽게 지치지 않는다. 마음만 먹으면 몸이 따라가는 시기다. 회복도 굉장히 빠르다. 견딜 수만 있다면 더 많이 던지고, 더 많이 쳐도 괜찮다. '플레이 하드(play hard)' 하는 것이다. 힘들어도 모두 피가 되고 살이 되는 일이다.

20대에는 안정된 프로그램과 체계화된 훈련 스케줄에 의해 철저하게 노력해야 한다. 선수로서 가장 좋은 퍼포먼스는 20대에 이루어지기 때문에 더욱 잘 관리할 필요가 있다. 하지만 점점 몸이 마음을 따라가지 못하는 시기가 온다. 그럼에도 불구하고 '플레이 하드' 모드만 고집하면 지치거나 다칠 수밖에 없다. '플레이 스마트(play smart)'로 방향을 바꿔야 한다.

30대가 되면 전성기를 지났기 때문에 훈련량부터 조절해야 한다. 경험과 루틴에 의한 정신력이 자리 잡혀 있고 실패와 성공의 원인도 알고 있으니, 체력적으로 롱런하기 위해 절제된 훈련 프로그램으로 변화할 필요가 있다. 결국 30대가 되면 코치 없이도 셀프 매니징이 되어야 하는 것이다.

40대는 보너스다. 마음 놓고 걱정 없이 해라.

나이가 들수록 슬럼프라는 게 찾아오고, 부상을 당할 위험도 커진다. 육체적으로 힘들어지면 멘털도 무너진다. 그러니 나이가 들수록 더 체계화된 훈련 프로그램이 필수다. 나이 든 선수라고 어린 선수보다 멘털이 더 강한 것은 아니다. 나이가 들면 드는 대로 더 큰 시련이 찾아오기 때문이다.

커리어를 쌓을수록 경기 외적인 요소가 선수를 괴롭히기도 한다. 언론의 비난, 팬들의 조롱이 심해질 수도 있다. 야구 삶을 지혜롭게 헤쳐 나가야 하는 시기가 찾아온다. 하지만 어느 나이대든 자기 자신의 신념, 목표, 열정이 식지 않도록 노력하는 것이 중요하다. 그것이 바로 '플레이 스마트'이다.

플레이 스마트에서
플레이 투게더로

무조건 열심히만 하는 선수를 영리하게 만드는 역할이 바로 코치에게 있다. 방법이 아니라 원리를 깨치게 하여 자기 스스로 생각할 줄 아는 선수를 만드는 것이다.

우리 야구는 무조건 '더 열심히'를 외친다. 훈련도 일방적이거나 일률적인 방식으로 진행되는 경우가 많다. 투구든 타격이든 '방법'을 가르쳐주고, 될 때까지 연습할 것을 요구한다. 우리는 다 그렇게 배웠다.

반면 메이저리그에서 인정받는 코치들은 방법 이전에 원리를 알려준다. 예를 들어 투구한 공이 날아가면서 공의 실밥이 공기와 부딪히면 어떤 현상이 일어나는지를 알려준다. 손가락의 위치와 힘을 주는 포인트에 따라 공의 움직임과 각도가 달라지는 이유가 무엇인지 설명한다. '플레이 하드'에서 한 발짝 나아간 '플레이 스마트'의 단계다.

최근에는 우리 야구도 이렇게 변하고 있다. 유튜브를 보면 공이 움직이는 원리를 분석하고 다양한 조건으로 실험하는 등 야구의 과학적인 접근을 시도하고 있다. 하지만 일부의 움직임일 뿐, 프로선수임에도 여전히 '플레이 하드' 단계에 머무르고 있는 경우가 많다. 계속해서 더, 더, 더, 열심히 하는 데 집중하다가 번아웃(burnout)이 오는 선수들, 부상당하는 선수들도 꽤 된다.

타자들은 방망이에 대해서 왜 공이 우측으로 날아가는지, 손목이 강한 사람과 허리가 강한 사람의 공이 날아가는 각도는 어떤지, 공이 방망이의 어떤 부분에 맞으면 어떻게 날아가는지 등에 대해서 이해하는 것이 중요하다.

투수인 박찬호는 내셔널리그에서 타자로도 활약했다. 투수는 번트를 대는 상황이 많은데, 그래서 두 가지 배트를 사용했다. 번트 상황이나 변화구에 능한 투수와 상대할 때는 두꺼운 방망이, 투아웃에서는 가볍고 얇은 방망이를 썼다. 원리를 이해하려고 한 것이다. 보이지 않고 생각지 않은 차이일 수 있지만 그게 성공을 만들어내는 시작이 될 수 있기 때문이다. 박찬호가 번트를 잘하는 투수로 알려진 데에는 방망이의 덕이 컸을 수도 있다.

선수가 '플레이 스마트'를 하게 되면 좋은 성적을 낼 뿐만 아니라 롱런하는 선수가 된다. 생각하는 플레이를 할 수 있는 것이다. 하지만 여기에서 그치는 게 아니라 '플레이 투게더(play together)'까지 갈 수 있어야 한다.

박찬호는 피츠버그 파이리츠에서 124승을 거두며 아시아 출신 투수 최다승 기록을 경신했다. 2010년 10월 1일이었다. 시즌 마지막 경기였고, 공을 던지기로 되어 있는 날도 아니어서 124승은 다음 해에나 가능하리라 예상되던 때였다. 그런데 감독은 박찬호에게 던질 기회를 주었다.

당시 투수는 대니얼 맥커친이라는 젊은 루키였다. 예정된 선발투수가 다치는 바람에 등판한 맥커친은 4회까지 상대에게 단 1점을 허용했다. 한 이닝만 더 막아내면 승리 투수가 될 요건을 갖추는 셈이었다. 그에게는 선발 자리를 꿰찰 절호의 기회이기도 했다. 그러나 맥커친은 예상 밖의 행동을 했다. 존 러셀 감독에게 박찬호의 124승을 위해 스스로 마운드를 넘기겠다는 제안을 한 것이다. 맥커친은 1년 내내 박찬호와 불펜에 같이 있었기 때문에 박찬호의 커리어를 이해하고 어떤 목표가 있는지를 알고 있었다. 박찬호가 한국 식당에 가장 많이 데려간 동료이기도 했다.

감독은 그의 이야기를 듣고 불펜에 전화해서 나에게 던질 의사가 있는지를 물었다. 예상 밖의 등판에 나는 흔쾌히 "물론이죠(sure)"라고 대답했다. 정신없이 서둘러서 마운드에 올라가 오로지 타깃만 보고 던진다는 생각으로 임했다. 지난 몇 경기 등판으로 컨디션이 그리 좋지 않았고, 불펜에서도 몸이 충분히 풀리지 않은 상태였지만 믿기지 않을 정도로 공이 잘 들어갔다. 동료들의 응원에 힘입어 나는 3이닝 동안 아홉 명의 타자를 상대로 여섯 개의 삼진아웃을 잡았다. 퍼펙트한 승리였다.

경기가 끝나고 필드에서 특별 인터뷰를 마친 후 클럽하우스에 들어갈 때까지 긴 시간이 지났는데, 아무도 호텔로 돌아가는 버스에 타지 않고, 샤워도 하지 않았다. 내가 들어오자마자 샤워실로 끌고 가서 얼음 속에 있는 맥주를 퍼부으며 다 같이 환호했다. 마치 자기 일인 것처럼 축하해주었다. 불펜에서 마운드로 뛰어가는 길에 동료들이 응원해주고 파이팅을 건네주었던 모습을 기억한다. 평소보다 더 환한 미소로 격려를 보내던 모습을 잊을 수 없다. *– park*

이것이 '플레이 투게더'가 아닐까. 또한 선수의 의견을 존중하고 역사를 만드는 일을 결정하는 리더의 힘이 아닐까. 함께 하는 즐거움을 아는 팀은 좋은 팀이 된다. 따라서 지도자들은 선수들이 잘 어우러지게끔 해야 한다. '플레이 투게더'의 가치가 녹아 있는 팀을 만드는 것이야말로 지도자의 역할 중 하나일 것이다.

2006년 WBC 국가대표팀은 국내 프로야구와 해외파 선수들이 함께한 최초의 팀이었다. 메이저리거인 박찬호와 김병현, 김선우, 서재응, 최희섭, 봉중근, 구대성 그리고 일본에서 활약 중인 이승엽 등이 모두 한 팀이 되었다. 실력 있는 선수들이 많다는 것은 장점이었지만, 짧은 시간 안에 결속력을 키울 수 있을지 걱정이 되는 것도 사실이었다.

대표팀을 맡은 김인식 감독의 방에 가서 차 한 잔을 얻어 마시며 어떤 계획이 있는지 넌지시 묻기도 했다. 김인식 감독은 선수들을 강

력한 카리스마로 통솔하기보다는 섬세하게 관찰하고 보듬는 스타일
로 유명했다. 원래 좀 도인 같은 면모가 있는 분이었다. 선수들이 열
심히 훈련하고 있으면 "지쳐서 어떻게 하려고 그래. 더운데 좀 쉬어"
하는 식이었다. "이렇게 하면 안 돼"라고 말하기보다는 "그냥 해. 괜
찮아!"라는 말로 선수들을 편하게 해주었기 때문에 스타급 플레이
어들이 한 팀으로 묶일 수 있었던 것 같다. *– lee*

대표팀은 말 그대로 나라를 대표한다는 상징성이 있다. 대
표팀 경기가 있는 날이면 모든 국민은 간절한 마음으로 하나가
된다. 그런데 선수들이 하나 되지 않는다면 어떻게 좋은 승부
를 펼칠 수 있겠는가. 선수는 물론이고 구단과 지역, 나아가 리
그와 팬까지 함께하는 것이 야구임을 안다면 '플레이 투게더'
에 이르렀다고 할 수 있다. 비로소 진정한 야구를 알게 되는 단
계다.

3
감독이 넘어야 할
세 가지 고정관념

연승을 하기보다
연패를 하지 않는 것이 더 중요하다

어떤 팀을 강팀이라고 할 수 있을까. 투수층이 두꺼운 팀, 불펜 자원이 많은 팀, 공격력이 좋은 팀 등등 다양한 답이 나올 것이다. 강팀은 연승을 하는 팀이 아니다. 연패를 하지 않는 팀이다. 연승하는 것보다 연패를 하지 않는 것이 중요하다. 강팀도 매번 이길 수는 없기 때문이다. 언제든 패배할 수 있지만, 패배가 습관이 되어서는 안 된다. 반대로 약팀은 연이어 패배할 때가 많고, 연패를 잘 끊어내지 못한다.

연패의 수렁에 빠지면 선수들의 마음에는 '어떻게 해도 안 된다'라는 생각이 생긴다. 부정적인 생각은 아주 강력한 영향을 미쳐서 개인은 물론이고 팀 전체가 패배에 익숙해지도록 만든다. 한번 패배에 익숙해지면 그 분위기가 고착된다. 잘하는 선수 몇 명을 데려온다거나 코치진을 물갈이한다고 해서 금방 바꿀 수 있는 문제가 아니다. 그런 팀들은 팀 차원의 루틴이 제대로 자리 잡히지 않는다.

나에게 처음 루틴의 중요성을 알려준 사람은 버트 후튼 코치다. 그는 선수들에게 경기장에 들어서면서 경기를 시작하기 전까지, 그리고 마운드에 올라 타자를 상대할 때마다 변함없이 실천하는 루틴이 있어야 한다고 조언했다. 그리고 생각의 루틴에 대해 알려준 사람은 하비 도프먼 박사였다. 도프먼의 별명은 '코치'였는데, 선수들이 뒤죽박죽 섞여 있는 생각이나 감정을 꺼내놓으면 도프먼 박사는 엉킨 실타래를 풀 듯이 그것을 차례차례 정리해주었다. 나중에는 그의 목소리만 들어도 머릿속이 정돈되는 느낌이었다. 그래서 경기 전에는 항상 도프먼 박사에게 전화를 하곤 했다. — park

선발투수들은 각자의 루틴이 다르기 때문에 팀 차원에서 그 선수의 루틴에 대해 배려하는 분위기가 있다. 클럽하우스에는 늘 음악이 흐르는데, 주로 그날의 선발투수가 좋아하는 것으로 선곡해 틀어준다. 그리고 루틴을 방해하지 않기 위해 선발투수에게 농담이나 불필요한 말을 걸지 않는다. 각자의 루틴에 충실할 수 있도록 돕는 것이다.

팀원은 선발투수의 루틴에 대해서 알고 있어야 한다. 특히 선발투수가 트레이너에게 도움을 받을 때 다른 선수들 모두 이 시간을 피한다. 트레이너 역시 다른 선수들의 예약을 받지 않는다. 이 또한 팀워크의 한 부분이라고 생각한다. 때로는 베테랑 간판 투수라는 이유로 이기적인 행동을 하는 이도 있기는 하지만 말이다. 팀 전체가 배려하는 분위기를 만들려는 베테랑들의 노력이 팀을 더 강하게 만든다.

좋은 지도자들은 팀 내에서 좋은 생각의 루틴을 만들기 위해 노력한다. 그런 루틴을 만들어낼 수 있는 코치들과 스태프를 결합시킨다. 개인의 좋은 루틴이 전체의 루틴이 될 때 생기는 힘이 있다. 바로 '연대감'이다.

강팀 선수들은 자신에 대한 믿음은 물론이고, 서로를 향한 믿음이 굉장히 두텁다. 야구는 혼자 하는 운동이 아니기 때문에 연대감이 무척 중요하다. 선수들이 저마다 자기 몫만 잘하면 될 것 같지만, 거기에서 나아가 팀을 위한 희생정신과 다른 선수의 실수까지 감싸는 동료의식이 있어야 한다. 따라서 강한 팀을 만들기 위해서는 감독 역시 당장의 승리보다도 선수들이 서로 존중하고 신뢰하는 팀 분위기를 만드는 것이 먼저다. 그러면 성적은 저절로 따라온다. 오늘 졌다 하더라도 내일은 이길 수 있는 팀, 즉 연패를 당하지 않는 팀이 되는 것이다.

실력이 있는 선수는
천천히 키워야 한다

　　최근 한국프로야구 경기를 보면 8대 0
으로 진행되다가 8대 12로 갑자기 뒤집히는 등 예측할 수 없는
경우가 많다. 예측 불가능한 것이 야구라는 스포츠의 매력이라
지만, 가끔은 경기 자체의 수준이 떨어진다는 생각도 든다. 투
수가 약한 것만이 원인은 아니다. 현재 프로야구 팀과 선수들
이 성적이나 실력에 있어 큰 기복을 보이는 이유는 빈약한 시
스템 때문이기도 하다.

　유소년 선수들을 보면 분명 예전보다 덩치가 커지고 힘도 세
졌는데, 과거와 비교해 훈련 프로그램이 크게 발전했지만 미처
발전하지 못한 부분도 많은 듯하다. 가장 깊이 생각해야 할 과
제는 고교야구 선수들이 바로 프로구단에 간다는 점이다.

　과거에는 대학야구팀을 거쳐 프로구단에 들어가는 경우가
많았다. 대학은 고등학교 수업과는 전혀 다른 교육 시스템을
가지고 있다. 전국에서 온 다양한 사람들과 만나는 곳이다. 고
등학교 야구단에 있는 선수들은 실력이 들쭉날쭉해도 그와 상
관없이 모두 친구가 된다. 반면 대학교 야구팀에는 고교 시절
꽤 이름을 날렸던 선수들이 모인다. 동료지만, 선의의 경쟁을
하는 사이인 것이다. 그렇게 대학야구리그는 프로리그의 축소
판 같은 기능을 했다. 그곳에서 선수들은 체력이나 기술, 멘털
면에서 조금 더 성장했다.

고교야구에 나무 배트가 도입된 지 20년이 되었다. 나무 배트는 알루미늄 배트보다 반발력이 떨어지고 공을 정확하게 맞히기도 힘들다. 타격이 어려워지면서 타자 유망주들이 투수로 전향하는 경우도 늘었다. 고교야구 타자들은 볼이 조금만 빨라져도 치기 어려워하게 되었고, 반대로 투수들은 조금 더 세게 던지면 좋은 성적을 얻을 수 있었다. 하지만 프로로 올라오면 훨씬 뛰어난 타자들을 상대해야 한다. 그런 만큼 기복이 생기고, 때로는 대량 실점과 함께 멘털이 와르르 무너진다. 그 트라우마를 극복하려면 꽤 많은 시간과 노력이 필요하다. 참 안타까운 일이다.

최근에는 고등학교를 졸업하자마자 준비가 되지 않은 채로 프로리그에서 뛰는 선수들이 너무나 많다. 카를로스 수베로 전(前) 한화 이글스 감독은 "어린 선수들이 바로 베테랑 선수들을 상대해야 한다"고 지적하며 KBO리그에서는 선수 육성이 어렵다고 토로했다. 마이너리그에서처럼 싱글A에서 더블A로, 더블A에서 트리플A로 차근차근 기량을 쌓으며 성장할 수 있는 시스템이 마련된다면 선수층이 두꺼워지는 것은 물론, 유소년 꿈나무들 역시 진로 걱정을 어느 정도 덜어낼 수 있을 것이다.

직관보다 데이터가
더 낫다고 믿지 마라

야구는 여러 가지 재주를 볼 수 있는 스포츠다. 심지어 이단 옆차기도 볼 수 있지 않은가! 포지션에 따라 요구되는 공통 재능이 있기도 하지만, 같은 타자라고 하더라도 저마다 잘하는 분야가 다르다. 시력이 좋아서 공을 잘 보는 선수, 어깨가 좋아서 주자를 잘 잡는 선수, 힘이 좋아서 공을 멀리 치는 선수가 있다. 몸놀림이 좋아 어려운 공을 잘 잡아내는 선수도 있다. 야구는 기동력 싸움이기 때문에 빨리 뛰는 재주 역시 중요하다.

야구를 잘한다는 건 자기 몸을 잘 다룬다는 것이다. 몸을 잘 다루는 선수들은 어떤 면에서든 두각을 드러낸다. MLB에서 뛰고 있는 김하성 선수는 순발력과 판단력, 송구 능력 등 다방면으로 뛰어나 아시아인 내야수 최초로 골든글러브를 수상하는 영예를 안았다. 좋은 선구안과 정교한 타격 능력을 자랑하는 이정후 선수는 2024년부터 메이저리그에서 뛰게 되었다. 메이저리그에 있다 보면 너클볼과 같은 마구를 던지는 투수, 시속 170킬로미터에 가까운 공을 던지는 투수도 볼 수 있다.

다른 어떤 스포츠보다 다양한 포지션이 있는 만큼 무궁무진한 상황이 펼쳐진다는 점 또한 야구의 매력이다. 야구는 공뿐만 아니라 배트라는 도구를 사용한다. 공의 한 점과 방망이의 한 점이 정확하게 만나면 좋은 타구가 되고, 비껴서 만나면 플라이볼이나 파울볼이 되고, 만나지 않으면 스윙 아웃이 된다. 두 점이 만날 때도 공의 속도와 종류, 그리고 배트의 스윙 속도와 궤적에 따라 공의 방향과 비거리가 달라지기 때문에 데이터의 중요성이 점점 커지고 있다.

요즘은 수비수들도 모자 속에 이어폰이 있어서 투수와 포수의 사인이 끝나면 어떤 공을 던졌는지 전달받고, 그에 따라 수비 위치를 바꾼다. 이렇게 조금씩 위치 선정을 달리하며 공을 잡아낼 확률을 조금이라도 높이고자 하는 것이다. 더그아웃에서 태블릿으로 상대 투수의 데이터를 보고 타석으로 나가는 타자들의 모습은 데이터 야구의 도입으로 달라진 신(新)풍속도다.

투수들도 자신이 던지는 공의 속도와 회전수를 확인하며 연습하는 일이 가능해졌다. 같은 속도여도 회전수가 많은 공은 잘 뜨고 움직임도 많아진다. 회전이 많은 공은 타자가 치기도 어려운데, 공이 배트에 부딪히는 순간에 확 미끄러져 날아가기 때문이다. 투구 분석 장비는 이러한 공의 움직임, 그리고 투구 폼까지 분석해준다. 누구나 데이터를 보면서 혼자 연습할 수 있는 시대인 것이다.

메이저리그에서는 피칭 메커니즘을 인체공학적으로 분석하는 작업을 오래전부터 해왔다. 스카우트 업계에도 통계를 전공하거나 데이터를 다루는 사람들이 많이 진입해 있다. 지도자도 마찬가지다. 데이터 전문 분석가들이 팀의 일원으로 있기도 하다.

데이터 분석이 경기의 영역에 진입하면서 이에 대한 선입견이나 부정적인 시각도 있다. 데이터로 통칭되는 기록, 그 숫자가 선수의 기량이나 가치를 모두 표현할 수 없다는 이유다. 데이터를 아무리 잘 분석해도 선수가 그대로 반응하거나 그 숫자와 같은 결과로 이어지지 않을 때가 있다. 선수는 기계가 아닌 사람이기 때문이다. 그래서 많은 전문가는 데이터를 신봉하거나 핑계로 삼기보다 그 대상을 파악할 수 있는 참고자료라고 여기는 게 현명하다고 조언한다. − lee

그렇다면 야구를 했던 사람이 통계학을 공부하는 것은 어떨까. 의미 있는 도전이 될 것 같다. 앞으로 한국프로야구는 선수 육성과 코칭에 있어 지금껏 해왔던 방식을 수정하고 보완하게 될 것이다. 선수들을 지도함에 있어 풍부한 경험은 물론이고, 피칭 메커니즘에 대한 이해까지 더해진다면 우리 야구의 미래가 좀 더 밝아지리라는 생각이 든다.

결국 몸을 잘 다루는 일이 스포츠의 핵심이다. 수없이 이야기했지만 몸을 다루는 일은 생각에 따라 얼마든지 달라질 수 있다. 데이터를 통해 선수를 객관적으로 파악하는 것은 기본이다. 그러나 객관이란 얼마든지 한순간에 바뀔 수 있다. 그 변화와 성장의 가능성을 믿는 코치와 감독이 있는가가 결국 핵심이다.

A manager's job is simple.
For one hundred sixty-two games
you try not to screw up all that smart stuff
your organization did last December.

— Earl Weaver

관리자의 임무는 간단하다. 162개의 게임 동안
조직이 지난 12월에 했던 모든 현명한 일을
망치지 않으려고 노력하는 것이다.

— 얼 위버 내야수, 야구감독

4
사람은
똑같이 키울 수 없다

너는 너,
쟤는 쟤

다저스에서 동료였던 노모에게 많은 것을 배울 수 있는 기회가 있었다. 아시아에서 온 투수라는 점 때문에 누가 먼저랄 것 없이 친밀감과 동질감을 느꼈던 것 같다. 당시 노모는 포크볼로 메이저리그 강타자들을 삼진으로 잡곤 했다. 그 포크볼을 배우고 싶어서 이것저것 물었는데, 노모의 대답은 한결같았다. "너는 너고, 나는 나"라는 것이었다. 그는 오히려 나의 패스트볼을 부러워하며, 그 강점을 잃어버리지 말라고 조언했다. *– park*

야구 게임에는 여러 사람의 재능이 결합되어 있다. 똑같은 강점을 가지게 하는 것보다 각자의 강점을 더 강화하는 훈련이 중요하다. 메이저리그는 선수들 개개인의 특성과 재능에 맞춰 훈련 프로그램을 만들어준다. 다 같이 도루를 잘 뛰거나 다 같이 홈런을 잘 칠 필요는 없다. 저마다 각자의 역할과 재능이 있다. 훈련을 통해 선수를 억지로 바꾸려 하지 않는다. 그보다는 이미 가진 역량을 실전에서 효과적으로 발휘하도록 도와준다. 무조건 더 많이, 더 열심히 할 것을 주문하지도 않는다. 오버싱크(over-think)가 판단 미스를 부르는 것처럼 오버워크(over-work)는 부상을 부르기도 한다.

우리의 지도자들은 선수에게 도움을 주는 역할이 아니라 자신의 경험을 따르도록 강요하거나 일방적으로 이끌어가는 방식으로 지도하는 경우가 많다. 주니어 선수에게는 엄한 코치도 필요하다. 견디고 인내하면서 생기는 능력이 있기 때문이다. 하지만 프로리그에서는 그리 합리적인 방식이 아니다.

선수 시절 커리어가 좋았던 코치들일수록 '이렇게 해야 한다'는 정보를 자주 공유하려는 경향이 있다. 자신이 좋은 결과를 얻은 방법이기 때문에 선수들에게 가르쳐주고자 할 수는 있지만, 자신의 성공법이 모두에게 맞는 것은 아니다.

훌륭한 코치일수록 일방적으로 무언가를 가르치려 하지 않는다. 계속 질문을 던지며 선수의 재능을 파악하고, 그것을 이끌어내려 한다. "네가 여기까지 온 건 무엇 때문인 것 같아?" "너는 어떤 공을 잘 던졌는데?" "가장 공을 잘 던졌던 경기는 뭐야?" 등의 질문을 던지면서 선수 자신이 가지고 있는 재능을 상기시킨다.

잘하는 선수를 따라 하려다가 자신의 강점마저 잃어버리는 선수가 너무 많다. 선수가 훈련을 하는 이유는 자신의 강점에 익숙해지기 위함이다. 어린 선수라면 먼저 자신의 강점을 찾는 훈련을 하고, 그런 다음에는 강점을 일관성 있게 발휘할 수 있도록 훈련해야 한다. 그 외에 다른 길은 없다.

약점을 극복하는
쾌감을 느끼게 하라

승부에서 이기기 위해 선수들은 상대방의 약점을 공략하곤 한다. 예를 들어 약한 타자를 상대할 때에는 초구부터 직구를 쉽게 선택하는데, 강타자를 상대할 때에는 초구부터 칠 거라는 불안감 때문에 변화구를 선택하는 경우가 많다. 벌써 지고 들어가는 모습이다. 만약에 타자가 그 공을 치지 않으면 볼이 될 확률이 높다. 스트라이크더라도 변화구 하나를 눈에 익히게 된다.

이제 투수는 두 번째 공은 꼭 스트라이크존에 넣어야 한다는 부담감이 생긴다. 특히 직구를 던지면 타자가 더 잘 칠 거라는 생각에 불안해진다. 또다시 컨택의 두려움을 가지고 변화구를 던지게 된다. 이런 식으로 가면 투수의 입장은 점점 난처해진다. 강타자든 약타자든 투수의 실투를 받아쳐서 안타를 만든다. 반면 치기 어려운 곳으로 오는 정확한 제구의 공은 치기가 쉽지 않다.

스포츠 선수에게는 상대방의 약점을 공략하기보다 나의 약점을 극복하겠다는 마인드가 필요하다. 강한 상대는 언제나 나타난다. 결국 진정으로 이겨내야 할 존재는 타인이 아니라 자기 자신이다. 선수 생활을 하다 보면 본인의 나약함을 마주하는 순간이 생긴다. 주자가 쌓이면서 생기는 압박감도 나약함이고, 실력 있는 타자를 피하고 싶은 마음도 나약함이고, 공을 칠 자신이 없어서 볼넷만 기다리거나 수비에 자신이 없어서 내 쪽으로 공이 오지 않기를 바라는 것도 모두 나약함이다.

나약함을 이겨내기 위해서는 이미지 트레이닝을 꾸준히 해야 한다. 잘하기 위한 연습이 아니라 자신을 바꾸는 연습이다. 그래서 지도자는 훈련의 양을 늘리기보다 선수를 일깨우는 데 공을 들일 필요가 있다. 자신이 어떤 상태인지를 되새기게 하는 것이다.

선수들은 각자가 가진 기량을 발휘하여 상대와 겨루고, 그 결과 앞에 선다. 과거의 나를 넘어 한층 성장했음을 깨달으며 얻는 만족감과 자부심, 약점을 극복하는 순간의 쾌감은 경험한 자만이 알 수 있다.

'나는 누구인지'를
물어라

야구는 많은 사람이 함께 뛰는 스포츠인 만큼 각자의 역할을 잘 이해해야 한다. 같은 투수라도 선발투수, 구원투수, 마무리 투수에 따라 해야 할 일이 다르다. 구원투수가 좋아야 장기적인 관점에서 시즌을 잘 이끌어갈 수 있다. 5회 이전에 점수를 주는 것과 이후에 실점하는 것은 차이가 크다.

구원투수 중에는 셋업맨처럼 8회만 던지는 투수도 있다. 셋업맨은 9회에 나올 마무리 투수에게 마운드를 무사히 넘기는 역할을 한다. 마무리 투수가 나오기 이전에 팀이 위기를 맞으면 그 상황을 정리해야 할 때도 많다. 따라서 그에게 필요한 것은 선발투수처럼 많은 이닝을 소화하는 능력이 아니라 어떤 상황에 올라오든 흔들리지 않고 타자를 잡아낼 수 있는 강한 멘털일 것이다.

야구는 이렇듯 포지션이 세밀하게 나뉘어 있다. 꼭 필요할 때 원래 지정된 타자 대신 타석에 서는 핀치 히터도 있다. 대타로 나가는 경기가 많을 리 없는데, 핀치 히터들은 매일 경기를 뛰는 사람들보다 준비 훈련을 더 많이 한다. 언제 올지 모를 단 한 번의 기회인 만큼 매일 타석에 들어서는 선수들보다 성공 확률을 높여야 하기 때문이다.

다저스에서 박찬호와 함께 활동했던 데이브 핸슨은 전문 핀치 히터로 유명했다. 8회에 갑자기 불려 나가 역전 안타를 치거나 홈런을 치는 등 대타의 역할을 더할 나위 없이 훌륭하게 해내는 전문 핀치 히터였다. 박찬호는 팀메이트로서, 인간적으로서 이 선수의 인품을 좋아했다. 책을 읽는 모습을 보며 동경하기도 했다. 원정 경기에 갈 때 버스나 비행기 안에서 늘 기타를 치면서 노래를 즐겨 부르는 등 음악에도 소질이 있었다. 그런 그는 언제나 야구장에 다른 사람들보다 일찍 나와서 개인 연습을 많이 했다.

"오늘 경기에 나갈지 안 나갈지 불투명한데 왜 이렇게 많이 연습해?"

"내가 대타로 나가는 경기만이 나의 경기인 건 아니야. 나는 지금부터 경기를 하고 있는 것이지. 나에게 주어질 한 번의 기회를 최고로 살려야 하기 때문에 더 많은 준비를 하는 거야."

데이브 핸슨의 말을 듣고 등짝이 오싹하는 느낌이 들었다. 그는 자신이 어떤 역할을 해야 하는지 제대로 알고 있었던 것이다. – park

구원투수나 후보선수가 자신에게 기회가 많지 않다는 원망, 실망으로 게을러지는 경향이 있다. 기회가 적다고 해서 기회의 가치가 작은 것은 아니다. 오히려 한 번의 기회가 더 중요하고 더 가치 있다. 이를 살린다면 경기와 팀에 큰 선물이 될 것이다. 그렇기에 더 철저하게 정성을 들여서 준비해야 한다. 데이브 핸슨은 주전선수에게 절대 열등감과 질투심을 느끼지 않았다고 한다. 화려한 선수와 그렇지 않은 선수들이 모여 비로소 한 팀이 된다는 것을 그는 알고 있었다. 중요한 상황에 대타로 나가서 결정적인 역할을 하는 영광스러운 순간을 맞이하는 기쁨이 그에게는 있었다.

영어에 피치(pitch)와 스로우(throw)라는 단어가 있다. 둘 다 '던지다'라는 뜻이다. 그러나 피치는 목표를 향해 정확하게 던지는 행위를, 스로우는 목표 없이 그냥 던지는 행위를 의미한다. 지도자라면 각자의 '피치'가 무엇인지를 선수들이 깨닫게 하는 게 중요하다. '내가 누구인가, 어떤 선수인가', 즉 내가 무엇을 하려는지 알게 하라는 것이다. 이를 알면 필요한 기술을 스스로 찾게 된다.

어떤 일이든 스스로 만들어가면 더 큰 힘이 생긴다. '내가 누구인가'를 알게 된 선수들은 그에 맞추어 필요한, 이유 있는 훈련을 하게 될 것이다. 이유 있는 훈련은 정확한 피칭을 만든다. 지도자는 선수에게 자신의 것을 그대로 전달하기보다 선수 개개인의 장점을 찾아서 상기시키고 그 재능을 잃지 않고 꾸준히 사용할 수 있도록 도와줘야 한다. 귀에 피가 나도록.

5

팀의 사기는
오롯이 리더의 몫

비는 피하는 게 아니라
견디는 것

2013년 시즌 NC 다이노스가 1군에 데뷔했다. 2011년 창단하고 퓨처스리그에서 전력을 가다듬은 뒤 기존 여덟 구단과 본격적인 경쟁을 하는 셈이었다. 그 시즌은 호된 신고식으로 시작됐다. 개막과 함께 6연패, 7번의 게임 만에 창단 첫 정규 시즌 1승을 했지만 다시 연패에 빠져 4월 한 달간 4승 17패(승률 0.190)라는 참담한 성적을 기록했다.

이럴 때 구단 사장은 답을 찾아야 한다. 전투에 비유하면 현장에서 전쟁을 벌이는 장수와 병사들을 위해 더 나은 전투 장비와 환경을 만들어야 하는 것이다.

당시 사장 이태일은 병력에 보탬이 될 수 있는 '사람'을 찾았다. 시즌 초반 다이노스의 가장 큰 문제는 기본적인 수비가 약한 것이라고 생각했다. 경험이 부족한 젊은 선수들이 긴장을 많이 하다 보니 평범한 수비 상황에서도 흔들렸기에, 경험이 많은 유격수를 찾아 데리고 왔다. 새로운 사람이 온다고 해서 마법처럼 바로 팀이 바뀌지는 않는다. 하지만 4월을 보내고 5월이 지나면서 승리가 점점 많아졌고, 나중에는 월간 5할 승률을 넘어서기도 했다.

신생 팀에서 시즌 초기에 연패가 계속되면 선수들은 '역시'라는 생각을 하게 된다. '신생 팀이라서 약하다'는 고정관념을 믿어버리는 것이다. 뭘 해도 안 된다고 믿게 되면 자연히 플레이가 위축된다. 경험이 많지 않은 신인선수들은 이렇게 땅을 파고 들어가기 쉽다.

반면 그런 패배의식에서 벗어나고 운 좋게 팀이 승리하게 되면 생각의 흐름이 바뀐다. '우리도 할 수 있구나'라는 자신감이 생긴다. 1승을 위해 해왔던 노력이 헛되지 않았다는 사실도 알게 된다.

연패 끝에 찾아온 1승을 '다행'이나 '행운'으로 여기면 안 된다. 무엇이 승리를 불러왔는지 되짚어 생각하고 '이렇게 하면 또다시 승리할 수 있다'라는 확신을 가져야 한다. 이길 수 있다는 믿음이 있으면 승부를 쉽게 포기하지 않는다. 조금 불안하거나 준비가 부족해도 괜찮다. 완벽하게 준비를 마친 상태에서 경기에 임하는 팀이 얼마나 되겠는가.

데뷔 시즌 초반 연패로 고민했을 때, 우리(박찬호와 나)의 멘토이자 다저스의 구단주였던 피터 오말리 씨의 이메일을 받았다. 그는 팀의 위기를 폭풍우에 비유했다. 폭풍우를 만나면 그 비를 피하고 비가 그치기를 기다리는 것이 아니라, 그 비에 맞서 견디며 비를 뚫고 지나가는 법을 찾아야 한다는 것이었다. 현명한 답이었다. 연패라는 폭풍우에 맞서 싸우며 다이노스는 조금 더 강해졌다. 연패는 나쁜 것이지만, 깨달음을 얻는 과정으로 삼는다면 꼭 나쁘지만은 않다. 연패 또한 일종의 수업인 셈이다. — lee

팀이 위기에 빠지면 내부에서는 원인을 분석하고 대책을 세우려 노력한다. '언젠가는 좋아지겠지…' 하고 마냥 기다리는 건 패배의식이다.

내리는 비를 그치게 할 수는 없다. 다만 맑은 날이 올 것임을 믿고 꾸준히 앞으로 가며 할 일을 해야 한다. 그러면 끝나지 않을 것 같던 폭우도 소나기처럼 지나간다.

기세와 사기를
만들어낼 수 있는가

지도자들이 가장 좋아하는 단어가 뭘까. 승리일까. 그보다는 '기세'일 것이다. 기세의 사전적 의미는 "기운차게 뻗치는 모양이나 상태"다. 스포츠만큼 기세라는 말과 잘 어울리는 분야가 또 있을까. 야구 역시 기세다. 한 번의 승리를 거머쥐었다면 그 분위기를 유지하는 것이 무엇보다 중요하다. 강팀은 늘 이길 수 있다는 자신감이 꽉 차 있어 보인다. 강한 모습은 내세우고, 약한 모습은 보이지 않게 감춰야 한다.

이태일이 기자 시절 인상 깊었던 선수 중 하나가 '야생마' 이상훈(현 MBC 해설위원, 전 LG 투수)이다. 그가 경기 중 상대편 타자의 매우 강한 타구에 맞은 적이 있다. 순간 관중들은 탄성을 내질렀다. 더그아웃에서도 다들 걱정하는 표정이었다. 그런데 그는 몸에 맞고 떨어진 공을 잽싸게 주워서 1루에 던져 세 번째 아웃카운트를 잡은 뒤 쓰러져 있지 않고 벌떡 일어나 더그아웃으로 뛰어갔다.

며칠이 지난 뒤 그에게 그때 상황에 대해 물었다. "제가 아프다는 걸 보여주기 싫었어요."라는 대답이 돌아왔다. 팀의 주축 투수가 약한 모습을 보이면 팀 분위기가 가라앉을 수도 있고, 상대의 자신감을 깨워줄 수도 있다. 그래서 늘 당당한 모습을 지키고 싶었다는 것이다. _— lee_

팀도 마찬가지다. 열세여도 우리가 승리할 거라고 믿어야 한다. 상대를 이길 수 있다는 믿음이 없는데 어떻게 이길 수 있겠는가. 박찬호는 항상 투수들에게 못 던져서 강판당할 때도 당당하게 내려와야 한다고 당부한다. 자신감을 잃으면 자기다운 플레이를 하지 못하기 때문이다. 한번 잃어버린 자신감을 되찾

기까지 많은 시간이 걸리는 경우도 있다. 스스로를 믿는 마음
은 이처럼 중요하다.

느슨한 태도는 금세 전염되고, 비관적인 분위기는 쉽게 사라
지지 않는다. 팀의 사기는 사소한 사건으로도 떨어지거나 올라
간다. 데이터와 과학의 중요성이 높아졌지만 경기에 진심, 열
정, 자신감으로 임하는 것은 당연한 일이다. 질 것 같다는 생각
을 하는 순간 승리는 멀어진다. 늘 힘차게 발을 내딛자. 이길 것
이라는 믿음으로, 거침없이.

말하지 말고
말하게 하라

더 많은 승리를 위해 지도자가 해야 할
일은 팀이 승리하는 과정에서 선수들이 좋았던 모습을 정확히
찾아내는 것이다. 명장으로 유명했던 토미 라소다 감독은 선수
를 파악하는 눈이 좋았다. 그만큼 많은 시간과 관심을 들여 선
수를 관찰했다는 뜻이다.

토미 라소다 감독은 박찬호를 마이너리그로 내려보내며 이
런 말을 남겼다. "너는 잘할 거고 곧 메이저로 올라올 거다. 내
가 너를 지켜볼 거다." 그 약속처럼 라소다 감독은 메이저리그
감독이면서도 박찬호의 마이너리그 경기를 직접 보기 위해 경
기가 없는 날 먼 거리를 비행해 찾아오기도 했다. 마이너리그

야구장에서 라소다 감독의 모습을 본 팬들은 열광했다. 좋은 피칭을 보인 박찬호는 더욱 어깨가 으쓱해졌다. 경기가 끝나고 박찬호에게 저녁 식사까지 사주었는데, 그 모습에서 라소다 감독의 애정을 깊이 느낄 수 있었다.

그는 선수들과 자주 이야기를 나누었다. 승부욕이 너무 강해서 흥분할 때도 있었지만, 대체로 자상했다. 라소다 감독이 시도하는 대화는 주제가 다양했다. 스몰토크도 많았다. 그저 인사를 나누며 서로의 기분을 묻는 정도여도 조금씩 친밀감이 쌓였다. 그러면서 한결 무겁거나 전문적인 대화도 편히 할 수 있게 되었다. 그는 내가 등판하지 않는 날이면 나를 감독실로 불러서 같이 식사하는 것을 좋아하기도 했다. — park

풍부한 경험과 자신이 생각하는 바를 선수들에게 잘 전달할 줄 아는 화법은 리더의 중요한 덕목이다. 말과 행동 모든 면에서 선수들이 리더에게 수긍할 수 있어야 한다.

특히 대화의 힘은 매우 강력하다. 메이저리그에서는 선수들이 감독이나 코치에게 스스럼없이 자신의 의견을 피력한다. 선수들의 의견이 서로 같을 때도 있고, 다를 때도 있지만 문제가 되지 않는다. 오히려 서로 다른 판단이 나올수록 여러 관점에서 생각을 나눈다. 그렇게 대화를 나누면서 선수와 선수, 선수와 코치, 선수와 감독은 가까워지고, 팀으로서 함께 강해진다. 같은 유니폼을 입는다고 저절로 한 팀이 되는 게 아니다. 아마추어든 프로든 이런 노력을 함께 해야 한다.

우리나라에서 감독과 코치는 선수들에게 무척 어려운 존재다. 그러다 보니 이야기를 나눌 때도 일방적인 전달에 그칠 때가 많다. 그건 소통이 아니다. 평소에는 별로 관심을 주지 않으면서 경기장에서 잘해주기를 바라면 안 된다. 못하면 눈치를 주고, 잘하면 칭찬을 한번 해주는 방식은 코칭도 매니징도 아니다.

기본적으로 지도자는 말하기보다는 많이 들어야 한다. 듣고 싶어도 선수들이 입을 열지 않는다면, 자기 자신을 낮추면 된다. 자신을 낮추는 이들에게는 저절로 입이 열리고, 그렇지 않은 이들에게는 입을 닫게 된다. 소통하지 않는 팀에게 승리는 없다. 있어도 함께 나누고 싶어 하지 않는다. 가장 단순한 진리다.

When I die I want this on my tombstone,

Dodger Stadium was his address,

but every ballpark was his home.

— Tommy Lasorda

내가 죽었을때 나의 묘비에

'다저스 구장이 그의 주소였지만 모든 야구장이

그의 집이다'라는 문구가 새겨지기를 원한다.

— 토미 라소다 투수, 야구감독

6

최고의 리더십은
보은을 부른다

리더십은
어디에서 배우는가

우리는 교실 책상에서 리더십의 덕목을 배우지 않는다. 한국뿐 아니라 리더십이라는 교과목을 지정해서 가르치는 나라는 별로 없는 것 같다. 지식이 아닌 성품의 분야라서 그런지도 모르겠다. 학교에서 진행되는 체육 수업은 그런 성품 면에서의 소양을 키우는 것을 목표로 한다. 교실에서 지식을 배운다면 운동장에서는 성품을 배우는 것이다.

야구 감독은 원양어선의 선장 혹은 오케스트라 지휘자에 비유되곤 한다. 그만큼 리더로서의 자질이 요구되고, 대신 그만큼의 권한이 주어지는 자리이기도 하다.

스포츠 감독은 어느 자리보다 그 리더십이 선명하게 드러나는 자리다. 그럼에도 우리는 그 직업에 대해 기능적인 면을 우선시하는 경향이 있다. 야구 기술에 대해 많이 알고 분석하는 능력이 감독의 첫 번째 자질이라고 여기는 것이다. 물론 필요하다. 그러나 가장 중요한 것은 리더로서의 역량이다.

숫자를 앞세우기만 하면 그런 보이지 않는 가치에 시간과 노력을 쏟을 이유를 찾지 못한다. 줄넘기 하나를 배우더라도 몇 개를 넘을 수 있느냐로 순위를 따진다. 그러다 보니 제대로 된 리더십에 대해 생각해볼 겨를이 없다.

오릭스 버팔로스의 오카다 아키노부 감독은 전형적인 일본 스타일이었다. 일본에서는 감독을 숭배하는 분위기다. 그런데 미국에서 하듯이 잠깐 만나서 식사하자고 이야기하곤 했으니, 감독 입장에서는 부담스러웠을 것이다. 무례하다고 느꼈을지도 모른다. 버팔로스에서 기회를 많이 얻지 못한 데는 실력뿐 아니라 이러한 오해와 소통의 부족이라는 원인도 있지 않았을까 싶다. *– park*

동양의 수직적인 문화에서 리더는 종종 윗사람과 같은 개념으로 인식되는 듯하다. 그래서 어떤 리더는 아랫사람을 부리는 것이 자기 일이라고 생각하기도 한다.

스포츠 감독과 선수의 관계를 부모와 자식으로 비유하기도 한다. 부모는 때로 자녀를 자신의 소유물인 것처럼 착각한다. 사람은 원래 소유욕이 있다고 한다. 원하는 물건, 원하는 친구, 원하는 멘토가 자

신의 것이기를 바란다. 하지만 내가 소유할 수 있는 것은 그들과의 관계일 뿐이다. - *lee*

　부모와 자녀 사이에서 자녀는 함께 살아오며 기억을 공유한 소중하고 특별한 존재지만, 자녀라는 인격체는 부모의 것이 아니다. 따라서 언제나 존중해야 한다. 선수들도 마찬가지다. 야구팀의 리더들은 선수들을 좌지우지하려고 하기보다는 면밀하게 관찰하고 질문하는 태도를 가져야 한다. 본래 감독이란 선수들이 자신의 길을 잘 닦을 수 있도록 돕는 사람이다.
　좋은 리더는 팀에 애정을 가진다. 그런 사람은 이기는 팀을 만들기 이전에 좋은 팀을 만들고자 한다. 그리고 좋은 팀은 곧 이기는 팀이 된다. 팀에 애정이 있는 리더는 기꺼이 헌신한다. 선수들을 자기가 원하는 대로 휘두르는 대신 몸소 부지런히 움직이며 모범을 보인다. 선수들이 신임할 수밖에 없는 모습이다. 팀 안에 신뢰가 생기는 순간, 그 팀은 점점 강해진다. 야구는 팀 스포츠인 만큼 마음의 결속력이 좋은 경기력으로 나타나기 때문이다.
　결국 좋은 리더는 좋은 사람이다. 리더의 성품을 강조하는 이유도 여기에 있다. 리더로서의 역량을 키우고 싶다면 좋은 성품은 기본이다. 그 위에 다른 덕목을 쌓는 것이다.

선수의 마음이 아닌,
사람의 마음을 얻어라

2008년 한국시리즈 5차전, 두산 베어스와 SK 와이번스의 경기였다. 0대 0으로 팽팽한 7회 초, 두산의 선발투수인 김선우에게서 차츰 힘겨운 표정이 보였다. 투구 수가 100개에 이르고 있었다. 이 경기를 놓치면 내일이 없다는 절박함이 그를 지탱해주는 것처럼 보였다.

와이번스의 김재현, 최정, 나주환이 볼넷과 몸에 맞는 공으로 나가면서 1사 만루의 위기가 찾아왔다. 타석에 들어선 선수는 정근우였다. 실점하면 승부의 균형이 한쪽으로 기울게 되는 순간이었다. 많은 이들의 시선이 베어스의 김경문 감독에게 향했다. 그가 "타임!" 하고 외치며 걸어 나올 것만 같았다. 7회가 시작될 때, 선두타자 김재현이 출루했을 때, 원아웃에 주자 1, 2루가 됐을 때 모두 투수 교체 타이밍이라고 생각했기 때문이다.

그러나 김 감독은 움직이지 않았다. 김선우의 투구 수가 100개를 넘어갔다. 정근우와 8구까지 가는 접전이 이어졌다. 9구째에 짧은 좌익수 플라이가 나오면서 2사 만루가 됐다. 또다시 교체 타이밍이 왔다고 생각했지만, 김경문 감독의 선택은 여전히 '김선우'였다. 타석에 들어선 박경완이 조금 강한 땅볼을 때렸다. 정면으로 뻗은 타구는 3루수 김동주의 가슴팍을 맞고 튀었다. 와이번스에게는 행운이었고, 베어스로서는 뼈아픈 실책이었다.

1대 0이 되었다. 김선우가 마운드를 이재우에게 넘겼다. 투구 수는 112개였고, 6과 3분의 2이닝 1실점을 기록했다. 포스트 시즌에서 1선발로 네 번 등판한 그의 최다 투구 수이며, 최고의 성적이었다. 시즌 6승 7패를 기록하고 포스트 시즌에서는 1승도 거두지 못한 김선우에 대한 마지막 기억은 "잘 던졌다"가 되었다.

왜 김선우를 미리 바꾸지 않았는지 궁금했다. 불펜의 힘으로 포스트시즌을 꾸려간 베어스였기에 더욱 그랬다. 김경문 감독을 만나 그 이유를 물었다. "그때 투수를 바꾸면 또 한번 선우의 기를 꺾는 것 아닌가. 선우는 잘 던졌다. 나는 기회를 주고 싶었고, 선우가 잘 던졌다는 느낌을 갖게 해주고 싶었다." – lee

2008년 올림픽대표팀 이승엽 선수의 경우도 비슷했다. 김경문 감독은 그때 부진에 빠졌던 이승엽 선수를 교체하기는커녕 단 한 번도 타순을 바꾸지 않았다. 병살타와 삼진을 거듭하던 이승엽 선수는 한일전 역전 홈런과 쿠바전 결승 홈런을 쳤다. 감독의 믿음에 대한 메아리였다.

그런 김경문 감독의 성향은 결국 다이노스에서 사장 이태일과 호흡을 맞추는 배경이 되었다. 누구는 '똥고집'이라고 표현하는 그 성향에는 '뚝심' '믿음' '의리' 같은 팀에 중요한 가치가 있다.

이태일은 다이노스 시절 좌익수 김종호를 대하는 김경문 감독의 모습에서도 어떤 교훈을 얻을 수 있었다. 김종호는 2013년 팀에 첫 개인 타이틀(도루왕)을 가져다준 선수다. 빠른 발과 준수한 컨택 능력에 비해 수비, 그중에서도 송구 능력은 무척 아쉬웠다. 그래도 미생들이 모인 당시 다이노스에서는 충분히 주전으로 뛸 수 있었다. 주변에서 "김종호 선수는 수비에 결함이 있다"고 지적하면 김경문 감독은 "김종호는 발이 빠르다"라고 응수했다. 선수의 단점보다 장점을 먼저 봐 달라는 현답이었다.

시즌이 거듭되고 신인으로 입단한 유망주들이 성장하면서 김종호 선수가 더 이상 경기에 출전하기 힘든 상황이 찾아왔다. 그가 선발 외야수로 출전하게 된다면 다들 납득하지 못할 것 같았다. 그럼에도 김경문 감독은 그에게 선발 기회를 주었다. 2016년 시즌 여름에 김종호 선수는 선발에서 빠져 퓨처스리그로 내려가게 되었다. 감독의 판단이 늦었다고 생각할 만한 상황이었다.

선발 라인업, 타순, 경기 중 작전이나 선수 교체 등은 전적으로 감독의 권한이다. 시즌 중에는 많은 기자와 해설가, 관계자가 그 부분에 대해 여러 가지 관점을 만든다. 그런 관점으로부터 감독을 지켜주는 것도 사장의 역할 중 하나다. 주위에서 말이 많을수록 감독이 흔들리지 않게 힘을 실어줘야 한다는 것이 이태일의 믿음이었다. 리더가 평정심을 유지해야 팀이 제 기능을 할 수 있는 것 아닌가.

2016년 시즌이 끝나고 김경문 감독과 식사를 했다. 지나간 일에 대해 "왜?"라는 질문을 하지 않았다. 일어난 일보다 일어날 일에 대해 어떤 준비를 원하는지 설명하고, 감독에게는 무엇이 필요한지 물었다. 그러자 김 감독이 자신의 결정에 대해 궁금한 부분은 없느냐고 물어왔다. 그래서 김종호 선수에 관해 물었다. 벤치급 선수를 선발로 기용한 이유가 궁금했기 때문이다.

"그런 생각을 그 선수 스스로도 하고, 동료들도 합니다. 그런 상황에서 가차 없이 바꾸는 방법도 있고, 또 그런 스타일의 감독도 있습니다. 그런데 저는 선수가 스스로 납득할 수 있는 시간을 한 번 더 주는 스타일입니다. 김종호 선수도 그런 시간을 가진 셈이지요. 그러고 나면 스스로 미련이 없습니다. 동료들도 그걸 알고 받아들이는 팀이 되어야 합니다. 자신에게도 그런 시간이 찾아올 테니까요. 그런 과정 때문에 팀이 어느 부분 약해질 수 있습니다. 그렇지만 얻는 점도 있습니다. 선수단의 분위기가 따뜻해지겠지요. 어쩌면 서로를 더 믿을 수도 있고요. 저는 그 힘이 더 크다고 여깁니다." – lee

야구는 결국 사람이 하는 경기다. 사람의 마음을 움직이는 건 결국 '사람'이다. '납득의 시간'을 갖고 있는 선수를 지켜볼 수 있는 리더는 존경을 부르고, 사람의 마음을 움직인다. 위대한 야구를 함께 만들어갈 수 있겠다는 믿음을 만든다. 눈에 보이는 현상을 분석하기보다는 그 이면에 있는 보이지 않는 부분을 이해하는 게 한발 더 나아간 야구다.

Baseball is a game of managing regrets.

— R.A. Dickey

야구는 후회를 관리하는 게임이다.

— R.A. 디키 투수

Build Better

구단

스위트홈 없이
성공하는 야구는 없다

1

"우리 구단은
반말하지 않습니다"

선수와 감독은 유한,
구단과 야구는 무한

        프로야구에 있어 구단은 야구를 하기 위한 '팀'이다. 팀이라고 하면 보통 선수단을 연상하게 된다. 감독과 코치, 주전선수와 후보선수, 트레이너 등이 떠오를 것이다. 그런데 프로스포츠에는 경기만 있는 것이 아니다. 구단은 좋은 플레이와 이벤트를 팬들에게 제공하는 기업이며, 프랜차이즈로서 지역의 구심점 역할을 하기도 한다. 다양한 스토리를 가진 콘텐츠가 만들어지고 소비되는 미디어이자 플랫폼이기도 하다. 따라서 그런 일을 하는 직원들이 필요한데, 이들을 '프런트'라고 부른다. 웬만한 국내 프로야구 구단은 선수단 100명, 프런트 100명 정도로 이루어져 있다.

드라마 〈스토브리그〉를 통해 알려지게 되었듯이 야구단도 하나의 회사다. 야구단을 회사(기업)로 생각하지 않기 때문에 사람들은 야구단 사장이 어떤 일을 하는지 궁금해한다. 야구를 선수들의 플레이로 생각하고, 구단은 그들을 고용한 조직 정도로 이해하기 때문이다. 스포츠를 경기장 안의 경쟁으로만 바라보는 분위기에서 비롯된 현상일 것이다. 스포츠는 문화이자 일상이어야 한다. 감독이 그라운드에서 경기를 이끌고 단장이 선수단의 구성과 운영을 리드한다면, 사장의 역할은 선수단을 포함해 프런트 전반을 관장하는 것이다. 또한 10개의 구단들이 모여 있는 KBO리그에서 자신이 속한 구단을 대표해 프로야구 공동체의 발전을 도모해야 할 의무도 있다.

하나의 구단을 만드는 일을 집짓기에 비유한다면 구단의 사장에게 주어진 일은 집안의 뼈대, 기둥을 세우고 창문을 내는 것은 물론 집안의 가풍을 만들고 전통을 이어가 이웃과 마을을 이뤄 서로 잘 사는 문화를 만드는 것까지다. 그래서 집, 가정, 리그 공동체의 개념을 모두 이해해야 한다.

다이노스를 준비하던 시기 일본에서 박찬호를 만났을 때 그는 신생 구단인 NC 다이노스 선수들에게 가장 필요한 것이 배움이라고 말했다. 구단은 선수들에게 계속해서 배울 수 있는 기회를 제공해야 한다는 조언이었다. 다이노스는 신생 팀이었기에 고참급 선수를 확보하기가 어려웠다. 주위 전문가들은 외국인 선수만큼은 경험이 풍부한 이들을 뽑으라고 말해주었다. 그러나 박찬호의 이야기는 조금 달

랐다. 베테랑이든 아니든 다이노스라는 구단과 잘 어울리고 융합할
수 있는 선수를 뽑는 게 중요하다고 했다. — lee

뛰어난 기량도 필요하지만, 새로운 구단에 새로운 사람들이
모일 때는 그 무엇보다 다른 문화에 금방 적응할 수 있는 개방
적인 성향이 필수적이다. 이런 새로운 선수들을 뿌리내리게 하
려면 그 구단만의 어울림의 문화가 있어야 한다. 다양한 나무
와 꽃들이 어우러져 하나의 멋진 숲을 만들 듯이 말이다.

NC소프트 본사에서 새로 생긴 야구단의 비전을 발표할 기회가 있
었다. 야구단이 생긴다는 소식에 직원들은 기대감을 감추지 않았다.
그 자리에서 주로 한 이야기는 NC 다이노스라는 숲에 관한 것이었
다. 숲은 하루아침에 만들어지지 않으며, 화려한 꽃으로만 이뤄지지
도 않는다. 때로는 잡초가 자랄 것이고, 작은 묘목이 거대한 나무로
성장하기도 할 것이다. 화려한 식물이나 장식이 있다고 해서 아름다
운 것도 아니다. 풀, 돌, 꽃, 나무 등 모든 요소가 한데 어우러져야 비
로소 생태계로서의 숲이 된다. 다이노스다운 숲은 다이노스 고유의
정신이 담겨야 한다. 그 정신을 바탕으로 건강한 환경을 조성해야 좋
은 문화를 꽃피울 수 있다. 다이노스가 한국프로야구 역사에 의미 있
는 존재로 그 멋진 숲을 완성하기를 기대한다. — lee

함께 살아가는 숲을 만들기 위해서는 꽃과 풀, 나무를 심어
야 한다. 선수 한 명 한 명을 그에 비유할 수 있다. 누군가는 숲

을 빛내는 꽃이 될 것이고, 또 누군가는 꽃들을 뒷받침하는 풀
이 되어줄 것이다.

어쩔 수 없는 환경에서 KBO구단들은 지속 가능한 전통과 문
화를 만든다는 관점보다는 당장 올 시즌에 가을야구가 가능한
가, 우승을 할 수 있는가에 집중해 운영된다. 물론 승리와 우승
은 구단의 절대적인 가치이자 목표다. 그러나 전통과 문화를
구축하는 작업을 함께하지 않는다면 아무리 좋은 성적도 해당
시즌에 멈추고 만다. 그해에 활약한 선수나 감독이 팀을 옮기
거나 은퇴한다면 구단에 남는 것은 무엇일까.

따라서 우리는 그 지속 가능성에 대해 꾸준히 질문을 던져야
한다. 선수와 감독, 사람은 유한하지만, 구단과 야구는 세대와
역사를 이어 무한하게 이어진다는 관점이 필요하다.

신생 팀이 만든
다섯 가지 사훈

메이저리그는 어떤 질문에 이르러 판단
이 필요할 때 그 절대적인 기준을 "야구의 최선을 위해서(for
the best interest of baseball)"에 맞춘다. 어떤 결정이든 야구 자체
에 최선의 이익이 되는 방향이어야 한다는 그들의 기준은 무척
인상적이었다. NC 다이노스에도 그런 기준이 필요했다. 그래
서 집을 지으며 다이노스의 가훈 다섯 가지를 만들었다. '야구

자체를 목적으로 삼는다'가 그 첫 번째다.

야구 자체를 목적으로 삼는 것은 구단주가 정한 원칙으로, 그의 가장 명확한 철학이자 메시지이기도 했다. 어떤 대상이든 그 자체가 목적일 때, 우리는 그 행동에 진지한 소신을 담는다. 나는 야구 기자 시절, "기자는 나에게 목적인가 수단인가"라고 되묻곤 했다. 기자로서 기자는 수단이 아닌 목적이어야 했다. 야구단도 야구에 진지한, 그런 태도를 원했다. — *lee*

두 번째 가훈은 '상대 팀은 경쟁자 이전에 동반자'라는 것이다. 스포츠는 경쟁이다. 이는 경쟁자가 있어야 스포츠가 성립된다는 말이기도 하다. 그래서 경쟁자는 이겨야 하는 대상인 동시에 함께 생존하고 성장해야 하는 동반자다.

수단과 방법을 가리지 않고 상대를 이기려는 맹목적인 승리 지상주의는 리그라는 공동체에 이롭지 않다. 따라서 구단은 경쟁자 이전에 동반자라는 인식을 바탕으로 스포츠의 본질적 가치를 살리는 정정당당한 승부를 해야 한다. 이는 KBO리그에서 지속적으로 강조되어야 할 개념이다. 구단들이 서로를 경쟁자 이전에 양립해야 하는 동반자로 여길 때 리그 전체가 성장할 수 있다.

'순위 경쟁은 감독이 한다'는 것이 다이노스의 세 번째 가훈이었다. 현장과 프런트의 역할 분담과 영역 존중은 꼭 필요하다. 물론 어느 시대 어떤 구단주도 그 경계를 명쾌하게 나누지

는 못했을 것이다. 다만 사전에 이를 조율하지 않으면 결국 갈
등의 불씨가 된다. 구단을 출범시키면서 이 부분을 최대한 명
확히 하고자 했다. 최고의 선수단을 구성하고, 최적의 환경에
서 선수단이 시즌을 준비할 수 있도록 뒷받침하되, 시즌과 게
임에 대한 권한과 책임은 감독에게 있어야 한다는 원칙이었다.
구단과 현장의 분명한 역할 구분은 그 사이에서 일어날 수 있
는 갈등의 소지를 없애는 동시에 업무의 전문성을 강화하는 효
과가 있다. 실제로 다이노스 구단과 현장의 화음은 나쁘지 않
았던 것 같다. 덕분에 감독 김경문과 사장 이태일은 7년을 함께
했는데, 이는 한국프로야구에서 구단 대표와 감독이 함께한 가
장 긴 기간이다.

네 번째 가훈은 '누구나 할 수 있다는 희망을 준다'는 것이
다. 다이노스는 신생 팀이었다. 1991년부터 여덟 개 구단 체제
를 지속해온 KBO리그에서 20년 만에 등장하는 아홉 번째 구단
으로 그 포부는 당당했지만, 현실은 그저 신출내기였다. 그런
환경에서 순탄한 길을 기대할 수는 없었다. NC는 창원이라는
연고지를 선택했다. 사회가 균형을 이루기 위해서는 다른 사람
이 하지 않는 부담스러운 일을 누군가는 해야 한다. 그것이야
말로 사회적으로 야구단을 운영하는 목적이기도 하다는 것이
NC의 선택이었다. 지나친 수도권 집중 현상이 대한민국의 문
제라고 지적하면서 실제로 자기 입장이 되면 슬그머니 수도권
에 터전을 마련하는 선택은 하지 않겠다는 것이었다.

사서 고생을 하기로 마음먹고 나니 선수단을 구성하기가 어

려워졌다. 약한 전력을 감수할 수밖에 없었다. 신생 팀을 위한 KBO의 제도적 배려가 있었지만, 기존 팀에서 좋은 선수를 내줄 리 없었다. 전력이라고 할 만한 것을 갖추기까지 시간이 필요했다. 그때 '희망'이라는 키워드가 필요했다. 출발은 미약하더라도 희망을 붙잡고 나아간다면 다이노스의 성장과 성공이 모두에게 더 큰 울림을 줄 수 있으리라고 기대했다.

다른 구단에서 방출된 선수, 아마추어에서 프로리그로 가지 못하고 때를 기다리던 선수, 그들과 상황이 크게 다르지 않았던 지도자들이 다시 기회를 얻어 날개를 펼칠 수 있어야 했다. 프로야구 연고지 중 가장 작은 도시인 창원에서 단단하게 뭉쳐 야구라는 꿈을 펼치는 미생의 모습을 보며 시민, 그리고 국민이 희망을 얻는다면 다이노스의 존재는 성적과 관계없이 가치 있을 것이라고 믿었다. 그렇게 다른 이의 희망이 되고자 했다.

'스포츠 정신을 사회에 반영한다'는 것이 다이노스의 마지막 가훈이었다. 스포츠 정신은 규칙을 준수하고 판정에 승복하며 상대를 배려하는 등 시민 정신이 그대로 투영된 덕목이다. 그런 가치를 사회에 반영하는 것은 스포츠 구단의 당연한 기능이기도 하다. 구단은 경기장 안팎에서 책임감 있는 모습을 보여야 한다. 그리하여 스포츠 정신이 사회의 정서가 되고, 다른 분야에서도 규칙 준수와 판정에 대한 승복, 그리고 상대를 배려하는 태도가 자리를 잡는 데 일조해야 한다.

이런 기대감은 리그의 일원이 되어 시즌을 거듭하면서 점점 실망감으로 변하기도 했다. 언젠가 이태일은 절친한 기자 후배에게 "정치를 스포츠처럼 해야 하는데 우리나라는 스포츠를 정치처럼 한다"는 말을 한 적이 있다. 우리 스포츠계는 결과 지상주의가 지나치게 팽배한 것 같다. 무슨 수를 써서라도 상대를 이겨야 프로라고 여기는 듯하다. 그럴수록 구단은 스포츠 정신을 사회에 반영한다는 원칙을 가슴에 새겨야 한다고 생각한다.

　집을 받쳐주는 것이 튼튼한 기둥이라면 좋은 가문을 유지하게 하는 것은 올바른 정신이다. 훌륭한 기업에는 그 기업을 상징하는 기업 정신이 있다. 그런 '구단 정신'은 구단을 단단하게 결속시키는 한편 계속해서 나아가게끔 해줄 것이다.

구단은 어떤 보답을
생각해야 하는가

　　　　　　　샌디에이고 파드리스 고문을 맡으면서 구단이 어떻게 선수를 스카우트하고, 어떻게 2군 선수들을 육성하고, 조직을 이끄는지를 배울 수 있었다. 그중 가장 큰 배움 중 하나가 구단이 사회에 미치는 영향이었다. 봉사하고 헌신하는 다양한 활동을 접하면서 그것이 프로구단을 운영하는 데 얼마나 중요한지를 깨닫게 되었다. *— park*

　파드리스 구단에는 사회봉사를 연구하는 공동체 연관 부서〔community relations〕가 있다. 이 부서를 대표하는 사람은 구단주 중 한 명이 맡으며 끊임없는 소통을 통해 팬들의 이야기를 듣는다. 또한 지역에서 필요한 활동을 하는데, 도움의 손길이 필요한 아이들과 어려운 가정을 위한 일에 나선다.

구단은 한 도시의 큰 부분을 차지한다. 그래서 메이저리그 구단의 이름에는 앞에 항상 도시 이름이 붙는다. 메이저리그 팀처럼 우리도 '부산 자이언츠' '대전 이글스' '대구 라이온즈' '광주 타이거즈' '잠실 트윈스' '잠실 베어스' '고척 히어로즈' '창원 다이노스' '수원 위즈' '인천 랜더스' 같은 이름으로 그 지역 시민의 열광적인 지지를 받는 것을 생각해본다.

구단은 시민이나 팬에게 티켓, 굿즈를 팔고 심지어 응원을 받기까지 한다. 그렇게 돈을 벌어 선수에게 돈을 준다. 그 돈은 결국 팬들에게서 오는 것이다. 하지만 정작 시민에게는 무엇을 나누고 있는가에 대해 고민해야 할 것이다. 선수와 구단이 팬에게 돌려주는 것에는 무엇이 있는가.

성적이나 우승은 보장된 것이 아니다. 하지만 최선을 다하는 명승부는 항상 선물할 수 있다. 약간의 귀찮음을 떨쳐내는 것, 조금의 피곤함을 참고 시간을 내주는 것, 다양한 행사에 참여하는 것 등 쉽게 실천해서 보답할 수 있는 일이 많다. 구단 역시 그런 것들을 하고 있는지 생각해봐야 할 것이다.

특히 지금처럼 야구 열기가 고조됐을 때 더욱 그런 일을 해야 한다고 생각한다. 언젠가 이 열기가 식을 때를 대비해서라도, 단단하지 않은 기둥 위에 지붕을 세우고 있지는 않은지 살펴봐야 할 것이다.

서로 존중하면
함께 위대해진다

우리는 팀의 색깔을 만들어가는 역할을 감독에게 의존하는 문화가 있다. 그러다 보니 감독이 바뀔 때마다 팀의 스타일이 달라진다. 반면 메이저리그 구단들은 저마다 분명한 팀 컬러를 가지고 있다. 워낙 역사가 길기도 하지만, 구단 차원에서도 본연의 색깔을 유지하려 한다. 새로운 감독이 와도 이미 구단 고유의 문화가 정착되어 있고 시스템도 체계가 잡혀 있기에 개인이 단기간에 바꿀 수 있는 것은 거의 없다.

우리 모두 멋지게 야구하고 싶다. 그러려면 누가 와도 그 뿌리가 흔들리지 않는 팀이 되어야 한다. 감독뿐 아니라 구단주 역시 일방적으로 구단의 색깔을 바꾸려고 해서는 안 될 것이다. 언제나 다양한 사람들의 이야기에 귀를 기울일 필요가 있다.

SSG에서 와이번스 구단을 인수 후, 구단 이름을 지으면서 정용진 회장이 나에게 조언을 구했다. 나는 인천이라는 곳의 역사를 기리는 이름을 지으면 좋겠다는 이야기를 건넸다. 아마도 '랜더스'가 이름이 된 데에는 인천의 역사를 떠올리게 한다는 점이 컸던 것 같다. 기업을 위한 이름이 아닌 시민을 위한 이름을 고민하는 구단주를 보면서 이분이 얼마나 야구를 좋아하고 열정이 있는지 느낄 수 있었다. 또한 어떻게 시민을 위한 구단으로 운영할지 기대가 되기도 했다.

— *park*

다저스의 경우 모든 의사결정은 현장과 프런트의 논의하에 이루어졌고, 피터 오말리 구단주가 그 마침표를 찍었다. 그는 자전거를 타고 구장 근처를 한 바퀴 돌거나 가벼운 산책을 하기도 했는데, 그러다가 구단 정원사나 청소부를 만나면 언제나 이름을 부르고 가족 혹은 주변 사람들의 안부를 물었다. 구단과 관련된 일을 하는 모든 사람과 가까운 관계를 만들기 위해 노력했고, 지위를 떠나서 그들을 존중했다.

한국프로야구는 좁은 사회다. 인구나 면적 면에서도 미국과 비교가 되지 않지만, 야구선수라는 커리어를 가진 사람의 수는 특히 적다. 그러다 보니 대부분 서로를 안다. 그렇게 알고 지내던 이들이 동료와 선후배, 심판과 선수, 코치와 감독으로 만난다. 최근에는 구단 프런트에도 선수 출신이 많아졌다. 그러면 대부분 선후배의 위계가 그대로 이어진다. 선수 출신이 아니더라도 나이가 많으면 선수들의 이름을 편하게 부르거나 반말을 하는 것이 당연시되었다.

다이노스는 두 가지 존중 문화를 만들었다. 하나는 구단 직원이 나이와 지위를 막론하고 선수에게 반말하지 않는 것이었다. 단장도 "00 선수, 이 일에 대해 어떻게 생각하나요?" 정도의 톤으로 질문하고 대화했다. 그리고 또 하나, 선수가 소속감을 느낄 수 있도록 명함을 만들어주었다. 프로야구 팀 최초의 문화였다.

다이노스 시절 정의, 명예, 존중을 내세웠다. 정의는 선수와 야구에 관한 것이고, 명예는 팀과 우리에 관한 것이었으며, 존중은 리그와 사회에 관한 것이었다.

선수는 정의로워야 한다. 그래야 그들이 하는 야구도 정의롭다. 야구라는 경기에서 규칙을 지키고 페어플레이를 하며 스포츠맨십을 살려야 한다는 뜻이다. 또한 다이노스의 멤버라는 점을 명예롭게 여기며, 그 프라이드에 걸맞게 행동하길 원했다. 우리 팀뿐 아니라 리그를 구성하는 다른 팀을 존중하고, 나아가 사회의 다른 구성원 하나하나를 존중하는 정신 역시 필요했다. — *lee*

2014년 4월 16일 세월호 참사가 일어났을 때였다. 야구가 이 일과 무슨 상관이냐는 목소리도 있었지만, 이태일은 무언가 해야 할 것만 같은 생각이 들었다. 고심 끝에 다이노스에서 '주인 없는 숫자 둘'을 준비했다. 4와 16이라는 숫자를 마음에 담아두기 위해 등번호를 비워두기로 한 것이다. 4번은 원래 주인이 없었지만, 16번은 주인이 있어 그 선수에게 숫자를 반납해줄 수 있냐고 물었다. 망설이던 선수는 고맙게도 사장의 권유를 받아주었다.

처음에는 이 일을 세상에 알리지 않았다. 야구가 사회적인 문제와 연결되거나, 다른 팀은 가만히 있는데 왜 혼자 튀는 일을 하냐는 시선이 부담스러웠다. 하지만 프로야구 팀은 사회적 공기로서의 기능을 갖고 있다. 구단이 야구만 한다면 결국 야구밖에 하지 못한다. 야구가 경쟁이 아닌 스포츠가 된다는 것은 사회 속에서의 자신의 역할을 안다는 것이다.

2
이번에는 저 구단이 승리할 차례라는 말을 들어라

신생 팀에게 가장 중요한 것은 무엇입니까

NC 다이노스의 사례를 많이 이야기하게 되는 건 잘 알고 있기 때문이기도 하지만, 신생 팀에게 주어진 과제를 통해 야구란 어떤 것인지 그 원리와 본질을 더 잘 이해할 수 있게 하는 측면이 있기 때문이다.

구단에게 주어진 가장 큰 임무 가운데 하나는 감독을 선임하는 것이다. 신생 팀의 초대 감독을 선임하는 임무를 받는다면 어떤 구단도 막막함을 느낄 것이다. NC 다이노스가 창단되던 때는 이미 여덟 구단이 프로야구에서 가장 뛰어나다고 생각하는 감독과 함께 팀을 운영 중이었다. 후발 주자로서 그런 감독을 모셔 오기란 쉬운 일이 아니었다. 다이노스가 쓸 수 있는 방법은 다른 팀에서 물러나 재야에 있는 감독 경험자를 찾거나 외국인 감독을 선임하는 것이었다. 하지만 신생 팀의 특성상 한국야구에 대해 경험이 부족한 외국인 감독은 우선순위로 둘 수 없었다.

주위에서도 누가 다이노스의 초대 감독이 될지 관심이 많았다. "○○○가 적임자다"라는 식으로 가이드라인을 만들어주는 언론도 있었다. 여러 견해를 참고해 당시 다른 팀을 맡고 있는 현역 감독과 이야기를 이어가던 중에 뜻하지 않은 변수가 생겼다. 2011년 6월 13일, 두산 베어스 김경문 감독이 팀 내부 이슈로 자진 사퇴한 것이다. 얼마 뒤 김경문 감독이 휴식을 위해 미국으로 떠났다는 기사가 났다.

일단 한번 만나보고 싶다는 생각에 이리저리 수소문해 드디어 미국의 한 구석진 카페에서 만났다. 어느덧 7월 중순이었다. "감독님은 신생 팀에게 가장 필요한 것이 무엇이라고 생각하십니까?" 김경문 감독에게 물었다. 감독 후보자를 위해 준비한 공통 질문이었다. 예상과 다른 질문을 들었다는 듯 멈칫하던 김경문 감독은 "제 생각으로 신생 팀에게 가장 중요한 것은… '팬'이라고 봅니다"라고 대답했다. 정답이라 느꼈지만 내색하지 않았다. — lee

팬이 먼저 눈에 들어오는 감독은 어떻게 움직일까. 경기에 앞서 애국가가 연주될 때 상대 팀 선수보다 먼저 관중들이 눈에 들어온다는 것이다. 그때마다 관중들에게 어떤 야구를 보여주어야 할지, 어떻게 해야 관중늘이 내일, 그리고 모레 또다시 경기장에 오도록 할 수 있을지 구상하는 데 모든 신경을 다 쓸 것이다. 이태일은 이런저런 이야기를 나눈 뒤에도 감독 자리를 제안하지 않고 우선 호텔로 돌아왔다. 항상 하듯이 대화 내용을 노트에 정리해보았다. 그 노트에는 같은 질문에 대한 다른 감독 후보의 대답이 쓰여 있었다. 신생 팀에 가장 필요한 것이 무엇인가에 대한 다른 감독 후보의 답변은 "승리. 이기는 것입니다"였다.

승리냐, 팬이냐. 이건 닭과 달걀처럼 무엇이 먼저인지 확신할 수 없는 문제였으나, 다이노스의 철학을 보면 승리보다는 팬이 더욱 중요한 가치라는 쪽으로 마음이 기울었다. 결심이 선 뒤 구단주에게 결정을 보고했다. "검증된 분이죠. 수고하셨습니다. 잘 모셔 오세요." 구단주는 흔쾌히 재가했고, 그렇게 다이노스의 초대 감독이 정해졌다.

어떤 주장이 필요한가

박찬호는 다이노스가 씨앗을 뿌리고 새싹이 돋아나는 데에, 이호준이라는 좋은 재목의 나무를 심을 수 있도록 도와주었다. 다이노스 팀이 창단 두 번째 해에 1군리그로 편입되던 시점에 김주찬, 이호준 선수 등이 FA로 시장에 나왔다. 당시 고민하던 이태일 대표는 어떤 선수가 팀에 더 좋을지 박찬호에게 조언을 구했다.

발이 빠르고 수비 범위가 넓은 김주찬 선수가 있으면 경기를 푸는 데 도움이 될 것이고, 이호준 선수가 있으면 신생 팀을 리그에 빨리 적응시키는 데 도움이 될 것 같다고 박찬호는 조언했다. 이호준은 베테랑 선수인 데다, 이기는 법을 아는 팀에서 오래 있었다. 그래서 퍼포먼스 외에 다른 면에서도 많이 기여할 거라는 말도 덧붙였다.

결국 다이노스는 이호준을 선택했다. 박찬호는 다이노스의 애리조나 스프링캠프를 방문해 이태일 대표와 김경문 감독이 신생 팀을 젊지만 강한 팀으로 만들기 위해 노력하고 있는 모습을 보았다.

먼저 이호준 선수와 이야기를 하고 투수들과도 간단하게 만났다. 이호준 선수는 박찬호와의 대화가 좋았는지, 훈련을 마치고 호텔서 다시 한번 만나기를 청했다. 이호준 선수의 방으로 가니, 젊은 선수 몇 명이 함께 있었다. 당시 이호준 선수를 보면서 98년에 케빈 브라운 선수가 박찬호를 자기 방으로 불러서 하비 도프먼 박사를 소개해 큰 도움을 주었던 모습이 떠올랐다.

박찬호는 자신감에 대해 이야기해주었다. 당시 이호준 선수는 막중한 책임감을 안고 팀의 화합에 대해 고민했다. 그 전에 있었던 와이번스에는 베테랑 선수, 리그의 슈퍼스타들이 많았기 때문에 그의 리더십은 다이노스라는 신생 팀에 더 크게 필요한 상황이었다. 그 뒤로도 이호준 선수는 시즌 중간중간 다른 선수들과의 소통이나 주장으로서의 역할에 어려움을 겪게 되면 박찬호에게 연락을 했다.

  몇 해 후 이호준 선수가 선수협회 회장을 맡는다는 이야기를 들었다. 대부분의 구단은 해당 구단의 선수가 선수협회 회장직을 맡는 것을 꺼리고 반대했다. 하지만 이태일 대표는 다이노스 팀 선수가 리그 선수협 회장직을 맡고 리더십을 발휘하는 것을 긍정적으로 생각했다. *— park*

  박찬호는 이호준 선수에게 선수협 대표로서의 책임감, 개인이 아니라 전체가 한마음이 되는 명분에 대해서 고민해보라는 이야기를 건넸다. 리그가 하나가 되고 선수들 모두가 발전하는 상황을 만들기 위해서는 본인부터 솔선수범해야 한다는 이야기도 해주었다.

  선수협 회의를 마치고 나오는 선수들은 기자에게 많이 노출이 되는데, 그 모습이 프로답지 않은 경우가 있었다. 구단 사장, 단장 등 임원들은 중요한 회의 때 양복을 입는다. 선수들 역시 그런 모습을 보일 필요가 있다. 야구만 해왔기 때문에 그런 부분에서 부족함이 많더라도 갖춰야 할 것을 갖춰야 한다. 보이는 것의 힘을 알아야 한다. 많은 사람이 스포츠 선수를 존경하기 때문이다.

  이야기를 들은 이호준 선수가 바로 고쳐나가는 모습을 보고 그가 선수협을 이끌어가는 데 얼마나 노력하고 영향력을 발휘하는지를 볼 수 있어서 흐뭇했다.

프로에게는 팬들을 대하는 마음과 스포츠 정신을 갖춘 정정 당당한 퍼포먼스가 필요하다. 그 외적인 것에서도 존경스럽고 감동을 주는 모습이 있어야 하는 것은 물론이다.

야구,
희생이 인정받는 스포츠

"공놀이를 하는데도 대접받는 것은 팬들이 있기 때문"이라는 유명 농구 감독의 말이 화제가 된 적이 있다. 팬이 없으면 선수도 존재하지 않는다는 말 역시 이제는 많은 이들이 받아들인다. 특히 야구는 국내에서 가장 인기 있는 프로스포츠이기에 팬이 큰 부분을 차지한다.

선수는 구단과 계약하지만, 그 계약 속에는 팬과의 관계에 대한 지침도 들어가 있다. 연봉이 10억인 선수라면 단지 야구만 잘하는 것이 아니라 그만한 팬을 동원하고 아우르는 능력도 갖춰야 한다. 그런 능력까지 포함해서 받는 연봉이라고 생각했으면 좋겠다. 프로야구 선수라면 프로 정신이 있어야 하는데, 팬과 소통할 줄 아는 것도 프로 정신이다.

선수로서 팬을 위한다는 것은 팬 서비스 차원의 문제만이 아니다. 팬들은 프로야구 경기를 보면서 하루의 피로를 잊고, 재미와 감동을 얻는다. 좋아하는 선수를 롤모델로 꿈을 키우는 아이들도 많다. 자신이 응원하는 팀의 승리를 원하는 만큼, 자신이 응원하는 선수가 좋은 사람이기를 바란다. 그런 선수들이 각종 사건, 사고에 휘말리면 큰 실망감을 느낄 수밖에 없다. 따라서 프로선수는 사생활 역시 신경 써야 한다. 최선을 다해 뛰어서 팬들에게 좋은 경기를 선사하는 것은 기본이요, 개인적으로도 괜찮은 사람이 되도록 노력해야 하는 것이다.

'야구만 잘하면 된다'고 생각하는 사람도 있을지 모르겠다. 그러나 스포츠의 가치란 이기는 것 이상에 있고, 팬들은 그것을 바란다. 팬들은 실력이 아무리 뛰어나도 논란을 계속 일으키는 선수는 원하지 않는다. 여전히 실력이 있음에도 복귀하지 못한 선수들의 사례를 봐도 알 수 있다.

진정한 성공이라는 것은 자신의 노력과 운에 더해서 주위의 마음까지 모이게 만드는 일인 것 같다. 어느 분야든 수상 소감을 말하는 이들은 "주위의 도움 덕분에 오늘의 내가 있다"고 밝히곤 한다. 누군가가 그 사람을 도와주고 싶은 마음이 들게 만들었다는 것을 알 수 있다.

우리가 누군가를 돕고 싶어진다면 아마도 그에게서 '좋은 사람'이라는 느낌을 받았기 때문일 것이다. 야구를 잘하길 바란다면 '좋은 사람'이 되어야 한다. 야구는 혼자의 힘으로 모든 것을 이룰 수 없는 '팀 스포츠'이자 '리그 공동체에서의 경쟁'이다. 좋은 사람이 되어 주위의 호감을 얻을 때 좋은 선수가 되고, 좋은 선수들이 야구를 할 때 팬들은 야구를 더욱 사랑하게 된다.

어떤 사람들은 야구를 유일하게 '희생'이라는 덕목이 인정받는 스포츠로 꼽는다. '희생번트'나 '희생플라이'는 말 그대로 팀을 위해 자신을 희생하는 플레이다. 물론 야구에도 서로를 속고 속이는 일도 있다. 야구에는 '유인구'라는 표현이 존재한다. 유인구는 타자를 꾀어내기 위한 공이다. 선수들은 상대에게 혼란을 주기 위해 사인을 주고받으며, 상대는 그 사인을 훔쳐내려 한다. 서로 죽이겠다고 달려드는 런다운 같은 플레이도 있다.

메이저리그의 명감독이었던 레오 듀로서는 "사람이 좋으면 꼴찌(Nice guys finish last)"라는 말을 남겼다. 많은 야구인이 그의 말을 신조로 삼았다. 실제로 비신사적인 행위까지 동원해가며 경기를 이기려고 하는 이들도 있다. 그러나 승리하기 위해서는 상대의 사인을 훔치고 꼼수를 쓰는 등 나쁜 야구를 해야 할지도 모르지만, 더 크게 보고 성공하기 위해서는 스포츠맨십을 지키고 상대를 존중하는 좋은 야구를 해야 한다고 본다.

현존하는 최고의 야구선수로 불리며 전 세계에서 주목받는 스타가 된 오타니 쇼헤이는 고교 시절 프로야구 드래프트 전체 1위가 되겠다는 목표를 세웠다. 그리고 그 목표를 위해 자신이 해야 할 일을 분야별로 나누어 이른바 만다라트를 만들었다. 거기에는 야구선수로서 갖춰야 할 기술적인 능력뿐 아니라 목표 달성에 필요한 운과 그 운을 얻기 위해 해야 할 행동까지 정리되어 있었다. 운을 얻기 위한 행동은 인사하기와 쓰레기 줍기, 야구실 청소 같은 것이었다. 좋은 사람이 되어야 운이 따를 것이라고 믿었던 것이다.

오타니의 이런 생각은 훗날 그가 메이저리그에 진출해 맹활약하면서 더욱 화제가 되었다. 오타니는 듀로서의 말과 달리 "사람 좋으면 일등(Nice guys finish first)"이라는 사실을 증명해 냈다.

1등 하려면,
주위의 마음을 얻어야

2013년 1군 리그에 데뷔한 다이노스가 2년 차부터 가을야구(포스트 시즌)에 진출했다. 그해 정규 시즌에서 70승을 올리고 라이온즈와 히어로즈에 이어 3위를 차지한 뒤, 준플레이오프에서 4위였던 트윈스에게 업셋을 당했다. 그러나 포스트 시즌 경험이 전무하고 아직 노련함이 부족한 구단이 가을야구에 진출한 것만으로 많은 이들이 놀라워했다. 리그 진입 2년 차인 신생 구단이 포스트 시즌에 진출할 수 있을 거라 예상한 사람은 거의 없었다. 2014년 이후 2015년 시즌에서 다이노스는 당시 최고의 전력을 자랑했던 라이온즈를 위협할 수 있는 구단이 되어 있었다. 결국 다이노스는 라이온즈에 이어 2위로 정규 시즌을 마무리했다. 3위인 베어스와 6.5게임이라는 큰 차이였다.

김경문 감독이 옮겨 간 것에 이어 이종욱과 손시헌 같은 선수들을 FA로 내준 베어스였다. 그래서인지 베어스와 다이노스의 경기는 유독 치열했다. 베어스와의 경기 도중, 한번은 정수빈 선수가 누상에서 런다운에 걸렸다. 3루에서 홈으로 들어오는 상황이었다. 정수빈은 체념한 듯 주루 라인을 한참 벗어나서 태그를 피했다. 이미 아웃되어 그냥 두산 베어스 더그아웃으로 들어가려는 것처럼 보이기도 했다. 그런데 홈을 지키는 주심은 그 모습을 마냥 지켜보다가 다이노스 수비가 공을 떨어뜨리고 정수빈이 홈플레이트 쪽으로 방향을 틀어 들어오자 세이프를 선언했다. 물론 규정에 따른 판정이었을 것이다. 다이노스 벤치에서 잠시 항의하기는 했으나 경기는 그대로 진행되었고, 승리는 베어스에게 돌아갔다.

그날 경기가 끝난 뒤에 그 장면을 수없이 되새겨보았다. 마치 포기한 듯한 정수빈의 주루를 보면서도 왜 심판은 아웃을 선언하지 않았을까. 아마 아웃으로 판단하지 않았기 때문일 것이다. 오심도 규정 위반도 아니었다. 그저 아웃을 줄 수도 있고, 주지 않을 수도 있는 상황에서 주지 않은 것뿐이다. 이럴 때 심판의 우호적인 판정을 얻는 것은 일종의 어드밴티지다. 그 어드밴티지를 위해 모두가 노력한다. 아직 우리 팀은 어드밴티지를 주고 싶은 구단이 아닌가 보다. 그런 구단이 되려면 어떤 노력을 해야 할까. 모두가 공감하고 인정하는 '좋은 사람들의 야구'를 해야겠다. 그래야 주위의 마음을 얻을 수 있겠다고 한번 더 다짐했다. — *lee*

다이노스는 이태일이 사장으로 재임한 2017년까지 매년 가을야구에 나갔지만, 정상에는 오르지 못했다. 그리고 2020년

마침내 한국시리즈 정복의 꿈을 이루었다. 그해 정규 시즌 1위를 기록한 뒤 후임 사장이 "우승을 하려면 어떻게 해야 하느냐"라고 물었다. 이태일은 이렇게 말했다. "이번엔 NC 다이노스가 우승할 때가 됐다고 많은 사람이 공감한다면 그런 운이 따르지 않을까요."

팀 내부에 그런 마음이 강하면 자신감이 넘칠 것이다. 많은 야구 팬들이 "이번에는 다이노스가 우승을 할 수 있을 것 같다"라는 마음이 들도록 그 분위기를 만들면 운도 우리 쪽으로 올 것이라는 뜻이었다.

스포츠에 있어 실력은 언제나 기본이다. 거기에 더해 운이 있어야 한다. 그런데 운을 노력해서 만들 수 있을까. 그럴 수 있다. 몇 년 뒤, 오타니의 만다라트를 보고 그가 휴지를 주워 운을 만든다는 것을 되새기고 비슷한 생각이라 여겼다. 좋은 사람, 좋은 팀이 되어 좋은 플레이로 주위의 마음을 얻을 때 운이 생긴다. 그때 진정한 챔피언의 길도 열릴 것이다.

I love to win; but I love to lose almost as much.

I love the thrill of victory,

and I also love the challenge of defeat.

— Lou Gehrig

나는 이기는 것을 좋아한다. 하지만 지는 것 역시 좋아한다.

나는 승리의 스릴을 좋아하고 패배의 도전도 좋아한다.

— 루 게릭 내야수

3
스토브리그에
마법을 만들어내라

메이저리그의
윈터 미팅

경기장 스탠드에 조명이 꺼진 대신, 집 안 난로에 불을 지피는 시기. 바로 스토브리그다. 스토브리그는 프로야구의 한 시즌이 끝난 뒤, 다음 시즌을 위해 전력을 보강하는 기간이다. 사실 구단은 시즌이 끝나고 난 뒤인 11월에 가장 바쁘다. 선수들은 잠시 휴식을 취할 수도 있지만, 구단 살림을 맡은 프런트는 쉴 새 없이 움직여야 한다. 경기가 멈춰도 경기를 위한 준비는 계속되는 것이다.

각 구단은 이때 팀별로 예산을 수립한다. 전지 훈련 장소를 실사하고 미흡한 제도를 손본다. 계약 갱신, 트레이드, 영입과 방출 등으로 선수단을 다시 구성하는 일도 중요하다. 다음 시즌을 구상하고 그에 맞춰 준비해야 한다. 스토브리그를 어떻게 보내는가에 따라 다음 시즌 성적이 좌우된다고 해도 과언이 아니다. 스토브리그가 제2의 리그라고 불리는 이유다.

구단마다 상황과 목표가 다른 만큼 스토브리그를 보내는 스타일 역시 다르다. 어떤 팀은 선수들의 세대 교체에 집중하고, 어떤 팀은 안정을 찾아가는 데 집중한다. 강팀은 좋은 성적을 유지하는 것을 목표로 하고, 약팀은 리빌딩(rebuilding)에 여념이 없다. 리빌딩이란 '기존의 것을 새롭게 만든다'는 뜻이다. 리빌딩을 원하는 구단이라면 말 그대로 팀을 다시 만들어야 하고 기초 공사부터 전면 개조 작업에 들어가야 하는 것이다.

리빌딩을 하려는 구단은 가장 먼저 감독을 새로 구한다. 새 감독이 새 선수를 들이고, 새 전략을 세우리라는 것은 자명한 사실이다. 그러나 가장 중요한 것은 구단의 철학이다. 뚜렷한 철학이 담기지 않으면 큰돈을 주고 데려온 선수도, 그럴듯한 전략도 모두 무용지물이다.

예를 들어 불펜 강화를 목표로 세운다고 해보자. 보통 선발 5명, 불펜 6명, 마무리 1명 정도로 투수진을 운용한다. 그런데 불펜 6명을 강하게 만들기란 쉽지 않다. 실력이 확실한 투수 2명을 영입했다면 나머지는 시간을 들여 키워야 한다. 충분한 휴식 기간을 가지고 꼬박꼬박 등판하며 성장할 수 있도록 해주는 것이다.

리빌딩은 곧 희생이다. 선수를 키우기 위해서는 경기를 희생시킬 필요도 있다. 어느 한 투수가 잘한다고 해서 계속 등판시키면 경기는 이길 수 있을지 몰라도 리빌딩은 실패로 돌아간다. 감독의 소신과 리더십이 중요한 이유다. 휴식을 충분히 취하지 못한 투수가 부상을 입게 될 수도 있다. 그러면 리빌딩은 커녕 투수진 운용에 비상이 걸리게 된다.

리빌딩은 본래 단기간에 마무리되는 일이 아니다. 감독이 명확한 철학을 가지고 일관성 있는 태도로 추진해야만 분명한 색깔을 지닌 팀을 만드는 데 성공할 수 있다.

각 구단이 성공적인 스토브리그를 보내는 것도 중요하지만, 사실 스토브리그는 구단뿐 아니라 리그 전체의 발전을 위한 시간이 되어야 한다. 문제는 프로야구 전반에 관해 논의할 만한 자리가 없다는 점이다. 미국의 스토브리그에서 가장 상징적인 것이 있다면 매년 12월에 열리는 윈터 미팅이다. 구단 관계자들과 에이전트들은 이 자리에서 며칠 동안 야구에 관한 담론을 나눈다. 감독 교체 발표나 FA 계약, 대형 트레이드가 진행되기도 한다. 윈터 미팅은 스토브리그의 꽃이라고 할 수 있다.

우리나라에서도 윈터 미팅이 열린 적이 있다. 2001년을 시작으로 6년간 열렸으나 큰 성과는 없었다. 구단 관계자들이 모인 만큼 현재 한국프로야구가 지닌 문제점을 찾고 개선점을 논의했어야 하는데, 우리는 아직 그 단계까지는 가지 못한 것 같다. 2024년부터 다시 윈터 미팅이 진행된다는 반가운 소식을 들었다. 더 나은 성적뿐 아니라 더 좋은 야구를 위해 고민하는 스토브리그가 되었으면 하는 바람이다.

낙오되는 팀이 없도록

　　　　　　　　구단은 유니폼을 결정하고, 팀 이름을 결정짓고, 감독을 선임하고, 선수들을 뽑는다. 구단의 철학과 규정을 만들어서 질서를 유지하는 역할도 있다. 감독은 말 그대로 매니징하는 사람이다. 물론 평소 감독이 좋아하는 스타일의 선수가 있을 텐데, 그 선수가 FA로 시장에 나오면 감독은 적극적으로 영입을 위해 구단과 소통해야 한다. 지휘봉을 잡고 있는 감독이 선수와 전화 통화나 짧은 미팅을 통해 서로를 알아가는 과정이 굉장히 중요할 수 있다.

　박찬호는 파드리스 고문으로서 윈터 미팅에 몇 번 참가해본 적이 있다. 선수로서 경험하지 못한 구단의 프로페셔널한 모습을 가까이에서 보면서 구단 간 스카우트들의 색깔, 단장들의 책임감, 에이전트들의 전문성 등을 경험할 수 있었다. 보통 한 구단에서 20~30명이 참여하는데, 미국이라는 나라가 크기 때문에 윈터 미팅의 필요성이 두텁고 효과도 더 크다는 것 또한 느꼈다.

　KBO리그에서도 모든 구단이 함께 참여해서 다양하게 소통하는 기회가 많아지길 바란다. 도움이 필요한 구단에게는 개선할 점들을 어필하고, 탄탄한 구단들은 그런 이야기를 공유하면서 함께 성장하는 발판을 마련하면 좋을 것 같다. AI 등 새로운 기술이 리그에 들어올 경우에도 다양한 교육을 통해서 구단들이 함께 학습할 수 있도록 시스템을 만드는 것 또한 앞으로 꼭 필요할 것이다.

어떤 감독이나 코치가 오느냐에 따라 경기를 뛰는 방식이 바뀔 수는 있어도 구단의 철학은 바꿀 수 없다. 리그도 마찬가지다. KBO도 구단처럼 리그의 꾸준한 발전을 위한 철학과 방침을 세워야 한다. 힘 있는 구단들만을 위해서 리그가 존재하는 것은 바람직하지 않다. 구단 간 격차도 심해질 것이다. 메이저리그의 경우 돈을 많이 버는 구단은 돈을 적게 버는 구단을 지원해서 선수에게 더 투자할 수 있도록, 구단의 실력을 보강할 수 있도록 한다. 한 팀이라도 낙오가 되지 않도록 하는 것이다. 낙오되는 팀이 있다면 리그 전체의 상처를 만드는 일이기 때문이다. FBI와 MLB에서는 선수에게 사고가 나지 않도록 교육하는 시스템이 잘 정착되어 있는데, KBO리그도 그러한 체계에 더 심혈을 기울였으면 좋겠다.

각 구단이 이기적인 마인드에서 벗어나는 것도 중요하다. 그러한 면에서 성적이 저조한 팀들이 다음 해에는 좋은 성적을 낼 수 있도록 리그에서 혜택을 주는 것 등도 생각해볼 수 있다. 우승 팀은 계속 우승을 하기 위해 노력하지만, 그럴 수 없는 게 바로 스포츠다. 약한 팀과 싸우려고 하지 말고 강한 팀과 경기하면서 서로 발전하는 야구를 만들어야 하지 않을까.

정정당당하게, 비등한 경쟁을 할 수 있어야 리그 전체의 수준이 높아지고 야구의 질도 좋아질 것이다. 구단 리더들이 구단의 일뿐만 아니라 리그 전체를 위한 방향을 고민하고 서로 양보한다면 우리 모두 더 발전된 리그를 경험할 수 있지 않을까.

손해 봐야 성공하는
트레이드

매년 스토브리그를 뜨겁게 달구는 것은 선수들의 영입 소식이다. 구단들의 고민이 많을 수밖에 없다. 신인 선수와 FA 시장에 나온 대형 선수들은 물론, 2차 드래프트에서 나온 선수들의 면면을 분석하며 어떤 선수들을 데려와야 전력을 제대로 보강할 수 있을지 판단해야 한다.

한 구단에는 보통 다섯 명 정도의 스카우트가 있다. 우리나라는 선수층이 두껍지 않아 10개 구단의 스카우트 50명이 고등학교 1학년부터 3학년까지의 선수들을 거의 다 살펴볼 수 있다. 그중 누군가가 "저 선수가 1번이야"라고 생각한다면 다른 스카우트들도 대부분 같은 생각을 한다. 신인 드래프트 지명 리스트가 거의 비슷하다는 뜻이다.

신인 드래프트는 총 11라운드까지 진행된다. 한 팀당 11명씩 최대 110명의 선수를 지명하는데, 상위 지명 후보들은 모든 구단에서 눈독을 들인다. 2022년 신인 드래프트에서 1라운드 1순위로 지명되리라고 모두가 예상한 선수는 광주진흥고 투수 문동주(현 한화 이글스)였다. 2년 후 김도영(현 KIA 타이거즈)이 최고의 활약을 펼쳤지만 아마 대부분의 팀에서 점찍었을 것이다. 전체 1순위 지명권을 가진 한화 이글스의 선택 역시 문동주였다.

보편적으로 가장 뛰어나다고 하는 선수를 일단 확보하는 것이 유리하기 때문이다. 물론 팀에 특별히 필요한 타자가 눈에 들어오면 과감하게 그 선수를 뽑아도 되지만, 가치가 큰 선수를 놓치지 않는 것이 더욱 중요하다. 그와 같은 선수를 통해 다른 타자를 확보할 수 있다. 트레이드라는 카드가 있기 때문이다.

트레이드에도 성공 방식이 있다. 조금 의외일 수도 있지만, 이익을 보려고 하기보다는 조금 손해를 본다고 생각해야 트레이드가 가능하다. 이유는 간단하다. 트레이드를 원하는 두 팀이 모두 이익을 보기란 어렵다. 앞서 이야기했듯 선수들의 랭킹은 투타에 상관없이 정해져 있다. 메이저리그에 진출하기 전까지 국내에서 최고로 가치 있는 선수는 키움 히어로즈의 이정후였다. 이런 식으로 모두가 동의하는 순위가 있기 때문에 7등인 선수를 3등인 선수와 바꾸려고 하면 일이 진행되지 않는 것이다. 반대로 3등인 선수를 7등인 선수와 바꾸겠다는 마음이 있어야 트레이드가 성사된다.

흔히 이익이 있어야 성공한 트레이드라고 생각한다. 하지만 처음에는 약간의 손해를 감수하고, 이후에 그 손해를 이익으로 바꿀 생각을 해야 한다. 그게 트레이드의 진정한 묘미다.

NC 다이노스는 창단 직후 기존 구단에 비해 키움 히어로즈(당시에는 넥센 히어로즈)와 트레이드를 자주 했다. 기존 구단들은 선수를 '빼내 간다'는 피해의식이 많았다. 선수를 원하면 그 선수에 대한 대가를 치러야 거래가 성사된다. 그래서 트레이드에서의 조건은 요구하는 쪽보다 응대하는 쪽에 가까울 수밖에 없다. 거래가 성사되지 않으면 선수를 원한다는 본래 목적을 이룰 수 없다. 그래서 트레이드에서

'정당한' 또는 이익을 보는 거래라는 기준을 세운다면 진행 자체가 어렵다고 본다. *— lee*

　트레이드에서 중요하게 생각해야 할 점은 다른 팀에서 부진했던 선수가 우리 팀에 와서 잘되리라는 환상을 버려야 한다는 것이다. 어느 리그에나 주전급 실력이지만 팀을 옮겨 다니는 저니맨(journeyman)이 있다. 분명 가능성 있는 선수이기에 데려오기만 하면 그 잠재력을 깨워줄 수 있을 것 같지만, 의외로 그런 선수는 극소수다.

　몇몇 선수들은 구단의 지명을 받는 그 순간부터 팬들의 기대를 한 몸에 받는다. 이미 스타가 되어 있다고 해야 할까. 때로는 이 점이 선수에게 독으로 작용하기도 하는 것 같다. 구단에서 선수를 관리하기가 어려워지기 때문이다. 여기에서 말하는 관리란 선수가 배워야 할 것을 제대로 배우게 하는 것이다.

　메이저리그에서는 신인선수를 어떻게 관리할까. 선수들은 마이너리그에서 자신의 실력을 증명해야 한다. 이전에 자신이 얼마나 잘했든 간에 마이너리그에서 성적을 내야 메이저리그에 올라갈 수 있다. 때문에 안주할 수 없다. 대학 선수들은 수업도 열심히 들어야 한다. 그런 과정을 거쳐 올라오기 때문에 단번에 스타가 될 수 없고, 어려운 시기를 거쳐온 만큼 성숙한 자세를 가질 수밖에 없다.

　KBO리그의 일부 유망주들이 별다른 성과를 내지 못해 아쉬운 경우가 있다. 지나친 기대에 대한 압박감, 누적된 피로로 인한 부상이 문제가 되기도 하고, 단순히 운이 나쁜 경우도 있다. 안타깝게도 승부조작이나 범죄에 연루되며 추락하는 경우도 있다.

잘나갈 때 발생하는 사고의 상처는 더 크다. 잘나갈 때 안주하는 경향도 크다. 큰 상처를 만들 수 있는 사고를 예방하기 위해 체계적이고 광범위한 교육을 통해서 선수를 세심하게 관리하는 것이 필요하다.

천만 팬의 지지와 사랑을 받게 된 KBO리그의 노력에 박수를 보낸다. K팝의 공연 문화가 발전하면서, 특히 젊은 세대들의 생각과 라이프스타일과 잘 맞아떨어졌기에 돌아온 시대적 행운일 수도 있다. 그렇다면 세대와 분위기에 변화가 온다면 프로야구의 인기도 언젠가 달라질 수 있는 문제임을 인지하고 있어야 한다. – *park*

많은 팬에게 서포트를 받는 만큼 선수 개개인의 수준뿐만 아니라 경기의 질, 관리의 질 등 많은 것들의 수준이 향상되어야 한다. 구단과 리그가 돈을 더 많이 벌었다면 이제 투자를 늘려야 할 때다.

앞으로 어떻게 하면 국제대회에서의 수준을 끌어올려 인정받을 수 있을지도 고민해야 한다. 꿈나무들을 위한 교육에서도 수준이 높아져야 하고 많은 투자가 필요하다.

좋은 재목을 위한 후원이 많아지는 것도 중요하다. 오타니 쇼헤이나 데이비드 베컴의 어릴 적 다큐멘터리를 보면 그들이 사회적으로 얼마나 많은 지지를 받았는지를 잘 알 수 있다. 아이들이 잘 성장하는 과정을 남기는 것이 다음 세대에게 자연스러운 교훈이 되기도 할 것이다. 우리나라에도 오타니나 베컴처럼 훌륭한 사람으로 성장하는 스포츠 아티스트들이 많이 생겼으면 하는 바람이다.

스카우트,
보이지 않는 것을 보는 눈을 가진 존재

프로구단의 스카우트는 항상 초시계와 스피드건을 들고 다닌다. 공의 속도와 인터벌 등을 측정하기 위해서다. 어떤 선수가 공을 얼마만큼의 속도로 던지고, 얼마나 빨리 뛰는지 아는 것은 중요하다. 이에 더해 스카우트가 알아봐야 하는 것은 선수의 품행, 승부욕, 성취를 끌어내는 투지를 뜻하는 그릿(grit)처럼 눈에 보이지 않는 것들이다.

유망주 선수가 드래프트 1차 지명 레벨에 올라올 정도면 그 기량은 대부분 비슷하다. 어떤 환경에서 어떤 경험을 하고 어떤 생각을 하며 살았는지에 따라 성격이나 태도는 크게 차이가 난다. 이런 사항은 당연히 측정이 불가능하다. 스카우트의 경험과 연륜, 관찰력이 필요한 영역이다.

다저스는 박찬호를 스카우트할 당시 구단주를 한국으로 보내 세심하게 살폈다. 만약 다저스에 처음 간 박찬호가 성격이 안 좋거나 불량한 태도, 술 담배를 즐기는 모습을 보였다면 어 땠을까. 박찬호에게 그런 점이 없었던 것을 높이 샀다고 한다. 부모님이 열심히 장사를 하며 사는 모습, 형제들의 팀워크, 탄 탄한 우애에도 매력을 느꼈다. 하체 운동과 러닝을 많이 한다 는 점도 좋게 작용했다. 만약 사생활이나 팀워크 등에 좋지 않 은 선례를 남겼다면 후배들이 메이저리그에 진출하는 문이 지 금처럼 활짝 열리지 않았을지도 모른다.

프로야구에는 대기만성형 선수들이 심심치 않게 등장한다. 고교 시절 기록은 크게 눈에 띄지 않지만, 뒤늦게 빛을 보는 선 수들이다. 하위 라운드에서 지명된 양의지 선수는 두산 베어스 최고의 프랜차이즈 스타가 되었고, 다이노스에서도 좋은 모습 을 보이며 롱런에 성공했다.

다이노스에서 외야수로 뛰고 있는 권희동 역시 초기에는 관 심을 많이 받지 못했던 선수다. 2013년 신인 드래프트에서는 9 라운드로 지명됐다. 파워 히터라고 하기에도, 컨택 히터라고 하기에도 애매했고, 주루나 수비도 뛰어난 수준은 아니었다. 그때 다이노스는 선수가 부족했기 때문에 권희동 선수를 하 위 지명으로 영입했는데, 김경문 감독은 권희동 선수를 보면서 "특이하게 친다"고 평했다. 당시 함께 유니폼을 입은 외야수 들은 대다수 은퇴했으나 권희동 선수는 지금도 뛰고 있다.

신인 드래프트에서 어느 팀의 지명도 받지 못한 육성선수가 스타로 성장하기도 한다. 한국프로야구 사상 첫 40홈런 시대를 열며 무수한 기록을 쏟아낸 타자 장종훈을 시작으로 한용덕,

박경완, 손시헌 등은 '연습생' '신고선수' 등으로 불렸지만 훗날 눈부신 활약을 펼쳤다.

지명을 받지 못한 선수의 성공 사례로 대표적인 선수는 김현수다. 김현수가 신인 드래프트에서 지명되지 못한 까닭은 파워 히터가 아닌 컨택 히터에 가까우면서도 발이 빠르지 않았기 때문이다. 김현수는 두산 베어스에 육성선수로 입단했지만, 쟁쟁한 유망주들 사이에서 그를 주목하는 사람은 거의 없었다. 그런 김현수가 기회를 잡게 된 것은 자신을 알아보는 감독을 만난 덕분이다.

당시 두산 베어스의 사령탑 김경문 감독은 도전적이고 헝그리 정신을 가진 선수를 좋아했다. 그때 두산 베어스는 고졸 신인을 스프링캠프 멤버로 넣는 일이 드물었는데, 김경문 감독은 김현수를 지켜본 뒤 스프링캠프에 데리고 갔다. 김현수는 자신의 가능성을 증명하듯 방망이를 휘둘렀고, 주전이 된 뒤에는 말 그대로 방망이에 불을 뿜으며 리그 최고의 타자가 되었다.

육성선수 출신의 스타와 그저 그런 선수로 전락하는 유망주. 무엇이 그들의 운명을 가르는 것일까? 뒤늦은 성공은 어쩌다 주어진 자신의 역할에 최선을 다하며 살아남은 결과라고 할 수 있다. 지명을 받지 못해서 포기하고, 주전으로 뛰지 못해서 포기했다면 김현수나 권희동 같은 선수는 없었을 것이다. 새로운 선수들이 계속 들어오는 프로야구에서 끝까지 포기하지 않는 것만큼 어려운 일은 없다. 그러니 어떤 구단이든 욕심 나는 스타뿐 아니라 간절함을 가지고 뛰는 선수들을 눈여겨봐야 한다.

보이지 않는 것을 보는 눈이 중요한 이유다.

팀의 젊음을 유지하는
트레이드를 하라

                LA 다저스는 신인왕을 자주 배출하기로 유명하다. 2023년까지 다저스에서 나온 신인왕은 총 18명이다. 메이저리그에는 약 서른 개의 팀이 있고, 매년 아메리칸리그와 내셔널리그에서 각각 한 명씩 총 두 명의 선수가 신인왕에 오른다. 신인왕 제도는 1947년에 만들어졌으므로 평균만 따지자면 팀당 대여섯 명의 선수가 그 자리를 차지했을 것이라는 계산이 나온다. 다저스 출신 신인왕의 수가 얼마나 압도적인지 알 수 있다.

예로부터 완성된 스타 플레이어가 모이는 팀이 뉴욕 양키스라면 LA 다저스는 유망주를 발굴해서 스타로 키워내는 팀이라는 인상이 강했다. 특히 박찬호가 다저스에 있던 1990년대에는 1992년부터 1996년까지 무려 5년 연속 신인왕을 배출해낸 특별한 팀이었다.

선수단에는 늘 피가 흐른다. 혈액이 온몸을 돌고 돌 듯이 선수도 순환한다는 의미다. 사람이 모인 조직이라면 대부분 마찬가지다. 누군가가 들어오고, 또 누군가가 나간다. 프로야구 선수가 스무 살에 데뷔해서 마흔 살에 은퇴한다고 가정하면 그렇게 들어오고 나가는 데 20년이 걸린다.

선수를 잘 키우려면 우선 "우리 팀은 젊다"라는 생각을 가지고 젊은 팀을 유지해야 한다. 젊은 선수나 신인 위주로만 팀을 구성하라는 뜻은 아니다. 팀은 당연히 전력을 극대화할 수 있는 멤버로 구성해야 한다. 승리는 물론이고, 팀의 화합을 위해서라도 베테랑은 꼭 있어야 한다. 다만 팀이 젊다는 느낌을 의도적으로 유지할 필요가 있다.

"선수 순환의 관점에서 볼 때, 이상적인 팀은 매년 포지션 플레이어 여덟 명(투수를 제외한 야수) 가운데 한 명은 새로운 얼굴이 나오는 팀이다." 다저스 인턴 시절 마이너리그 운영 책임자 로버트 슈와피에게 들은 말이다. 이 말을 교과서처럼 삼았다. 매년 새로운 선수를 발탁하고, 그 기조를 유지하면 늘 젊은 기운을 느낄 수 있는 팀이 되리라고 믿었다. 다이노스는 1군 무대 진입과 함께 2013년 이재학, 2014년 박민우가 2년 연속 신인왕을 따내 젊고 강하면서 미래가 밝은 팀이라는 이미지를 만들 수 있었다. — lee

신인급 선수가 주전으로 발돋움해 자리를 잡으면 10년 이상 그 자리를 지키기 위해 최선을 다한다. 그들이 최정이나 이승엽, 박진만 같은 스타가 되면 주전 경쟁은 무의미해진다. 다른 유망주가 그 자리에 치고 올라올 확률이 0에 가까워지는 것이다.

새로운 주전을 발탁하기 위해서는 먼저 그 자리를 비워야 한다. 대부분의 팀에서는 반대로 한다. 주전을 맡을 만한 새로운 인물이 나타나면 자리를 비워준다는 방식이다. 그러나 붙박이 주전이 있으면 그 자리로 경쟁을 유발할 수 없다. 붙박이 주전이 없어야 몇 명의 후보를 경쟁시켜 그 가운데 한 명을 주전으로 발탁할 수 있을 것이다. 붙박이라고 하더라도 리그 전체에서 따져봤을 때 그 포지션의 성적이 평균이거나 그 이하라면 퓨처스리그나 다른 팀 주전의 영입을 고려할 수 있어야 한다.

만일 특출난 신인이 등장했을 때는 어떻게 해야 할까. 그와 같은 포지션에 평균을 약간 웃도는 성적의 기존 주전선수가 있다면 현명하게 자리를 비우고 신인에게 기회를 줘야 한다고 본다. 이런 식으로 유망주를 잘 키워내는 팀이 베어스와 히어로즈다.

아직 검증되지 않은 유망주를 주전으로 발탁하는 일에는 결단력과 용기, 소신이 필요하다. 주위에서 지켜보는 눈이 너무 많은 데다가 이런 일은 입에 오르내리기 딱 좋은 얘깃거리다. 우리 사회의 정서 문제도 있다. 야구계가 워낙 좁고 서로 얽혀 있는 탓이다. 그래서 일부 구단은 외국인 감독을 영입해 세대교체를 한다.

젊은 팀을 유지해야 하는 필요성을 느끼지 못하거나 그 의도를 이해하지 못하는 감독도 있다. 잘나가던 감독이 커리어 후반에 실패하는 배경 역시 여기에 있다고 본다. 다른 구단에서 나온 베테랑 선수를 비싼 값에 영입하면 반짝하는 효과를 낼 수는 있지만, 그 팀은 세대 교체에 실패하고 만다.

선수를 과감하게 발탁한다고 해서 그가 주전으로 금방 자리를 잡는 것은 아니다. 모든 일에는 기다림의 시간이 필요하다. 벼는 익어야 하고, 밥은 뜸이 들어야 한다. 그런데 대부분의 구단에서는 이러한 시간이 보장되지 않는다. 사장 혹은 단장이 바뀌거나 현장을 이끄는 감독의 권한이 불안정해서 그렇다. 선수를 잘 키우는 구단이 되려면 우선 시스템이 안정적이어야 한다. 무엇보다 구단과 현장의 신뢰가 돈독하며, 보장된 시간에 대한 믿음이 있어야 할 것이다. 그렇게 하기 위해서는 장기계약 또는 적절한 연장계약을 통해 감독이 소신 있는 결정을 할 수 있는 분위기를 만들어줄 필요가 있다.

다이노스는 김경문 감독과 3년 계약을 한 뒤 2년째에 연장계약을 하는 패턴으로 그의 레임덕을 막았다. 선수들이 안정적으로 성장할 수 있는 배경을 만들기 위함이었다.

이병철 전 삼성 회장은 사람을 쓰는 것에 대해 "의심하면 쓰지 말고, 쓰면 의심하지 않아야 한다"라는 말을 남겼다. 이는 구단 인사와 관련한 나의 소신이 되었다. 그 신념이 옳은지 고민될 때, 피터 오말리 씨에게 연락해 토미 라소다 감독과 20년 넘게 함께하는 이유를 물은 적이 있다. 그의 대답은 "사람 개인의 능력 차이보다 함께 오래하면서 생기는 서로의 성장과 그 유산이 더 크다고 믿는다"는 것이었다. 그 말을 듣고 김경문 감독과 세 번 계약하고 7년을 함께 일했다. 잘한 결정이었다고 생각한다. — lee

4
잘 헤어져야
잘 만난다

**실력만이 아닌
영광을 사라**

                FA 제도가 생긴 이후로 일부 선수들의 몸값이 가파르게 올랐다. 수십억대 연봉이 화제가 되면서 야구 선수들이 지나치게 큰돈을 번다고 생각하는 사람도 있는 것 같다. 야구시장에 도는 돈이 전보다 많이 늘어난 것은 사실이다.

    프로야구 선수의 연봉은 특별하다. 일반 직장인처럼 성과에 따른 연봉 개념과 '투자'의 개념이 섞여 있어서다. 직장에서는 직원이 한 해 동안 거둔 성과를 바탕으로 다음 해의 연봉을 협상하지만, 프로구단은 FA 선수에게 "4년 동안 100억을 주겠다"라는 식으로 제안한다. 그 선수의 가치를 보고 투자하는 개념이다.

FA 시장에 나온 선수들의 연봉이 한없이 오를 수밖에 없는 이유가 있다. 우선 적정 몸값이라는 게 없다. 투수가 거두는 1승이 얼마의 가치가 있는지 정해져 있다면, 최소 10승을 하는 투수와 4년간 계약을 할 때 얼마 정도 줘야 할지 대략의 숫자가 나온다. 하지만 이런 식으로 계산을 할 수 없을뿐더러, 계산이 가능하다고 해도 그건 말 그대로 숫자에 불과하다. 그 선수를 붙잡기 위해서는 무조건 다른 팀보다 많은 금액을 제시해야 한다. 특히 지방 구단은 서울 구단에 비해 큰 금액을 제시해야 하는데, 자녀가 있는 선수의 경우 아이들을 서울에 있는 학교에 보내기를 선호하기 때문이다. 수도권 집중이 심한 한국 사회의 영향이라고도 할 수 있다.

프로야구 선수가 엄청 화려하고 큰돈을 버는 것 같지만 어느 분야나 마찬가지이듯 야구선수 중에서 큰돈을 버는 사람은 극소수다. 그 극소수가 눈에 잘 보이고, 대부분의 선수는 야구에 들이는 시간에 비해 버는 돈이 적다. 게다가 대다수는 마흔이 되기 전에 선수 생활을 접어야 하니 고용 안정성 면에서도 심하게 불리한 직업이다.

선수들의 몸값이 올라가야 야구를 하는 어린이들도 그만한 목표와 꿈을 갖게 된다. 다만 자신이 받는 연봉만큼의 프로 정신과 인품, 긍정적인 영향력을 갖추고 있느냐는 또 다른 문제다. 따라서 야구만 잘하는 선수가 아니라 사회에 좋은 영향을 끼치는 선수를 키워내는 교육 체계가 필요하다.

성공과 존경은 다른 것이었다. LA 다저스에서 텍사스 레인저스로 이적했을 때, 그 사실을 뼈저리게 느꼈다. 돈을 많이 버는 선수를 향한 사람들의 마음은 부러움이지, 존경심이 아니었다. 오히려 어려움을 극복했을 때, 강한 정신과 좋은 마인드를 갖추었을 때, 사람들은 존경하는 마음으로 박수를 보내주었다. 시민과 사회를 위해 할 수 있는 일을 생각해보게 된 것도 그 때문이다. 유소년야구와 야구장 건립에 도움을 주기 위해 할 수 있는 일은 하려고 노력해왔다. 그것이 내가 받았던 사랑에 대한 보답이고, 또 나 같은 사람들이 생기는 일이라고 생각하기 때문이다. *— park*

자기 개인만이 아니라 전체를 위하는 선수를 만들어내려면 선수를 대하는 구단의 자세도 달라져야 한다. 베테랑 선수를 존중하는 부분에 관한 이야기다. 오랜 시간 한 팀에서 뛴 선수들은 팀에 대한 애정이 마치 습관처럼 몸에 배어 있다. 그런 선수의 경우 실력보다 그 정신에 돈을 지불해야 한다. *— lee*

한동안 팀을 빛냈음에도 나이가 든 뒤에 다른 팀을 전전하다가 초라하게 은퇴하는 선수들을 볼 때가 있다. 그런 선수들을 보는 팬들과 시민들의 마음이 어떨까를 생각해보자.

미국에서는 데릭 지터나 마리아노 리베라는 물론, 그보다 더 오래전에 활약한 베이브 루스 역시 백 년이 훌쩍 지난 오늘날까지 '전설'로 회자되고 있다. 한국프로야구 역사도 반백 년이 되어간다. 그러나 레전드 선수가 영광스럽게 선수 생활을 마무리할 수 있도록 구단과 리그 전체가 애써주는 정도는 매우 약하다. 이러한 현실이 반드시 달라지면 좋겠다. 프랜차이즈 선수들이 명예롭게 은퇴하고 나면 팀에는 그 선수의 커리어뿐 아니라 정신까지 남는다. 구단에 영광을 안겨주는 것은 당장의 성적이 아니라 팀의 역사와 함께한 선수들의 자취다.

건방짐을 허용하라,
자존감이 생긴다

패넌트레이스가 한창인 7월이 되면 구단 프런트는 갑자기 분주해진다. 트레이드 마감 시한이 다가오기 때문이다. 구단으로서는 어떻게 해야 부족한 부분을 메워 전력을 보강할 수 있을지 고민을 거듭하는 시기다. 여기저기 도는 트레이드설에 이름이 언급된 선수들은 마음이 어수선하다.

트레이드가 결정되면 구단은 매니저를 통해서 혹은 선수에게 문자를 보내 알린다. 단장이 면담을 하면서 전달하면 가장 좋겠지만, 말 그대로 '통보'하는 경우도 많다. 트레이드는 선수에 따라 정말 좋은 기회가 될 수도 있다. 하지만 자의와 상관없이 팀을 떠나야 한다는 말을 들었을 때 기분이 좋기는 어렵다. 따라서 구단은 선수가 자신이 버려진다고 느끼지 않게끔 배려할 필요가 있다. 적어도 왜 이런 결정을 했는지 설명하고, 선수의 앞날을 응원해야 한다.

그렇게 하는 것에 감독이나 코치가 용기를 가져야 한다. 누군가에게 상처를 줄 수 있는 일이라도 정당하다면 반드시 해야 하는 일이다. 그 이야기를 듣고 받아들여야 하는 입장에서도 납득이 가능하게끔, 그 상황을 통해서 성장할 수 있게끔 이끌어줘야 한다. 혹시라도 쓰다 버린다는 느낌을 줘서는 안 되는 것이다. 한 팀을 운영하는 감독이나 단장이라면 이 정도 수고는 해야 하지 않을까.

메이저리그 시절 좋지 않은 이유로 팀을 떠날 때도 있었지만, 헤어질 때는 항상 좋은 말을 들었다. 구단도 선수도 언젠가 또 만날 수 있다는 생각으로 서로를 대했다. 선수를 하나의 인격체로 인식하는 것이다. 아랫사람이 아니라 나와 다른 한 사람이라고 보는 문화가 있다. 그래서 난 늘 실패가 아닌 당당함을 가졌다. 구단이 통보가 아니라, 선수의 자존감을 지켜주며 소통했기 때문이다. – park

선수를 계약된 상품으로 여기는 문화가 있다면 반드시 달라지면 좋겠다. 야구만이 아니라 사회의 다른 영역에서도 마찬가지다. 회사에서 직원을 '써준다'라고 표현하기도 한다. 써주는 게 아니라 필요한 동료로 맞이했고, 지금은 서로가 필요한 환경이 변했지만 언젠가 만날 수도 있는 관계다. 선수가 있으니까 팀이 있고, 팀이 있으니까 선수가 있다.

안타깝게도 우리 야구계에서는 구단과 선수의 관계 자체가 평등하지 못하다. 여기에는 두 가지 이유가 있다. 우리 야구계의 특징 가운데 하나는 인맥과 네트워크가 넓지 않다는 것이다. 쉽게 말해 한 다리만 건너면 다 아는 사이다. 이 '앎'이 위계를 만든다. 거기에 언어의 문제가 더해진다. 우리말에 존댓말과 반말이 있기 때문이다.

단장은 선수들보다 나이가 훨씬 많다는 이유로 선수들의 이름을 편하게 부른다. 친근함의 표현이라고 생각할 수 있지만, 엄밀히 말하면 '하대'가 된다. 반대로 선수들은 단장과 구단 직원들에게 존댓말을 쓴다. 언어는 사람의 심리와 정서에 영향을 준다. 선수들은 군대보다 더한 수직관계를 겪어왔다. 이런 관습은 건강하지 못하고, 건강한 스포츠 문화에 오히려 해가 된다.

사장이 반말을 쓰지 않으면 자연스레 아무도 반말을 쓰지 않는 분위기가 만들어진다. 누구도 선수를 함부로 부르지 않았다. 김경문 감독과 단둘이 있을 때도 "우리도 영원할 수는 없다. 언젠가는 헤어져야 한다. 잘 지내는 지금보다 그때 더 따뜻한 모습일 수 있도록 서로를 이해하자"고 당부하곤 했다. — *lee*

이런 존중은 선수들의 자존감을 지켜준다. 자존감을 가진 선수들이 많아야 그 팀이, 구단이, 리그 전체가 위대해진다. 그러기 위해서는 때로 선수의 '잘난 체'도 허용해줄 수 있는 여유가 있어야 한다.

우리 사회는 개성이 강하거나 자긍심 넘치는 선수를 '건방지다' 혹은 '버릇없다'는 말로 매도할 때가 많다. '스웩(swag)'이라는 단어가 있다. 스웩은 다른 사람과 달리 자신만이 낼 수 있는 특정한 멋이나 분위기를 뜻하는 말인데, 셰익스피어에 의해 탄생했다고 하니 뒤늦게 유행어가 된 셈이다.

선수들의 이런 스웩을 이해해주는 야구계가 되면 좋겠다. 약간 건방져도 결국 누구나 시련과 실패를 겪게 되고, 그런 경험이 단단하고 겸손한 태도를 만들어낸다. 억지로 겸손을 가장한 위계를 강요하는 것은 성숙한 사회가 할 일은 아니다.

우리는
어떤 헤어짐을 원하나

은퇴를 돌아보면 언제나 아쉽다. 고국으로 돌아왔을 때 내가 정말 가고 싶었던 팀은 다이노스였다. 신생 팀인 만큼 빨리 올라설 수 있도록 도움을 준다면 리그 전체의 발전에도 좋은 일이 될 거라는 생각이었다. 하지만 고향 팀에 가는 게 순리라고 생각했다. 고향 사람들은 나에게 각별한 애정과 응원을 보내주었다. 코리안 특급이라는 커리어가 그 시작점이라고 할 수 있는 고향에서 마무리된다면 그것도 의미가 있다고 생각했다. 나는 어쩔 수 없는 충남 공주 촌놈 박찬호였다. — *park*

은퇴는 쉬운 결정이 아니었다. 이글스에서 1년간 더 뛰어달라고 제안했을 때, 고심하고 또 고심했다. 떠나고 나면 아쉽고 그리울 것도 같았다. 여전히 박찬호에게 기대와 희망을 거는 사람들을 위해서 한번 더 잘해보고 싶었다. 그러나 젊음이 뒷받침되지 않으면 어려운 일이었다. 부족했던 점, 못했던 점을 만회하고 싶다는 욕심을 버려야 했다. 후배들에게 자리를 물려줘야 한다는 마음도 컸다.

어떤 선수든 은퇴는 쉽지 않다. 그 헤어짐을 잘 해내는 것은 정말 멋진 일이다. 선수는 유니폼을 입고 있을 때만 존재 가치가 있는 것이 아니다. 한 명 한 명이 프로야구 역사에 자취를 남긴 사람들이고, 팬들은 그 역사를 오래 기억한다. 아니, 오래 기억하게 하는 일을 리그 차원에서 해야 한다. 은퇴한 선수들도 리그 전체의 자산이다. 그 자산을 가치 있게 활용할 수 있는 방안도 많다. 그런 노력이 한국프로야구의 문화가 되고, 전통으로 남기를 바라지만 아직 아쉬운 점이 너무 많다.

우리 사회는 헤어짐에 미숙한 것 같다. 유니폼을 벗고 나온 뒤에도 구단과 원만한 관계를 유지하는 선수가 많다면 얼마나 좋을까. 어떤 조직의 구성원이 자신의 역할을 다하고 그 조직을 떠나게 됐을 때, 서로를 응원하길 바란다. 서로의 심정을 헤아리며 끝까지 예의를 갖췄으면 한다.

한국 야구계에서 나는 선구자였기에 그 위치에 맞는 책임을 다하고 싶었다. 메이저리그 생활을 마치고 한국으로 돌아올 때 새로운 좋은 전례를 만들고 싶었다. 팬들과 기자들은 내 연봉이 얼마가 될까 궁금해했지만, 높은 연봉보다는 의미 있는 본보기가 되기를 원했다. 계약에 관한 사항을 전부 구단에 위임한 것도 그런 까닭이었다. 연봉을 받지 않아도 되니 어린이 야구장을 지어달라고 구단에 요청했다. 그리고 앞으로 한국야구사에 구단과 선수가 함께 연봉으로 야구장을 지어주는 전례를 만들고 싶다고 요청했다. – park

박찬호가 제안한 어린이 야구장은 지어지지 못했다. 그때 상황을 기록해두는 것이 앞으로 박찬호와 같은 꿈을 꾸는 이들에게 도움이 될 수 있을 것 같다. 당시 박찬호는 연봉 협상 없이 어린이 야구장 건립을 제안했다. 그런데 구단에서 연봉을 6억으로 발표하겠다는 연락이 왔다. "연봉 협상을 한 적이 없고, 어린이 야구장을 지어주기로 하지 않았느냐"고 불편함을 표시했다. 한국에서 돈을 벌고자 야구를 하는 게 아니었기 때문에 유소년 야구장을 다시 한번 강력하게 주장했다.

한국에서 마지막을 장식하고 싶은 소망, 고향 팀에 대한 애정, 팬들에게 보답하고 싶은 마음, 한국야구 발전에 보탬이 되고 싶은 열정 등이 훼손되는 느낌이었다. 그래도 KBO 선수 등록을 위해 계약이란 것이 필요하기에 최저 연봉인 2,400만 원으로 결정하고 꼭 어린이 야구장을 지어줄 것을 부탁했다. 커리어 마지막 팀과 길이 남을 역사를 만들고 싶었다.

메이저리그 선수들은 구단과 같이 사회를 위한 일을 한다. 어린이 야구장을 짓는 데에 선수들이 기부를 하고 어려운 이웃들에게 집을 지어주는 데에도 선수들이 기부를 한다. 한국에서는 아직 이런 사례가 없기 때문에, 미국에서 구단과 함께한 일들을 한국에서도 시작해보고 싶은 마음이었다. 정말 봉사하고 싶고, 팬들에게 보답하고 싶고, 리그의 발전을 위해 희생하고 싶은 심정이었다. 실망스럽게도 이글스는 그런 그릇이 되지 못했다는 생각이 든다. 구단이 명예를 택하지 않고 선수와의 관계를 금전적으로만 판단한 점이 굉장히 아쉬웠다. 구상했던 전례가 자리 잡지 못한 것 같아 안타까운 마음도 있었다. 하지만 앞으로 누군가가 좋은 구단과 함께 그런 일을 만들 것이라고 믿는다.

박찬호의 은퇴 시점에 맞춰서 공주시에서 어린이 야구장 부지를 제공하고 구단에서는 야구장을 지어주는 일을 진행하고 있었다. 그러다가 갑자기 충남도청이 홍성으로 이전하면서 당시 군수와 친했던 단장의 재량으로 공주 어린이 야구장을 지으려고 했던 비용을 홍성에 기부하여, 결국 홍성에 성인용 동호인 야구장이 생겼다. 모든 게 결정된 뒤에 통보를 받았기에 박찬호라는 이름을 쓰는 것에 찬성할 수 없었다. 명예롭지 않은, 인정받지 못한 야구장이 된 것이 아쉽다. 오래 가슴에 남는 일이다.

처음에 약속한 대로 어린이 야구장이 생겼다면 야구 꿈나무를 위한 장소로 역사에 길이 남지 않았을까. 이글스와 박찬호, 야구를 사랑하는 모든 이들에게 참 좋은 기억이 되었을 것이다. 다시 생각해도 아쉬움이 크다. 이런 시행착오가 후배들에게는 더 명확하고 구체적인 계획을 세워 계약을 진행하는 데 도움이 될 거라 믿는다. 성공뿐 아니라 실패 역시 좋은 본보기가 되었으면 하는 바람으로 지나간 이야기를 남긴다.

You can't measure heart with a radar gun.

— Tom Glavine

야구를 향한 내 열정은 스피드건에 찍히지 않는다.

— 톰 글래빈 투수

5
지역이 지켜주는
구단이 되자

그린베이 패커스라는
소도시의 영광

미국 내셔널 풋볼리그(NFL)에 그린베이 패커스라는 미식축구 팀이 있다. 메이저리그의 뉴욕 양키스처럼 오랜 전통을 자랑하는 명문 팀으로, 위스콘신주의 그린베이라는 도시를 연고지로 두고 있다. 그린베이 시민들의 미식축구 사랑은 대단하기로 유명한데, 아이를 낳으면 출생신고와 함께 패커스 시즌티켓 순번을 등록해놓는다는 말이 있을 정도다. 그만큼 시즌티켓을 구하기가 어렵다는 뜻이기도 하다.

그린베이는 굉장히 추운 데다 인구가 10만 명밖에 되지 않는 작은 도시다. 이 정도 규모로 미국 4대 프로스포츠(미식축구, 농구, 야구, 아이스하키)의 메이저 팀을 보유하고 있는 도시는 그린베이가 유일하다. 그 상징성이나 영향력 또한 미국에서 최고라고 할 수 있으니, 시민들에게는 큰 자랑거리가 아닐 수 없다.

더 놀라운 사실은 그린베이 패커스가 비영리 구단이라는 것이다. 전문 경영인이 운영을 맡고 있지만, 구단을 소유하고 있는 것은 거대 자본이나 특정 기업이 아닌 그린베이 시민들이다. 협동조합과 비슷한 형태로 시민 주주들이 구단을 가지고 있기 때문에 따로 구단주가 없다. 이 또한 미국의 프로스포츠 구단 중 그린베이 패커스만이 가진 특징이다. 이런 까닭에 팀에 대한 시민들의 충성도와 자부심은 그야말로 엄청나다. 아마 세계 최고라고 해도 무리가 없을 것이다.

그린베이 패커스의 사례는 스포츠가 나아가야 할 방향에 대해 시사하는 바가 크다. 구단이 상징하는 지역, 그리고 지역의 표상으로서 존재하는 구단의 좋은 사례라고 할 수 있다. 우리나라는 인구를 비롯한 모든 부분에 있어 수도권 쏠림 현상이 극심한 만큼 지방 균형 발전에 힘써야 한다. 프로야구가 보탬이 되면 좋으련만, 반대로 구단들이 수도권에 편중되어 있어 안타깝다. 수도권에 학교가 많으니까 자연히 선수도 많고, 관중을 많이 모으려고 해도 수도권에서 야구를 해야 한다. 최근 10년간 우승한 다섯 팀 중 네 팀이 수도권 팀이다. 이동 거리와 선수 영입 면에서 수도권 팀이 분명 유리하기 때문에 지방 팀이 좋은 성적을 얻기란 그만큼 쉽지 않다. 이러다 보니 악순환이 계속된다.

연고지와의 관계를 생각하면서 떠오른 팀이 그린베이 패커스였다. 패커스를 보며 다이노스를 작지만 탄탄하고, 세대를 이어가면서 로열티가 생기는 구단으로 만드는 꿈을 꾸었다. *– lee*

다이노스는 출범 전, 수원과 창원 두 지역에서 연고지 제안을 받았다. 수도권에 둥지를 틀어야 여러 면에서 유리하다는 사실을 알았지만, 구단주는 창원을 택했다. 우리가 아니면 누가 가겠느냐는 이유였다. 창원은 다른 구단의 연고지에 비해 크지 않은 도시이고, 위치상으로도 방문하기 쉽지 않은 곳이다. 그러나 다이노스는 창원 시민에게 소중한 구단이 되었으면 했다.

한국야구,
기업 의존에서 지역 의존으로

이런 생각에서 다이노스가 만든 문화가 있다. 이 문화는 우연히 한 사극 영화에서 시작되었다. 전쟁터로 떠나는 병사들을 시민들이 배웅하며 잘 싸우고 돌아오라는 인사를 하고, 병사들을 통솔하는 장군은 시민들에게 반드시 이기고 돌아오겠다는 말을 하는 장면이었다.

이에 아이디어를 얻어 다이노스는 배웅 문화를 만들었다. 보통 홈에서 경기가 열리는 날에는 선수들이 모두 자기 차를 타고 경기장으로 오지만 원정을 떠날 때는 운동장에 차를 세워두고 다 함께 버스를 탄다. 이때 팬들이 선수들을 배웅할 수 있도록 하면 좋겠다는 아이디어였다.

선수단 버스가 몇 월 며칠에 어디로 출발하는지 팬들에게 공지했다. 팬들은 선수들을 배웅하러 나와주었다. 피켓을 들고 있는 팬도 있었다. 선수들은 그런 팬들에게 손을 흔들어주고 떠났다. 그런 루틴으로 인해 선수들은 팬의 따뜻한 마음과 소중함을 느끼고, 팬들은 다이노스라는 팀이 '우리 지역'의 팀임을 느꼈다.

다이노스의 배웅 문화는 좋은 반응을 얻었다. 나중에는 경기가 끝나고 돌아오는 선수들을 마중 나오는 팬까지 생겼다. 깜깜한 밤, 운동장에서 선수단 버스를 기다린 팬들을 보면서 선수들 역시 뭉클했을 것이다.

팀이 우승하고 나면 그 팀을 소유하고 있는 기업에서 우승이벤트를 한다. 전자제품 할인이나 백화점 할인 같은 행사다. 연고지 문화나 인프라 발전에 기여할 수 있는 이벤트는 최근 들어 늘어나기 시작했다. 그런 면에서 다이노스의 배웅 문화는 좀 더 지역 시민과 가까워지는 이벤트였다고 돌아본다.

구단은 기업 기반형이 아닌 지역 기반형이어야 영속할 수 있다. 미국은 대다수 도시에 저마다 그 지역을 상징하는 프로스포츠 팀이 있다. 사람들은 태어나면서부터 내 연고지 팀의 팬이자 그 팀의 시민이 된다. 구단 역시 해당 지역의 팀, 즉 시민의 팀이라고 할 수 있다. 그에 비해 한국프로야구 팀들은 기업의 팀이라는 느낌이 강하다. 기업을 경영하는 구단주의 입김이 지나치게 세지기도 하고, 그로 인해 일방적으로 팀의 색깔이 달라지기도 한다.

한국 스포츠의 성장 자체가 국가가 기업에게 후원을 부탁하는 방식으로 커온 측면도 있다. 프로스포츠가 본격적으로 성장한 1980년대에 태릉선수촌이 만들어졌고, 종목마다 투자가 필요한 만큼 국가에서는 기업인에게 각종 스포츠협회 회장 자리를 주며 의존하는 방식을 택했다. 문제는 반세기 가까운 세월이 흘렀음에도 우리가 1980년대의 정서와 시스템을 가지고 있다는 점이다.

얼마 전 일본 축구협회 회장이 바뀌었다. 선수 출신의 40대로, 우리나라로 따지면 박지성, 이영표 같은 행정 역량을 가진 사람이 회장 자리에 올랐다. 그런데 우리나라는 아직도 스포츠를 이해 못 하는 재벌 또는 행정력이 없는 경기인 출신이 스포츠 단체의 회장을 맡는 경우가 많고 그게 당연하다고 여긴다.

프로스포츠는 자생력을 갖추어야 한다. 비용과 매출, 순익이 수치화되는 경영의 개념이 필요하다. 그렇지 않으면 계속 오너의 성향에 따라 움직이는 팀이 될 수밖에 없다. 야구를 좋아하는 오너는 잠깐 화제가 될 수는 있지만, 팀에 지속적인 영향을 미칠 수는 없다. 구단이 다른 기업에 팔리기라도 한다면 곧바로 사라질 영향력이다.

삼성이나 기아, 롯데라는 기업이 아니라 대구와 광주, 부산이라는 지역을 기반으로 하면 팀에도 영속성이 생긴다. 기업은 지분을 갖고 주주 노릇을 하면 그만이다. 지분을 100퍼센트 다 가지고 있을 필요도 없다. 펀드 형식으로 지역에 있는 기업들과 나눌 수도 있다.

1800년대에 생긴 메이저리그는 초창기와 뼈대는 같지만, 이제 전혀 다른 문화를 가지고 있다. 끊임없이 발전하고 성장했기 때문이다. 그것이 바로 혁신이다. 그렇게 따졌을 때 한국프로야구에는 과연 혁신이라고 할 만한 게 있었는지 자문하게 된다. 누적된 문제점을 개선하기 위해서는 각 구단과 리그의 절실한 각오가 필요하다고 생각한다.

LEAGUE

PART

Be Together

리그

**상상하는 능력 없이
지켜지지 않는 곳**

1
이제는
리거십이다

리그란
무엇인가

　　　　　　넓게 보면 야구팀은 상대 팀하고만 경
쟁하는 게 아니라, 다른 스포츠와도 경쟁한다. 프로스포츠는
모두가 팬들의 마음을 사로잡기 위해 경쟁한다. 프로야구 경기
는 관객과 시청자를 위한 공연이다. 리그는 야구에 흥미를 더
하기 위한 구조로, 다수의 팀이 그 안에서 상대를 바꿔가며 경
기를 치른다. 한 시즌 동안 계속되는 순위 경쟁 끝에 챔피언이
탄생한다. 챔피언은 그해의 리그를 상징하며, 시즌을 거듭하면
서 명문 구단이 만들어진다. 리그는 흥행을 더해감에 따라 하
나의 문화가 되고, 그 문화가 지속될 때 역사적 가치를 갖는다.
　　매출 규모를 기준으로 전 세계 스포츠리그의 순위를 꼽아보

면 첫 번째는 언제나 미국의 NFL이다. 미국 프로야구(MLB)와 영국 프로축구(EPL), 미국 프로농구(NBA)가 그 뒤를 잇는다. 다섯 번째가 미국 아이스하키(NHL), 다음으로는 독일과 스페인, 이태리, 프랑스 등 유럽 축구가 이름을 올리고 있다. 한국프로야구는 우리나라 프로스포츠 중에서는 가장 매출 규모가 크지만, 글로벌 스포츠리그 가운데는 20위권 밖이다.

각 리그에는 대표성을 지닌 사무국이 있고, 이들은 각 구단 사이를 조율하며 리그 전체의 흥행을 위해 움직인다. 한마디로 모든 구단은 리그 흥행을 위한 동반자다.

한국프로야구, KBO리그는 올해로 출범 42주년이 되었다. 1982년 6개 구단으로 시작해 이제는 10개 구단이 리그를 구성하고 있다. 이들은 같은 리그에 소속되어 있지만, 서로를 동반자보다는 경쟁자로 보는 성향이 강하다. 다른 구단보다 더 좋은 성적을 내고자 하는 욕심은 자연스러운 것이지만, 일부는 상대 팀을 반드시 제압해야 할 전쟁 상대로 여기는 것 같을 때가 있다. 리그의 성장과는 방향이 다른 태도라고 본다.

팬들 역시 자신이 좋아하는 선수나 응원하는 팀 중심으로 야구를 본다. 친구에게도 "KBO리그 롯데 경기에 이대호가 나왔더라"라고 말하기보다는 "이대호가 나온 롯데 야구를 봤어"라는 표현이 익숙하다. 리그는 이처럼 눈에 잘 보이지 않는 구조와 정체성을 가진다. 우리가 국가라는 공동체의 일원으로 살아가면서도 학교나 회사, 거주하고 있는 동네와 도시에 비해 국가라는 공동체를 피부로 잘 느끼지 못하는 것과 비슷하다.

그러나 사랑하는 팀이 계속 존재하기 위해서는 그 팀이 속한 리그가 먼저 필요하다.

글로벌 스포츠리그에서 가장 큰 인기를 얻고 있는 NFL의 성공 철학은 확고하다. 구단의 이익보다 리그의 이익을 우선한다는 기준이다. 반면 수준이 낮은 리그와 사회일수록 '남의 불행은 나의 행복'이라는 낮은 가치가 통용된다. 상대를 모함하고, 온갖 술수로 곤경에 빠뜨리더라도 내가 앞서면 그만이라고 생각하는 것이다. 이런 팀들이 모인 리그는 오래갈 수 없다.

성공하는 스포츠리그에서 우리가 배워야 할 부분은 뛰어난 기량보다 스포츠를 즐기는 문화, 그리고 선수와 관계자들의 공동체 의식이다. 우리 프로야구리그는 그 점을 좀 더 확고하게 인식하고, 변화해야 한다.

일반적으로 스포츠는 하나의 경기라고 인식한다. 반면 프로스포츠가 발달한 나라에서는 스포츠를 여러 가치가 담긴 문화콘텐츠로 여긴다. 기능적인 요소만 있는 것이 아니라 문화, 경제, 사회 등 수많은 요소가 녹아 있는 활동이라고 생각한다. 그들에게 스포츠는 '매우 특별한' 것이다. 그런 사고방식 때문에 스포츠가 더 많은 영향력을 갖게 된다. 선수, 지도자, 구단을 포함한 리그 공동체 전체가 그런 존재가 되기 위해 노력했기 때문에 가능한 일이다. 공동체 구성원으로서 함께 잘 살기 위해 필요한 마음가짐으로 리거십(leaguership)을 소개한다.

리그가
'사치세'를 쓰는 이유

리거십은 말 그대로 '리거로서의 정신' 이다. 스포츠맨십, 시티즌십(시민의식), 펠로우십(동료의식), 젠틀맨십(신사도)처럼, 리그 구성원으로서의 공동체 의식을 뜻한다.

2013년 6월 서울대학교에서 열린 한국야구학회 창립총회에 패널로 초대받은 자리에서 '리거십'을 소개했다. 리그라는 구조의 속성은 혼자 살 수 없다는 것이다. 이는 우리 사회의 모습과도 많이 닮았다. 어느 팀이든 상대가 있어야 하며, 그 상대 역시 망해서 없어지지 않고 존재해야 리그가 유지된다. 여러 팀이 지속적으로 존재하기 위해서는 리그 구성원 사이에 생존을 위한 균형이 이뤄져야 한다. — lee

따라서 전력 평준화를 위한 제도가 필요하다. 하위 팀부터 선수를 지명할 수 있는 드래프트 제도, 약한 팀이 선수를 보강할 수 있는 기회인 자유계약선수 제도, 팀 간의 협의를 통해 서로 원하는 선수를 영입할 수 있는 트레이드 제도, 자금이 풍부한 팀과 그렇지 못한 팀 사이의 격차를 줄이기 위한 샐러리캡(선수의 연봉 총액을 제한하는 것) 제도가 생긴 이유다. 이런 제도는 전력이 약한 팀의 입장에서 그들을 위하는 방향으로 만들어야 그 취지를 살릴 수 있다.

메이저리그의 럭셔리 텍스(Luxury Tax) 역시 같은 맥락이다. 메이저리그는 선수들의 연봉에 너무 많은 돈을 쓴 구단에게 벌금을 부과한다. 한마디로 잘나가는 선수들을 영입하는 대신 리그의 발전을 위해 돈을 좀 내놓으라는 소리다. 40인 로스터에 든 선수들의 연봉이 정해진 금액을 초과한 구단은 세율에 따라 돈을 내고, 이 돈은 스몰마켓 팀들과 선수들의 권익을 위해 쓰인다.

자본주의 사회에서 사치세가 모순적인 제도로 보일 수도 있지만, 돈 많은 구단의 선수 독식 현상을 막으려면 달리 방법이 없다. 그래서 럭셔리 텍스는 균등경쟁세(Competitive Balance Tax)라고도 불린다. 길게 보면 결국 리그 전체의 이익을 위한 것이기도 하다. 못사는 구단도 챙겨야 리그가 제대로 돌아갈 수 있기 때문이다.

메이저리그는 제도뿐 아니라 다른 부분에서도 약팀의 입장부터 고려한다. 메이저리그의 황금기를 이끈 커미셔너인 버드 셀리그는 뉴욕 양키스나 LA 다저스, 보스턴 레드삭스 같은 대형 구단이 아닌 스몰마켓 밀워키 브루어스의 구단주 출신이었다. 셀리그가 퇴임 의사를 밝히자, 구단 오너들은 새로운 메이저리그 총재를 뽑기 위해 '커미셔너 선임 위원회'를 만들었다. 클리블랜드 가디언스와 필라델피아 필리스, 피츠버그 파이리츠 등 이른바 '마이너리티 구단' 여덟 곳의 구단주로 이뤄진 위원회였다. 부자 구단, 대도시 구단은 그 모임에 끼지 못했다. 위원회는 추천과 면접을 통해 셀리그의 후임으로 롭 맨프레드 현

(現) 메이저리그 커미셔너를 선임했다.

공동체를 지탱하는 힘의 균형은 큰 힘을 가진 일부가 아니라 작은 힘을 가진 다수에 의해 유지된다. 이런 점에서 스몰마켓 팀들에게 먼저 권한을 주는 메이저리그의 방식이 합리적으로 보인다. 메이저리그는 리거십을 분명하게 이해하고 실행함으로써 성공한 스포츠리그의 대명사가 되어 백 년 넘게 존속하고 있다.

상대적 경쟁자 대신
절대적 동반자로

KBO리그는 1998년부터 전력 평준화를 위해 외국인 선수 영입 제도를 도입했다. 약팀이 강팀을 따라 잡으려면 선수를 보강해야 하는데, 실력 있는 선수들은 강팀이 다수 보유하고 있으니 외국인 선수를 영입할 수 있도록 한 것이다. 처음에는 분명 취지에 맞게 운영되었다. 외국인 선수 드래프트를 통해 하위 팀이 먼저 선수를 지명하는 방식이었기 때문이다. 그러나 자유계약 제도로 바뀌면서 이제는 각 팀의 스카우트들이 나서서 원하는 선수를 데려오게 되었다. 누가 이런 방식을 원했을까?

한국프로야구는 여전히 기득권 위주의 문화를 갖고 있다. 구단 사장들로 이뤄진 KBO 이사회는 KBO와 구단 사장 사이의 소

통을 위해 사장단의 대표 격인 간사를 둔다. 간사는 주로 전년
도 우승 팀의 사장이 맡는다.

    다이노스 구단 사장 시절, 우승 팀보다는 최하위 팀의 사장이 간사
역할을 하는 게 리그를 위해 더 좋을 것이라는 제안을 한 적이 있다.
성적이 좋지 않은 구단의 목소리가 조금이라도 더 전달되어야 균형
있는 리그에 가까워질 거라고 믿었기 때문이다. 하지만 우리 사회의
정서상 우승 팀을 예우하는 게 먼저인 듯했다. — *lee*

    상황이 이렇다 보니 계속 상위 팀 위주의 제도가 생겼다. 좋
은 성적을 거둔 구단의 실무자와 임원, 리더는 유임하거나 승
진하고, 성적이 좋지 못한 구단의 관계자는 자리를 옮기거나
해임되는 경우가 많다. 상위 팀 의사결정권자는 점점 베테랑
이 되어가는데, 하위 팀 리더는 계속 바뀌는 셈이다. 상위 팀 관
계자가 하위 팀을 고려해 리그의 균형을 맞추려고 노력할 가능
성은 낮다. 정규 시즌 2연전과 같은 수도권 구단 위주의 제도가
쉽게 바뀌지 않고 유지된 까닭도 여기에 있다.
    홈 2연전, 원정 2연전을 치르면 선수단 이동이 잦고, 이동
거리가 긴 지방 구단은 체력 부담이 더 클 수밖에 없었다. 서
울에 연고를 둔 세 팀을 포함해 수도권에 총 다섯 팀이 있는
KBO리그 구조상 수도권 팀들은 2연전을 상대적 이점으로 여
겼고, 형평성과 중계 편성 등을 이유로 2023년까지 그 제도를
유지했다.

경기 일정과 관련해서도 언급할 부분이 있다. 정확하게 말하자면 경기 일정 면에서 팀 사이의 균형을 맞추는 시도가 있어야 한다. 우리 야구는 전년도 순위에 따라 개막 2연전 상대를 정한다. 1위와 6위, 2위와 7위, 3위와 8위, 4위와 9위, 5위와 10위가 맞붙는 식이다. 아마도 마케팅을 위해 상위 팀에게 홈구장 우선권을 주려는 의도 같다. 그 이후의 경기 일정은 최대한 공정하게 짠다는 게 KBO리그의 방침이다. 이동 거리를 생각하면 지방 연고 구단이 '약간의' 핸디캡을 가지긴 하지만, 일정상으로는 쏠림 현상 없이 각 팀이 홈 경기와 원정 경기를 여덟 번씩 치를 수 있어 합리적이라는 것이다. 그러나 여기에는 한 가지 변수가 있다. 바로 경기의 순서다.

전년도 팀 순위가 어느 정도 유지된다는 가정하에 1~5위를 강팀으로, 6~10위를 약팀으로 구분했을 때, 초반에 계속 강팀을 만나느냐 혹은 약팀을 만나느냐에 따라 한 시즌의 출발이 완전히 달라질 수 있다. 초반 대진운은 패넌트레이스에 큰 영향을 미친다. 약팀을 상대로 승리를 확실하게 챙기는 팀은 기세가 오를 수밖에 없기 때문이다. 따라서 시즌 초반에는 강팀과 강팀, 그리고 약팀과 약팀이 만날 수 있도록 일정을 짜야 한다. 그렇게 해야 약팀들도 승률을 5할 가까이 유지할 수 있고, 순위 경쟁이 치열해짐에 따라 중후반 레이스가 더 밀도 있게 진행될 것이다.

현재 KBO리그는 약-강-약-강으로 경기 일정을 편성하고 있다. '공정'한 방식이라고 하는데, 그게 정말 공정인지 의문이다. 기득권을 가진 자들이 공정을 외치는 것은 결국 자신들의 어드밴티지를 양보하지 않겠다는 의미다. 리그는 강제로라도 그 어드밴티지를 없애고, 마이너리티가 올라설 수 있는 발판을 마련해야 한다. 나의 유리함을 위해 '공정'을 주장하는 것이 아니라 진짜 '공정'을 위해 나의 불리함을 감수하는 것. 그것이 바로 리거십이며 공동체 정신 아닐까.

리그는
모든 선수들을 위한 울타리

간혹 자신의 분야에서 큰 성공을 일군 사람들이 불미스러운 사건에 휘말리는 모습을 본다. 어쩌면 꿈을 다 이뤘다는 생각에 찾아온 허무감과 우울감을 견디지 못하고 새로운 자극을 얻으려다 보니 그렇게 된 것인지도 모른다. '드디어 해냈다'는 생각은 때로 삶의 동력을 앗아가기도 한다. — park

리거십의 한 축이 리그 전체에 공정한 제도를 운영하는 것이라면, 또 다른 한 축은 선수들을 길러내는 것이다. 간혹 인기 선수들이 운동에 집중하기보다 연예인이나 셀럽처럼 유명세를 즐기거나 안타깝게도 도를 넘어선 일탈을 저지르는 경우가 있다. 이런 경우가 발생하면 구단은 물론 리그 전체가 어려움에 처하게 된다.

그걸 개인의 책임만으로 돌릴 수는 없다. 메이저리그에서는 신인선수들을 철저히 교육한다.

미국에 가서 처음 참가한 캠프에서 가장 기억에 남는 것은 FBI에서 선수들을 교육하는 시간이었다. 통역을 통해서 들은 설명으로는 약 1년 전에 있었던 사건 사고를 영상으로 제작해서 선수들에게 보여주며 명심해야 할 메시지를 상기시켜주는 내용이라고 했다. 많은 것이 부담스럽고 생소한 가운데에 그 교육은 긴장감을 주기도 했다. — park

메이저리그에서는 선수협에서 구단에 사람을 파견해 사회적인 사건 사고 사례들을 통해 교육하는 시간이 있다. 이는 선수들이 얼마나 사회의 이목을 받는지 경각심을 갖게 해준다. 선수협과 리그의 노력, FBI 같은 정부 기관의 노력이 함께 이루어지는 것이다.

우리는 어떤 방법으로 어떻게 선수들을 교육할 것인지 생각해볼 필요가 있다. KBO의 경우 선수 교육과 관련된 일들을 전부 구단에서 한다. 교육뿐 아니라 선수들에 관한 모든 일을 구단에만 맡겨둔다. 그러나 프로야구 선수가 문제를 일으킨다면 그건 구단만이 아니라 리그 전체의 일이다. 구단은 옮겨 다니기도 하지만 리그는 평생 소속되는 곳이 아닌가. 리그 차원에서 적극적인 대응책을 세워야 한다. 재발 방지를 위한 철저한 교육, 관리 시스템도 필요하다. 이럴 때 구단들도 리그의 원칙을 따를 수 있다.

구단이 자식이라면 KBO는 어머니다. 리그는 구단들이 고루 잘되도록 도움을 주는 동시에 적절히 관리할 수 있어야 한다. 안 그러면 지금처럼 자신만의 이익과 편의를 위해 이기적으로 움직이는 구단이 나타난다. 다른 구단은 불만이 생길 수밖에 없다. 아이들이 "왜 쟤만 저렇게 해요?"라고 말하는 것과 같다. 이런 식으로 하나둘 각개 플레이를 하면 리그는 더 이상 구단들을 통제할 수 없다.

각 구단만 팀인 것은 아니다. 리그도 프로야구를 위해 모인 하나의 팀이다. 그런데 스포츠 정신은 온데간데없이 사라진 채 끝없는 경쟁만 남은 듯하다. 우리 사회 전체가 서로 견제하고 공격하기에 바빠서 야구도 그런 것일까. 오히려 반대의 상황을 만들어갈 수도 있지 않을까. 사회가 스포츠를 배울 수 있도록 하면 어떨까. 상대를 존중하고, 정정당당하게 승부하며, 그 결과에 승복하는 아름다운 광경을 우리 프로야구가 모두에게 보여줄 수 있도록 하는 것이 리거십의 핵심이다.

2
프로리그는 모든 결정을
팬들에게 맞춘다

기업이 후원하는 운동부인가
자기 이익을 실현하는 프로 기업인가

　　　　　　　　선수들이 다양한 유니폼을 입기 시작했다. 각 구단은 수년 전부터 전형적인 홈-어웨이 유니폼에서 벗어나 각종 이벤트 유니폼을 선보이고 있다. 1980년대 유니폼을 재현해 팬들의 향수를 불러일으키기도 하고, SSG 랜더스의 스타벅스 컬러 유니폼처럼 모기업의 브랜드를 어필하기 위한 유니폼을 만들기도 한다.

　보훈의 달인 6월이 되면 전 구단에 빠지지 않고 밀리터리 유니폼이 등장한다. 주로 모자와 저지 중심의 디자인인데, 팬들의 관심을 끄는 동시에 애국심을 고취하는 기능적 가치도 있다. 다만 홈팀만 밀리터리 유니폼을 입는다는 점이 조금 아쉽다. 눈썰미가 있는 팬이라면 두 팀 모두 밀리터리 유니폼을 입고 경기에 나서는 일이 좀처럼 없다는 사실을 기억할 것이다. 행사를 기획한 주체가 홈팀이라는 사실, 그리고 이들이 원정팀과 공감대를 만들어 그 효과를 높일 필요성을 느끼지 못했다는 사실을 알 수 있다.

KBO리그에는 통합 마케팅의 개념이 없다고 할 수 있다. 유니폼 업체의 브랜드가 서로 다르고, 행사의 주체가 홈팀인 데서 비롯되는 불균형일 수도 있다. 6월 6일 현충일 경기만이라도 10개 구단 모두가 밀리터리 유니폼을 입는 상상을 해본다. 그 정도는 리그 차원에서 기획할 수 있을 것이고, 리그 전체의 목소리가 되어 더욱 큰 효과를 발휘할 것이다.

한때 우리 스포츠는 '국위 선양'을 최고의 가치로 삼았다. 아시안게임이나 올림픽, 월드컵 같은 국제대회에서는 여전히 그 가치를 중시한다. 스포츠와 관련된 조직의 구조 역시 국가가 체육을 관리하는 식으로 만들어졌다. 문화체육관광부와 대한체육회를 중심으로 각 종목을 관리하는 단체들이 협회, 연맹, 위원회와 같은 형태를 띠고 있다.

1980년대에 프로스포츠가 출범하기 전에는 운동하는 학생들이 대부분 실업팀으로 갔다. 7080 팬들은 실업야구를 기억할 것이다. 실업야구는 기업의 운동부 같은 것이었고, 선수들은 직장인처럼 해당 기업에 소속되어 있었다. 1982년 프로야구를 시작으로 각 종목이 프로화하기 시작했는데, 문제는 이후에도 여전히 비슷한 마인드로 운영되고 있다는 것이다.

　프로란 해당 일을 직업으로 삼고 있다는 뜻이다. 프로야구 선수를 비롯해 구단과 사무국에서 일하는 사람들은 모두 야구가 직업이다. 그렇다면 각 구단은 야구 회사이고, KBO리그는 야구 회사의 모임이라고 할 수 있다. 삼성 그룹의 야구 회사 삼성 라이온즈는 엄연히 '주식회사 삼성 라이온즈'다. 다른 야구단도 마찬가지다. 그럼에도 아직 해당 기업의 운동부 문화가 남아 있다. 기업은 영리를 목적으로 하지만, 운동부는 모기업의 지원으로 운영된다. 이것이 회사와 운동부의 가장 큰 차이점이다.

　한국프로야구의 구단들은 모기업의 돈으로, 리그는 10개 구단이 내는 '회비'를 바탕으로 운영되고 있다. 이처럼 외부의 지원을 받아 운영한다면 진정한 프로라고 할 수 있을까. 프로스포츠는 스스로 경제적 가치를 만들고 이윤을 추구할 수 있어야 한다. 리그 역시 협회나 연맹, 위원회보다는 회사, 즉 기업의 구조와 마인드로 운영되는 것이 바람직하다. 그렇게 하려면 기업과 같은 조직 체계를 갖추고, 리그의 최고 책임자 또한 한 기업의 CEO처럼 일할 필요가 있다.

　스포츠를 통해 국위 선양하고 기업을 홍보하겠다는 생각은 요즘 시대에 맞지 않는다. 프로가 된 이상 선수와 팬, 구단, 리그, 스폰서, 미디어가 연결되는 생태계가 조성되어야 하고, 이 시스템을 통해 경제적 가치를 확대해야 한다. 그 시작은 리그의 구성원들이 기업 문화를 받아들이는 것이라 할 수 있다.

1년 12달,
팬들을 사로잡을 수는 없을까

리거십이 자리를 잡으면 어떻게 될까? 볼거리가 많아질 수 있다. 아직까지 한국야구는 경기 외에 볼거리가 부족하다. 시즌이 끝나면 야구 팬은 무료하다. 새로 영입한 신인선수들은 프로가 되기 위해 어떤 준비를 하는지, 스프링캠프에서는 무슨 일이 일어나는지 궁금하다. 이런 때에 미디어나 자체 네트워크를 통해서 스토브리그의 흥미로운 순간들을 공개한다면 다음 시즌을 향한 팬들의 기대감이 더욱 커질 것이다. 리거십이 강화되면 스토브리그의 흥미로운 순간들을 공개하고 보여줄 수 있도록 노력하게 되고, 그러면 다음 시즌을 향한 팬들의 기대감이 더욱 커질 수 있다. 증폭된 기대감 위에서 시즌을 시작할 수 있는 것이다.

매해 열리는 신인 드래프트도 팬들에게 개방하면 좋을 것이다. 구단 관계자뿐 아니라 팬들도 참석하고, 아티스트 공연이 보태어진 화려한 이벤트가 될 수도 있다. 장차 프로리그를 이끌어갈 유망주들의 등용문인데, 그 의미에 비해 다소 조용히 넘어가는 것 같다. 지명된 선수들을 잘 보여주는 일도 중요하지만, 지금은 이름과 출신 학교, 포지션 정도만 소개될 뿐이다.

시즌을 앞두고 진행되는 스프링캠프만 해도 그렇다. 10개 구단이 제각각 움직인다. 어떤 팀은 미국으로, 어떤 팀은 일본으로, 어떤 팀은 호주로 떠난다. 2024년 국내에서 전지 훈련을 한 팀은 KT 위즈가 유일하다. 좋은 환경에서 훈련을 하겠다는 의도는 나쁘지 않지만, KBO구단들의 스프링캠프에는 두 가지가 빠져 있다. 하나는 이 또한 리그의 연장이라는 관점이고, 또 하나는 야구가 팬을 위한 것이라는 정체성이다.

스프링캠프는 다음 시즌을 준비하며 훈련하는 시간인 동시에 그 각오와 과정을 팬들에게 보여주는 시간이어야 한다. 그러나 스포츠를 경쟁으로만 여겨 온 우리는 스프링캠프조차도 다른 구단보다 날씨가 좋은 지역, 시설이 좋은 장소, 수준에 맞는 게임 파트너를 구하는 것이라 생각한다. 이것이 구단의 경쟁력이라고 믿는다. 그러다 보니까 폐쇄성이 짙다. 10명의 가수가 서로 다른 노래방에 가서 문을 꼭 걸어 잠근 채 노래를 부르는 느낌이다. 돈을 받고 공연하면서 그 돈을 다시 자기 발전에 투자하면 될 텐데, 아무도 듣지 못하는 노래를 제 돈을 들여가며 부르고 있는 것이다.

이렇게 된 데에는 리그 사무국의 책임도 있다. 스프링캠프를 리그 전체가 함께할 수 있는 구조로 만들 수는 없는 것일까. 그렇게 되면 프로야구 시즌은 4월이 아니라 2월부터 시작되는 것과 같다. 식당으로 치면 1년에 8개월 장사가 아니라 10개월 장사를 할 수 있다. 두 달간 무수한 콘텐츠와 팬들의 관심, 그에 따른 매출까지 커지지 않겠는가.

날씨가 문제라고 하는 사람도 있을 것이다. 하지만 KT가 국내에서 전지 훈련을 했듯이 '남해안 벨트'로 불리는 남쪽 야구 인프라를 활용하는 방안도 있다. 대만이나 베트남과 같이 상대

적으로 가까운 지역을 개척하는 방안도 함께 모색할 수 있다. 우
리 선수들이 더 큰 무대를 찾아 메이저리그로 진출하려고 노력
하는 것처럼 언젠간 그들에게 KBO가 꿈의 무대가 될 수도 있다.

스프링캠프 외에도 리그 전체를 위해 개발할 수 있는 프로그
램은 얼마든지 있다. 현재 우리의 플레이오프 제도는 정규 시
즌 1위를 한 팀이 한 달 내내 상대를 기다리고 있어야 하는 시스
템이다. 리그 우승을 거둔 팀은 해당 시즌에 가장 많은 관심을
받은 팀이기도 하다. 그런데 별다른 노출 없이 그렇게 시간을
보내고 있는 것이다. 가장 자주 무대에 올라야 할 인기 가수가
한 달간 어떤 매체에도 출연하지 않는 현실이 아쉽기만 하다.
그 누구보다 팬들이 이런 상황을 답답해하지 않을까.

하는 야구 VS 보는 야구

리그라는 관점에서 보면 야구의 미래
를 위해 할 수 있는 일들이 정말 많다. 그중 하나가 퓨처스리그
다. 퓨처스리그는 원래 '2군(軍)'으로 불렸다. 한국프로야구가
KBO리그라는 이름을 갖게 되면서 퓨처스리그라는 이름을 얻
었지만, 지금도 2군이라고 칭하는 사람이 많다.

퓨처스리그는 미국프로야구 체계로 보자면 마이너리그와
같다. 다만 그 의미나 브랜딩 관점에서 보면 퓨처스리그가 훨
씬 나은 것 같다. '미래의 리그'라니, 우열을 구분하는 메이저-

마이너보다 얼마나 아름답고 희망적인가.

퓨처스리그도 엄연한 프로야구리그다. KBO리그의 각 구단 소속 유망주로 이뤄진 10개 팀에 군팀 상무까지 더해 총 11개 팀이 남부와 북부 리그로 구분되어 시즌을 치른다. 구단들은 퓨처스리그 팀을 운영하며 유망주를 성장시키고, KBO리그에 필요한 로스터(출전선수 명단)를 관리한다. 그런데 다들 선수 육성에만 집중하다 보니 야구의 본질적 가치는 지나치게 축소되는 느낌이다.

프로야구 관계자들은 퓨처스리그의 승패에 크게 신경 쓰지 않는다. 물론 이기기 위한 게임을 하지만, 게임을 통한 선수의 성장이 더욱 중요하다고 여긴다. 그래서 오전에 경기를 진행하기도 하고, 날씨나 이동 상황에 따라 서로 편의를 봐주기도 한다. '하는 야구'에 방점이 있는 것이다.

우리 프로야구는 공급자 관점으로 돌아간다. 하는 사람 위주의 야구다. 그러나 프로야구는 관객이 없으면 의미가 없다. 제아무리 좋은 경기라도 보는 사람이 없으면 무슨 소용인가. '하는 야구'보다는 '보는 야구'가 되도록 설계해야 한다. 오히려 선수들도 퓨처스리그 시절부터 그런 문화에 익숙해져야 할 것이다.

프로선수가 된다는 것은 "다른 사람에게 보여주는 삶을 살기 시작하는 것"이라고 설명한 적이 있다. 퓨처스리그 선수들 역시 프로인데, 아무도 보지 않는 야구를 하게 된다면 이미 가지고 있는 잠재력마

저 잃게 되지 않을까 걱정스럽다. — *lee*

  야구는 본질적으로 승리를 추구하는 스포츠다. 퓨처스리그라고 해서 승부는 뒤로하고 선수를 테스트하는 시험대로서의 의미만 부여하면 이에 임하는 선수와 코칭 스태프의 자세마저 달라진다. 승부를 중시하지 않는 경기는 모순이다. 퓨처스리그 경기장을 마련하면서 관중석이 없는 훈련장 형태여도 상관없다고 생각하거나, 접근성이 현저히 떨어지는 구단 소유의 땅에 지어 그 값어치를 올리려는 목적으로 삼는다면 이 또한 바람직하지 않다.

  2002년 고정 칼럼 〈인사이드 피치〉에 퓨처스리그 활성화 방안에 대해 쓴 적이 있다. 프로야구의 2군 팀을 분양한다는 광고가 실린 신문을 보는 꿈에서부터 시작되는 글이었다. NC는 2012년 한 해 동안 퓨처스리그에서 시즌을 치렀다. 그때도 그런 상상을 했다. 구단들이 자신들이 소유한 2군 팀을 '보여주는 야구'를 하는 다른 희망 기업에 분양한다면, 퓨처스리그도 팬들이 찾아오는 리그가 될 수 있을 것이라고. — *lee*

  2002년 A구단은 구단 운영비로 약 75억 원을 썼다. 이 가운데 1군 연봉이 약 45억 원, 2군 연봉이 약 11억 원이었다. 1군 선수단의 전지 훈련과 원정 경기 등에는 14억 정도가 들어갔고, 2군 운영비에는 6억 정도가 들었다. 그해 구단의 총수입이 20억 원이었는데, 2군에서 올린 소득은 한 푼도 없었다. 2군 경기는 입장료를 받지 않는 데다가 언론 홍보도 안 되기 때문이다.

A구단이 2군 팀을 분양하면 당장 17억 원가량의 적자가 사라진다. 반면 A구단의 2군 팀을 분양받는 기업은 그 정도 돈만 가지고도 프로야구 팀을 운영할 수 있게 된다. 매일 경기를 치르면서 홍보도 할 수 있고, 입장료를 받아 수입을 올릴 수도 있다. 갈수록 비대해지고 있는 스포츠 미디어의 새로운 콘텐츠 생산 역할도 충분히 할 수 있다.

이렇게만 된다면 삼성, LG, 기아, 두산, SSG, NC, KT, 키움, 한화, 롯데가 아닌 다른 10개 구단이 생기고, 새로운 패러다임을 지닌 프로야구리그가 탄생할 수 있다. 드래프트와 엔트리 등은 현재의 시스템대로 하되 운영만 다른 기업이 하고, 조직 관리는 한국야구위원회 산하의 새로운 기구에서 맡으면 된다.

미국의 메이저리그와 마이너리그 시스템을 연상하면 이해가 쉽다. 메이저리그 30개 구단과 마이너리그 팀들은 대부분 소유주가 다르다. 이들은 서로 연계되어(affiliated) 있을 뿐이다. 프로야구에 매력을 느끼지만, 투자해야 할 금액이 엄청나다 보니 뛰어들지 못하는 기업이 분명 있을 것이다. 하지만 상대적으로 적은 돈이 들어가는 2군리그 팀을 분양받아 빅리그 팀과 연계를 맺는다면 운영해볼 만할지도 모른다.

기존 프로구단의 주력 운동장이 없는 도시를 연고로 한 팀이 생긴다면, 이들이 기존 구단에 종속되지 않은 채 독립된 운영체로 연계만 된다면, 그렇게 2군리그가 활발해지고 색다른 이벤트를 바탕으로 한 흥행성 있는 직업야구가 틀을 갖추는 상상을 해보는 것이 필요하다. '그래서 되겠어?'라고 생각하지 말고, 상상하고 도전해보는 것이다.

Winning is the most important thing in my life,
after breathing. Breathing first, winning next.

— George Steinbrenne

내게 승리는 숨 쉬는 것 다음으로 중요하다.
숨 쉬고 있다면 승리해야 한다.

— 조지 스타인브레너 뉴욕 양키스 전 구단주

3

그들은 왜 흙주머니에
청춘이라는 글씨를 새겼는가

꿈과 감동의
야구 월드를 찾아서

2016년이었다. 한 일간지에서 인생의 책을 꼽아달라고 해서 『드림 소사이어티』라는 책을 소개한 적이 있다. 예능 프로그램 〈1박 2일〉 나영석 PD가 한 매체에서 이 책을 추천했는데, 그 글을 보고 읽게 된 책이다. 이 책의 부제는 '꿈과 감성을 파는 사회'다. 덴마크의 미래학자인 저자 롤프 옌센은 정보사회 이후의 세상을 내다보며 미래의 상품이 이성이 아니라 감성에 호소할 수 있어야 한다고 주장했다. 그런 성향이야말로 세상을 움직일 거라는 것이 그의 예측이었다. 그 책에서 이야기하는 꿈과 감성은 우리 스포츠에서도 찾을 수 있는 가치였다. — *lee*

『드림 소사이어티』에는 "기계가 우리를 감동시킬 것이다. 물리적이 아니라 감성적으로"라는 내용이 있다. 실제로 수년 전 알파고와 이세돌의 대국을 보았을 때, 사람들이 주목한 것은 알파고가 치밀하고 정확한 계산으로 이세돌에게 승리를 거둔 대목이 아니라 4국에서 이세돌에게 허를 찔리거나 5국 초반에 당황하는 기색을 보이는 부분이었다.

야구도 그렇다. 팬들을 환호하게 만드는 명승부가 선수와 구단의 절대적인 가치라고 본다면 이는 경기의 내용으로 팬들의 마음을 움직여야 한다는 뜻이다. 팬들에게 한결같이 사랑받는 스포츠리그를 보면 최고 수준의 기량과 함께 선수들이 그와 같은 경지에 이른 성숙한 사람의 품격을 보여준다. 기량과 품격 모두 갖추는 것이 가장 좋겠지만, 만일 하나를 우선해야 한다면 후자가 먼저라고 생각한다. 꿈과 감동 같은 감성을 기반으로 한 다음, 최고 수준의 경기력이 보태어지면 이상적인 리그가 된다는 의미다.

품격을 잃으면 기량이 뛰어난 팀도 순식간에 형편없어질 수 있다. 지난 카타르 아시안컵에서 우리는 축구국가대표팀이 기량보다 더 중요한 다른 가치, 즉 팀워크나 동료의식 같은 면에서 무너지는 과정을 목격했다. KBO리그는 이를 타산지석으로 삼아야 한다. 관중의 숫자나 국제대회 성적도 물론 중요하다. 그러나 경제적 기반과 함께 우리 야구는 어떤 스포츠가 되기를 꿈꾸는지, 사회에 어떤 영향을 끼칠 수 있는지를 고민해야 지속 가능한 리그가 된다.

고시엔은 흙주머니 하나에도
전통이 있다

야구 팬이라면 8월 첫째 주말에 일본 여행을 상상할 것이다. 일본 전국고교야구 선수권대회, 이른바 고시엔(甲子園)이 열리는 때이기 때문이다. 한여름의 떡약볕보다 더 뜨거운 열기가 그 안에 있다. 그리고 고시엔이 주는 의미와 가치가 단순히 '일본 고교야구 챔피언을 가리는 것' 이상임을 알게 된다.

고시엔에 출전한 선수들의 등에는 이름이 없다. 오로지 향토의 명예를 건 학교의 이름만이 가슴에 새겨져 있다. 고시엔의 전통이자 규율이다. 관중석은 양쪽 학교의 응원단과 재학생, 동문으로 빼곡하다. 그들의 응원은 무척 진지하다. 승부가 한쪽으로 기울어도 흐트러짐이 없다. 마치 그 시간이 가장 소중하다는 듯 처음부터 끝까지 변함없는 응원을 보낸다.

경기가 끝나면 이긴 학교의 교가가 나온다. 선수들은 일렬로 늘어서 전광판 옆에서 휘날리는 학교 깃발을 향해 부동자세를 취한다. 교가를 따라 부르는 학생들의 눈은 자부심으로 빛난다. 학교와 고장의 명예를 드높인 만큼 누구보다 당당하게 어깨를 펴고 있다. 교가를 부른 뒤에는 응원단 앞으로 달려가 인사를 하는데, 뜨거운 함성과 박수가 쏟아져 나온다.

진 팀의 선수들은 장비를 챙기고 퇴장 준비를 서두른다. 응원단 앞에서 인사를 하고 박수를 받는 것은 같지만, 교가 세리

머니는 없다. 대신 그들은 눈물을 보이며 고시엔 그라운드의
흙을 주머니에 담는다.

언제인가 학생들이 흙을 담는 주머니에 '청춘(靑春)'이라는 글자
가 새겨져 있는 것을 보고 얕은 탄성을 지른 적이 있다. 민태원의 수
필 『청춘 예찬』의 한 구절이 떠올랐다. "사랑의 풀이 돋고, 이상의 꽃
이 피고, 희망의 놀이 뜨고, 열락의 새가 운다"던 그 소중한 시절, 청
춘의 한편에 고시엔의 추억을 간직한다는 것은 얼마나 큰 의미인가.
고시엔을 '야구 경기 이상의 그 무엇'으로 만들어주는 힘은 무엇일까
한번 더 생각했다. 바로 꿈과 전통이었다. — lee

서울대 강준호 교수는 스포츠가 줄 수 있는 가치를 4단계로
분류한 적이 있다. 재미와 즐거움, 감동, 정체성, 꿈과 전통 순
이다. 고시엔에는 이 모든 것이 담겨 있다. 주머니 하나에도 스
며든 전통의 힘이 일본 야구계 전체를 지탱하고 있다. 우리 야
구는 어떤 전통을 만들고 있는가.

고시엔, 그리고 그와 관련된 문화를 보다 보면 야구를 좋아
하는 우리 청춘들에게 그런 환경과 경험을 선물해주지 못해서
너무 안타깝다. 고시엔이라는 스포츠 이벤트가 선수들의 탁월
한 기량보다 그 정신과 신념, 그런 야구를 바라보는 사회의 문
화에 중심을 두고 백 년 넘는 전통으로 이어졌다는 점은 우리
고교야구가 프로야구 출범 이후 사람들의 관심에서 급격히 멀
어진 것과 대조적이다.

한국 고교야구에는 언론사를 중심으로 청룡기(조선일보), 대통령배(중앙일보), 황금사자기(동아일보), 봉황대기(한국일보)라는 주요 대회와 신세계 이마트가 후원하는 협회장기 대회 등이 있다. 대회 종류가 많은 만큼 활발하게 운영되고 국민적 관심도 클 것 같지만, 실은 '대회를 위한 대회', 그리고 '그들만의 리그'에 멈춰 있다.

일본에서는 전국 규모 대회를 고시엔으로 통합 운영하는데, 한국이 일본보다 선수와 팀의 숫자가 훨씬 적고 야구 인프라도 부족한 상황에서 이렇게 많은 대회를 유지하는 데는 나름의 이유가 있다. 대회가 자주 열려야 출전과 입상 등의 혜택이 크고 입신양명에도 도움이 된다는 것이다. 이와 같은 어른들의 논리로 고교야구는 몸에 맞지 않는 옷을 입고 있다. 그리고 선수들은 대회에 몰입하느라 그보다 더 소중한 가치를 접하지 못한다. 제도에 의해 희생되는 청춘이다.

고교야구는 유소년야구와 프로야구를 이어주는 허리와 같다. 그 지점이 건강해야 KBO리그도 건강해진다. 한국 고교야구는 역사가 길다. 개선할 문제가 산더미처럼 쌓여 있다. 우리의 청춘들에게 꿈과 전통을 찾아주는 노력이 필요하다.

우리 유소년야구의 현주소는 어떠한가. 아이들은 8월 폭염을 참고 봉황기 등의 경기를 인조잔디 구장에서 치러야 한다. 조금이라도 시원한 저녁에 경기가 열리면 좋으련만, 조명과 소음 등의 이유로 불가능한 현실이다. 일본 고시엔 대회는 2024년부터 가장 더운 낮 시간

대를 피해 오전과 오후로 나눠 경기를 치르는 '2부제'를 도입했다고
한다. 아이들에 대한 사회의 관심이 커지면 야구를 떠나서 '한마음'
이라는 가치를 느낄 수 있지 않을까. 우리가 아이들을 이해하고 지지
해줄 수 있는 방안은 많을 것이다. – *park*

지금까지 KBO가 만든
유산은 얼마나 될까

우리 사회는 후임자가 선임자의 흔적을
없애고 부정하는 성향이 짙다. 후임자가 생긴다는 것은 선임자
의 역할이 다했다는 것이지만, 그것이 선임자가 남긴 것을 없
애라는 의미는 아닐 것이다. 특히 구단은 전통이 큰 재산이어
서 그 유산을 슬기롭게 이어가는 게 필요하다.

명문 구단에는 좋은 전통이 있어야 한다. '리스펙트'할 만한
문화를 지닌 팀에 '명문'이라는 수식어가 붙는다. 그러면 신생
팀은 어떻게 해야 하는가. 신생 팀이야말로 처음부터 자신만의
'레거시(유산)'를 만들려고 노력해야 한다. 그래야 그 팀이 지
속 가능할 수 있다.

우리나라는 서울 올림픽, 한일 월드컵, 평창 동계올림픽 등
커다란 이벤트를 여러 번 치렀다. 그런데 그와 관련된 레거시
는 많이 남지 않았다. 당시의 감정을 떠올리거나 체험할 수 있
는 방법이 많지 않다. KBO는 국가대표팀이 2008년 베이징 올

림픽에서 금메달을 딴 8월 23일을 '야구의 날'로 정했다. 아쉽게도 야구의 날을 기억하는 팬이 많지는 않다. 그럼에도 이런 시도는 계속돼야 한다. 매해 야구의 날을 기념하고 즐기는 루틴이 생긴다면 대대손손 이어지는 전통이 될 것이다. 이렇게 문화를 만드는 것이야말로 프로스포츠의 사회적 기능이다.

뉴욕 양키스의 영구결번 선수는 22명에 이른다. 데릭 지터, 베이브 루스, 루 게릭, 조 디마지오 등 전설적인 인물들이 즐비하다. 1번부터 9번까지 한 자릿수 등번호가 모두 영구결번이다. 구단은 물론 팬들도 자부심을 가질 만한 스토리다. 한국프로야구의 역사는 아직 길지 않지만, 지금부터 벽돌을 쌓아 올린다면 전통이라는 근사한 건물이 들어설 것이다. 그러기 위해서는 구단 스스로가 미디어가 되어 그 건물을 기획하고 설계해야 한다.

1994년 LA 다저스에서 인턴을 했다. 옆자리에 존 어긴이라는 직원이 있었다. 책상 위의 명패에 적힌 직함은 아카이비스트(archavist)였다. 그에게 무슨 업무를 하느냐고 물었더니 경기와 스프링캠프, 구단 행사를 따라다니며 수집품이 될 만한 아이템을 모은다고 했다. 예를 들어 김광현의 시즌 첫 삼진이 나오면 그 공을 수집해 고유의 태그를 붙이고 그것을 구단 레거시로 남기는 것이다. 존은 시키는 일만 하지 않았다. "이번 달에 애리조나와 경기할 때는 이런 아이템을 수집해야 우리 구단에 남길 만한 유산이 될 거야"라는 식으로 기획하고 준비했다.

기자 출신의 이십 대 후반 청년에게 비친 다저스의 첫인상은 야구를 죽기 살기로 하지 않는다는 것이었다. 그들은 던지고 치고 뛰는 야구에는 이미 통달한 존재처럼 루틴에만 집중할 뿐, 야구장 밖의 이벤트에 더 관심이 많은 것처럼 보였다. 구단은 클럽하우스나 프런트 오피스의 화합, 그리고 그 안의 문화를 만드는 일에 더 열중했다. 지나다닐 때마다 보고 기억할 수 있도록 곳곳에 캐치프레이즈 같은 글귀를 적어두었으며, 경기장 안팎의 스토리나 레전드의 존재를 팀의 전통으로 만드는 데 열심이었다. — lee

우리 야구도 이와 같은 사람들이 필요하다. 구단 차원에서 여력이 없다면 KBO에서 이와 같은 역할을 하면 좋을 것이다.

2024년 6월 12일 김경문 감독의 900승과 한화의 외국인 투수 바리아의 첫 승이 겹쳤다. 당시 기념구가 누구에게 가야 하는지 의문을 제기하는 이들이 있었다. 이런 상황을 예측하고 교통 정리를 하는 것 역시 아카이비스트의 일이다. 메이저리그에서는 아예 공을 일정량 모은다. 투수의 첫 승을 기념하는 공도 마지막 공이 아니라 그날 경기에 사용된 공 중 하나면 된다.

메이저리그에는 야구 역사가(baseball historian)이라는 직책도 있다. 제9대 커미셔너인 버드 셀리그가 만든 자리다. 야구가 수많은 사람이 쌓아 올린 역사에 기반을 둔 스포츠라고 생각한 셀리그는 공식적으로 야구 역사를 기록하고 연구하는 직책이 필요하다고 믿었다. 우리 야구에도 셀리그와 같은 발상이 필요하다.

야구는 플레이가 끊어지면서 스토리가 연결된다. 경기 하나가 끝났다고 해서 그 스토리가 끝나는 것은 아니다. 우리는 야구를 1회부터 9회까지의 퍼포먼스로 여기지만, 사실 야구는 콘텐츠로서 1년 내내 팬의 관심을 얻어야 한다. 3연전에서 정규리그로, 한국시리즈에서 스토브리그로, 야구의 스토리는 계속 이어진다. 이처럼 시즌을 연결하고 해석할 수 있는 시야가 있어야 우리 야구가 하나의 전통으로 자리 잡을 수 있다.

전설을 기억하는 방법

한국야구의 전설 최동원의 다큐를 만든 감독은 작업에 너무 많은 시간이 걸렸다고 한다. 더 슬픈 사실은 자료를 구하기 위해 구단도 KBO도 방송국도 아닌 팬에게 부탁했다는 것이다. 역사를 간직하고 물려줘야 하는 기관들이 그러한 자료를 갖고 있지 않다는 게 안타까웠다. 소중한 선수가 트레이드 후에 버려지는 것처럼 여겨졌다는 게 너무 아쉬울 뿐이다. 더 디테일한 자료들이 남아 있었다면 야구를 사랑하는 팬뿐만 아니라 많은 사람이 귀중한 가치를 얻을 수 있을 텐데 말이다.

나는 마지막 경기를 제외하고는 승리했던 경기에 사용했던 공을 두 개씩 모았다. 파울볼이나 포수가 공을 바꾸기 위해 심판에게 건넸던 공들이다. 심판은 경기 중에 사용했던 모든 공을 모으고, 담당자는 메이저리그에서 사용했던 공임을 인증하기 위해 스티커를 붙인다. 공은 함부로 유출할 수 없다. 메이저리그의 유산이기 때문이다. 파울볼이나 와일드피치로 공에 흠집이 생겨서 바꿔야 하는 일이 생겨도, 그냥 버려지는 게 아니라 역사의 작은 부분이 된다는 것을 알 수 있다. — *park*

상상도 못 했던 드라마틱한 결과로 마무리된 경기라면, 그 경기에 쓰였던 공은 가치가 더 높아진다. 아마 오타니가 50-50을 성공시켰던 경기에서 나온 파울볼이나 흠집이 났던 공들은 오타니가 친 홈런 공만큼은 아닐지라도 역사의 한 페이지를 장식하며 큰 의미가 될 것이다. 이는 우리가 심각하게 생각해야 할 숙제이기도 하다.

공주 박찬호박물관에는 이러한 정신을 잇기 위해 그동안 차곡차곡 모은 야구공과 배트, 글러브, 티켓 등이 전시되어 있다. 이런 의미와 정성, 열정으로 모인 소장품들을 보고 많은 이들이 스포츠에 담긴 정신과 역사를 함께 느꼈으면 하는 바람이다.

4
국가대표는 어떻게
운영해야 하는가

팀 스포츠의 위기는
언제 오는가

우리 선수들은 실수를 지나치게 두려워한다. 실수하면 혼날 거라는 생각이 머릿속에 박혀 있는 듯하다. 실제로 실수를 저지를 때마다 혼나면서 자랐을 것이다. 그래서 그런지 프로선수인데도 매번 감독이나 코치의 얼굴을 쳐다보며 지시를 기다리는 경우가 많다. 스스로의 판단을 믿지 못하는 것 같다. 결과에 대한 책임을 지고 싶지 않은 것인지도 모른다. 미국 리틀야구에서는 실수해도 괜찮다고 가르친다. 그 지도 방식에는 부모도 관여할 수 없다. 어린 선수들은 실수할 기회를 많이 얻어야 한다. 그건 무엇과도 바꿀 수 없는 값진 경험이다. 실수에서 배운 적이 없는 선수는 더욱 실수를 두려워하게 되고, 그 강박으로 인해 더 큰 실수를 저지르기도 한다. 실수를

피하기 위해 단점을 보완하려다 보니 정작 장점을 살리지 못하는 선수도 있다. — *park*

이러한 배경에는 결과 중심주의가 깔려 있다. 실수를 배움의 과정, 즉 성공으로 향하는 과정이 아니라 실패라는 결과로 판단해버리는 것이다. 우리 사회의 결과 중심주의는 엘리트 스포츠 문화와 맞아떨어졌다. 우리 사회는 스포츠를 기술의 경쟁으로 여겼고, 철저히 기능 위주의 교육을 해왔다. 그러나 그 대가는 아이러니하게도 초라한 성적표였다.

대한민국 야구 국가대표팀은 2023 WBC 조별리그 1차전에서 호주에게 패했다. 우리보다 전력이 한참 떨어지는 상대라고 여겼던 만큼 받아들이기 힘든 패배였다.

그 이유가 무엇일까. 플레이 에식(play ethic)에서 그 원인을 찾아야 한다고 생각한다. 플레이 에식은 경기를 하면서 펼쳐내는 행동들의 기본적인 소양을 말한다. 경기의 승패를 가른 것은 실력이 아니라 소양의 차이라는 분석이었다. — *park*

플레이 에식은 '기본 소양'이다. 스포츠 경기의 기본이 되는 네 가지 소양은 공정함, 품위, 책임감, 존중이다. 특히 여러 사람이 함께 해야 하는 팀 스포츠에서는 이 소양이 실력으로 이어진다. 우리 선수들은 뛰어난 실력을 가지고 있지만, 야구를 던지고, 치고, 받는 동작으로만 이해했다. 플레이 에식 같은 것을 교육받을 기회가 없었다. 아무도 가르쳐주지 않았기 때문이다.

엘리트 위주의 스포츠 제도가 변하면서 대한민국 스포츠가 쇠퇴할 것으로 전망하는 의견이 많았다. 그러나 이런 자료를 근거로 한국 스포츠의 후퇴를 논할 수는 없다고 생각한다. 그 것이야말로 결과 중심주의를 바탕으로 한 해석이 아닐까.

금메달 숫자는 성장의 척도가 아니다. 기자로서, 구단에서 내가 느낀 우리나라 스포츠는 오히려 그 엘리트 의존도가 줄어들 때 더 발전할 것 같다. 운동에 전념하는 특별한 사람(엘리트) 위주로 스포츠를 하는 것보다 '모두가' 스포츠를 한다는 개념으로 인식을 바꾸면 그 저변이 확대되고 오히려 경쟁력이 될 것이다. 프로야구 관중 천만 명 시대가 상징하듯 스포츠를 즐기는 사람은 점점 늘고 있다. − *lee*

스포츠에서 승리가 많으면 성공이고, 패배가 많으면 실패라는 기준은 지난 시대의 유물이다. 숫자와 승부에 매몰된 결과 대신 과정의 밀도를 채우는 것을 발전의 척도로 삼으며 나아갈 때라고 생각한다.

국가대표는 수단이 아니라
목적이어야

　　　　　　　스포츠에서 한국과 일본을 비교할 때가 많다. 한국 야구 국가대표팀과 일본 야구 국가대표팀의 가장 큰 차이는 그 정체성에 있다. 일본은 1993년 프로축구 'J리그'를 출범시킬 때 'J리그 백 년 구상'이라는 비전을 제시했고, 2014년에는 '사무라이 재팬'이라는 국가대표 야구 브랜드와 운영 조직을 만들었다. 이를 통해 유소년과 여자야구부터 청소년, 성인 야구대표팀이 시스템적으로 운영된다. — lee

　사무라이 재팬은 상시적인 조직이다. 정기적으로 열리는 이벤트를 준비하는 데 있어 유리한 것은 물론이고, 거기에서 파생되는 콘텐츠를 활용하기에도 좋다. 일본은 국가대표팀이라는 선수단을 하나의 브랜드로 만들어 홈페이지와 SNS를 통해 홍보하고, 소중함이나 경외감 같은 가치를 브랜드에 덧입힌다. 대중은 그 가치에 공감하게 된다.

　운영 시스템도 체계적이다. 야구단에 프런트가 있는 것처럼 국가대표팀에도 단장이 있고, 운영 조직이 있다. 전임 감독 외에도 퍼포먼스 디렉터가 따로 있어 선진 기술을 도입하고 각종 프로그램을 적용하는 등 선수들의 기량을 끌어올리는 데 최선을 다한다.

　2023 WBC에서 대한민국 야구 국가대표팀은 두 번 패했을 뿐

이다. 그럼에도 그 패배가 너무 아프게 다가온 것은 부끄러운 경기 내용뿐 아니라 우리보다 약하다고 생각했던 팀들이 성장한 모습과 달리 대한민국 야구가 퇴보하고 있는 것처럼 보여서 일 것이다.

2026년 아시안게임은 일본 나고야에서 열린다. 일본야구 팀은 금메달 획득을 위해 프로리그 선수들을 출전시킬 확률이 높다. 2028년 LA 올림픽, 2032년 브리즈번 올림픽에서도 야구가 정식 종목으로 복귀된다. MLB와 남미 선수들이 많이 출전하게 될 것이다. 일본은 국제대회가 없어도 매년 겨울 사무라이 재팬 강화 훈련을 가진다. 대표팀이라는 상징을 늘 간직하기 위한 것도 있고, 선수들이 함께한다는 가치를 더 일깨워주는 효과도 있다. 우리도 앞으로 더 탄탄해지는 국제 무대를 위해, 열광적으로 응원하는 팬들이 실망하지 않도록 단단히 준비해야 할 것이다. − *park*

이제 달라질 때가 됐다. 강해져야 한다는 뜻이 아니다. 야구 국가대표는 국위 선양을 위한 도구도, 국가경쟁력의 척도도 아니다. 그 자체가 목적이 되어야 한다. 국가대표팀은 더 이상 경기만을 위한 조직이 아니며, 각 나라의 스포츠와 그 문화를 상징하는 하나의 브랜드와 같다. 대한민국 야구 국가대표팀 역시 사무라이 재팬과 사무라이 블루(일본 축구 국가대표팀), 나데시코 재팬(일본 여자축구 국가대표팀), 팀 USA(미국 야구 국가대표팀), 마틸다스(호주 여자축구 국가대표팀)와 같은 브랜딩이 필요하다.

이런 생태계의 체계화는 결국 그 사회가 야구라는 문화를 지속적으로 성장, 발전시키는 밑거름이 된다. 이런 안목과 시도가 필요하다. 우리가 어떤 비전을 갖고 그것에 진심이라면 이를 추진하기 위한 계획이 체계적으로 설계되고 실행되며 끝내 그 비전을 이룰 때까지 포기하지 않아야 한다.

한때 태극마크는 자긍심의 상징이었다. 국가대표가 되면 뭔가 큰 업적을 이룬 것 같았다. 국가대표라는 타이틀은 본인이 원한다고 해서 가질 수 있는 것이 아니다. 열심히 한다거나 한 시즌 잘한다고 해서 되는 것도 아니다. 꾸준히 잘해야 하고, 그 실력을 인정받아야 한다.

국제대회는 야구 팬은 물론, 온 국민의 시선과 관심이 쏠린다. 우승 혹은 금메달에 대한 기대감이 부담으로 다가올 수도 있지만, 그런 염려를 용기로 바꿔야 한다. 높은 목표를 바라볼 수 있다는 것 자체가 자랑스러운 일이다. 나 한 사람, 구단 하나가 아닌 국가와 국민 모두에게 의미 있는 기억을 남길 수 있는 기회가 아닌가.

야구 인프라가 열악한 국가에서는 선수들이 훈련도 제대로 하지 못한다. 그들은 야구를 무척 사랑하지만, 세계 무대에서의 기량은 여전히 뒤처지는 형편이다. 프로야구리그가 존재하는 나라는 얼마 되지 않는다. 미국이나 일본만큼은 아니지만 한국의 프로야구리그는 그 수준이 높은 편이다. 개선해야 할 점은 개선해나가는 한편, 이런 현실에 감사하는 마음도 있었으면 한다.

태극마크에 너무 큰 무게를 두지 말라는 의견도 있다. 스포츠인 만큼 선수들이 즐길 수 있도록 해야 한다는 주장이다. 그러나 즐기는 것과 열심히 하지 않는 것은 다르다. 스포츠에 있어서는 최선을 다하는 것이 바로 즐기는 것이다. 지더라도 최선을 다했다면 당당할 수 있다. 그런데 만약 국가대표 선수들에게는 이기고자 하는 간절함이 느껴지지 않는다면 그 스포츠 자체가 의미가 퇴색하게 될 것이다. 샌디에이고 파드리스는 WBC 출전 선수가 가장 많은 구단이다. 파드리스구단 단장은 선수들이 큰 무대를 경험하고 오면 더욱 성장해 있을 거라고 말했다. 싫은 내색은 전혀 없었다. 반면 우리는 국가대표 차출이 구단에 마이너스라고 생각하는 경우가 많다. 자주 국가대표에 뽑히는 선수들일수록 더 큰 책임감과 자부심을 가질 수 있게 리그 전체가 노력해야 한다. − park

국가대표팀을 꾸릴 때마다 리그에서는 구단의 눈치를 본다. 선수 '안배'를 통해 각 팀의 전력 '손실'을 비슷한 정도로 맞추려는 노력도 한다. 그런 배려는 국가를 대표하는 팀보다 구단의 전력을 우선하는 그들의 관점을 인정하는 것과 같다. 국가대표팀이라는 본래의 존재 이유에도 맞지 않을뿐더러 선수, 팀, 구단, 리그, 국가라는 공동체로 이어질 수 있는 가치를 만들어가야 하는 팀 스포츠의 본질에도 맞지 않는 일이라 생각된다.

마담 팡을
아시나요?

2024년 3월, 서울에서 메이저리그 개막
전이 열렸다. LA 다저스와 샌디에이고 파드리스가 고척 스카이
돔에서 맞붙었다. 국내에서는 사상 최초로 열린 메이저리그 경
기였다.

이때 샌디에이고 파드리스의 레전드이자 명예의 전당 헌액 선수,
전 LA 다저스 감독 글렌 호프먼의 동생이기도 한 트레버 호프먼과 이
야기를 나누었다. 호프먼은 메이저리그의 포스트 시즌 제도에 대한
아쉬움과 개선 방안에 대해 말했다. 와일드카드 게임과 같은 단판 승
부는 시간이 부족해서 생기는 상황이므로 메이저리그 정규 시즌을
162경기에서 154경기로 줄여야 한다는 것이다. 그렇게 해서 포스트
시즌을 여유롭게 치르면 방송 분량은 물론, 중계권 금액이 늘어나 리
그에 도움이 될 거라는 의견이었다. 잠깐의 대화였지만 놀라지 않을
수 없었다. 메이저리그의 구단 관계자들이 리그에 대해 얼마나 많은
고민을 하는지 알 수 있었고, KBO리그의 현실과 비교해볼 기회가 되
기도 했다. *– park*

트레버 호프먼과 대화하면서 KBO리그도 여러 사람의 이야기
에 귀를 기울였으면 좋겠다는 생각이 들었다. 선수든 프런트든
기자든 에이전시든 각자의 경험이 다른 만큼 느낀 점도 다를 것

이다. 이처럼 다양한 관점과 견해를 한데 모으면 리그가 더 좋은 방향으로 나아가는 데 도움이 되지 않을까 한다.

아쉽게도 우리 리그에는 우리 사회의 고질적인 문제점인 편 가르기가 그대로 존재한다. 구단 운영이나 야구 해설, 그 밖에 모든 영역에서 국내파와 해외파를 나누고, 선수 출신과 비선수 출신을 나눈다. 편 가르기를 하는 이유는 단 하나다. '내 편'을 챙기고 '남의 편'을 배제하기 위해서다.

2024년 봄, 2026 북중미 월드컵 아시아 2차 예선에서 태국과 맞붙은 한국은 1대 1로 비기면서 팬들에게 실망을 안겼다. 두 팀의 전력 차이를 생각하면 분명 충격적인 결과였다. 경기가 끝난 뒤, 마담 팡(Madam Pang)이라고 불리는 태국 축구협회장 이 화제가 되었다.

마담 팡은 태국 국가대표팀 단장 출신으로, 태국 역사상 최초의 여성 축구협회장이다. 축구를 향한 열정과 과감한 투자, 팬과의 적극적인 소통으로도 유명하다. 역대 태국 축구협회장 중에서 마담 팡만큼 인기를 끈 사람은 없었다. 그녀의 등장으로 태국 축구는 확실히 이전보다 발전했다. 우리나라 축구 팬들도 연신 부럽다는 반응을 쏟아낸다. 태국 축구협회에서 마담 팡에게 "축구를 해본 적은 있느냐"고 물어본 사람이 있을까.

뛰어난 경기력이 곧 리그의 수준을 결정한다는 것은 낡은 생각이다. 160킬로미터 공을 던지는 투수가 나온다고 해서 리그 수준이 높아지는 것은 아니다. 이제 리그에 소속된 선수들의 의식, 경기를 대하는 구단들의 자세, 팬과 지역사회에 기여하는 정도와 문화적인 가치 같은 것들이 중요해졌다. 한국프로야구도 달라져야 한다. 이분법적인 관점에서 벗어나 넓은 시각과 열린 마음으로 한층 더 수준 높은 리그를 향해 발을 내디뎌야 할 것이다.

5

백 년 뒤에도
지금처럼 할래?

아마추어 리그의 변화가
선진화의 첫걸음

고등학교 야구부에 있는 선수들의 꿈은 전부 같다. 바로 프로야구 선수가 되는 것이다. 더 어린 선수들도 크게 다르지 않다. 야구를 좋아하는 마음은 기특하지만, 한편으로는 걱정이 앞선다. 그들은 선수이기 전에 학생이다. 다른 학생들과 같이 꿈이 많은 학창 시절을 보내야 한다. 그들이 지닌 가능성은 무궁무진하다. 프로야구 선수가 될 수도 있지만, 요리사나 변호사, 게임 개발자, 사업가가 될 수도 있다.

유소년 선수들은 중학교에 갈 때쯤 진로를 선택한다. 야구를 계속하겠다는 선택은 야구에 인생을 걸겠다는 의미다. 우리 사회의 어른들은 아이들의 진로를 너무 빨리 결정해버린다. 야구

선수라고 하면 그때부터는 그냥 야구만 하게끔 한다. 이른 나이에 친구들과 완전히 다른 길을 걷게 된다. 아직 어린 만큼 얼마든지 꿈이 바뀔 수 있는데, 다양한 문을 열어두지 않는다.

바라는 대로 야구선수가 된다고 해도 언제까지 야구를 할 수 있을까. 길어야 40대 초반이고, 대개는 30대에 은퇴를 결정할 것이다. 평균 수명을 고려하면 살 날이 40년 이상 남는 셈이다. 그런데 야구 말고는 해본 것도, 할 줄 아는 것도 없다. 그것이 과연 아이들을 위한 길인지 잘 모르겠다. 정말 그들을 위한다면 많은 것을 배우며 성장하도록 도와야 하는 게 아닐까. – lee

아마추어 리그의 문제점을 지적하는 사람은 점점 늘고 있다. 그런데 환경은 쉽사리 변하지 않는다. 가장 먼저 바뀌어야 할 것은 스포츠에 대한 개념이다. 우리 사회에서 스포츠는 일상생활과 격리되어 있다. 운동을 하는 사람들은 운동만 해야 실력을 쌓을 수 있다고 생각한다. 스포츠가 발전한 사회를 보면 전혀 그렇지 않다.

스포츠 선진국의 유소년 교육에서는 남녀 할 것 없이 매일 다양한 종목의 운동을 시킨다. 한 가지를 좋아하는 아이가 있고, 여러 가지 종목을 두루 경험하는 아이도 있다. 그 과정에서 건강한 체력과 건강한 정신, 다른 아이들과 함께하는 스포츠맨십을 학습한다. 스포츠맨십이 깊이 자리 잡은 문화와 그렇지 않은 문화의 분위기는 꽤 다를 것이다. 그렇게 자란 아이들에게 스포츠는 일상의 한 부분이 된다. 대학교 야구선수도 다양한 직업을 꿈꾼다. 야구와 전혀 다른 분야를 공부하는 선수도 많다. 다른 세상으로 향하는 문은 얼마든지 열려 있다.

은퇴 이후에 과거 팀메이트들을 만나게 된다. 부동산 전문가, 금융 투자 전문가, 사업가 등 다양한 모습이다. 선수 생활 이후에 야구가 아닌, 학교에서 배운 자기 전공을 살려서 제2의 삶을 살아가는 모습을 보면서 부럽기도 하고 대단하다고 생각했다. — *park*

일본만 봐도 야구부가 꼭 야구선수를 위한 것은 아니다. 야구를 좋아하면 클럽에 가입할 수 있고, 그곳에서 잘하는 선수들이 고시엔을 준비하는 식이다. 우리는 그런 사례를 부러워하면서도 학생들에게 기회를 주지 않는다. 운동에만 전념하게끔 해야 성공한다는 생각으로 도리어 기회를 뺏는다. 국어도 공부하고, 수학도 공부하고, 미술도 공부할 수 있는 아이들을 운동에 올인하게 한다. 그렇게 어른들의 욕심에 희생당한다.

일본도 예전에는 우리와 비슷했다. 야구선수인 아이에게는 야구만 시켰다. 그런데 클럽으로 대변되는 문화가 자리를 잡으면서 야구의 사회적 저변이 넓어졌다. 그런 면에서 게이오 고등학교와 센다이 이쿠에이 고등학교가 맞붙은 2023년 고시엔 결승은 특히 상징적이다.

경기 전만 해도 대부분 센다이 이쿠에이의 승리를 점쳤다. 센다이 이쿠에이는 2022년에 우승을 거머쥔 강팀이었다. 특징은 선수들이 모두 빡빡 민 머리를 하고 있다는 점이다. 한마디로 야구 기계를 육성하는 팀이라고 할까. 반대로 게이오 선수들의 스타일은 우리가 생각하는 것과 거리가 있어 보였다. 그만큼 자유롭다는 뜻이리라. 경기는 게이오 고등학교의 승리로 끝이 났다. 무려 107년 만의 우승이라고 했다.

우리나라 학생 야구도 바뀔 때가 됐다. 야구 기계로 교육하면서 "다른 일도 할 수 있어"라고 말하는 것은 어불성설이다. 아이들에게 스포츠는 '누리고 경험하는 것'이어야 한다. 종목을 가리지 않고 다양하게 접하며 건강한 육체와 정신을 키울 수 있어야 한다. 그것이야말로 '진정한 어른'이 마련해줘야 할 환경이다.

여성이 참여하는
'우리들의 리그'

미래의 리그를 생각하면서 다뤄야 할 또 하나는 바로 여자야구에 대한 고민이다. 국제대회 성적에 대한 실망감이 깊은 와중에도 프로야구 팬은 늘어나는 기현상이 벌어지고 있다. 야구 예능 프로그램의 인기 덕분이기도 하지만, 여기에는 여성 팬들의 역할이 크다. 야구뿐 아니라 배구와 농구, 축구 모두 여성 팬을 끌어야 흥행할 수 있었다. 야구장에 여성 팬이 늘면 남성 팬도 늘어난다. 여자친구 혹은 아내와 함께 오기 때문이다. 이런 팬 중 누군가는 훗날 부모가 되고, 아이와 함께 야구장을 찾는다.

이런 관점에서 여성과 어린이를 집중적으로 마케팅한 구단은 과거의 OB 베어스다. 여성이 야구를 좋아해야 가족이 야구를 좋아하고, 한번 야구장을 찾은 아이는 성인이 되어서도 야구장을 찾을 거라는 계산이 깔린 마케팅이었다. OB 베어스는 팬클럽을 활성화하고, 여성과 어린이가 좋아할 굿즈를 제작했다. 프로야구 구단 중 최초로 어린이 회원을 모집하기도 했다. 성공적인 시도였다.

이제는 모든 구단이 여성 팬을 상대로 적극적인 마케팅을 펼치고 있다. 어린이 회원 모집도 활발하다. 다만 한 가지 아쉬운 점이 있다면 야구를 '보는' 것이 아니라 '하는' 주체로서의 여성은 설 자리가 별로 없다는 사실이다.

야구를 하고 싶어 하는 여자 어린이는 소프트볼이나 베이스볼5처럼 야구와 유사한 형태의 운동을 먼저 접한다. 그러다가 체격이 좀 커지고 힘이 생기면 야구를 시작하기도 하는데, 남자 어린이에 비해 수가 너무 적다 보니 그만두는 경우가 많다. 여자 어린이도 야구를 많이 할 수 있으면 좋겠다. 꼭 야구를 하는 것이 아니어도 누구나 공을 던지고 배트를 들어볼 수 있는 환경이 조성됐으면 한다.

성인 여자야구의 환경은 넉넉하지 않다. 여자야구연맹 회장을 맡고 있는 황정희 회장이 겪는 여자야구의 현실은 그라운드의 야구처럼 낭만적이지 않았다. 우리나라에는 여자야구 팀이 있는 학교가 존재하지 않고, 실업팀도 없다. 따로 직업이 있는 선수들은 시간을 쪼개고 주머니를 털어가며 야구를 한다. 공이나 배트 같은 장비는 당연히 부족하다.

다이노스 사장으로 초기에 사회인야구 선수 황 회장을 알게 됐다. 그는 구단에 용품 지원 가능성을 문의했는데, 나는 황 회장에게 역으로 제안했다. 용품 지원은 물론 유니폼도 제작해줄 테니 팀 이름을 다이노스로 해달라고 했다. 그렇게 W(더블유) 다이노스가 탄생했다. W 다이노스는 국내 대회에 참가하고 NC 다이노스 경기에 응원도 왔다. 야구공과 유니폼만 주고 다이노스라는 이름의 팀을 하나 더 얻은 셈이었다. — *lee*

2024년 현재 여자야구연맹에 등록된 팀은 45개이고, 선수는 880명에 달한다. 숫자는 전보다 늘었지만 갈 길은 여전히 멀다. 2004년부터 시작된 WBSC 여자야구월드컵에는 네 번 출전했다. 대한민국 여자야구대표팀은 일본을 만날 때마다 점수를 내지 못한다. 어쩌다가 영봉패를 면하는 정도다. 당연한 결과다. 대회 금메달은 2008년부터 쭉 일본이 차지하고 있다. 프로야구 리그의 지원을 받으며 체계적인 훈련을 받는 실업팀과 사회인 야구팀의 실력을 어찌 비교할 수 있을까.

앞으로는 점점 나아질 것이라고 믿는다. 황 회장과 선수들을 비롯해 여자야구의 발전을 위해 애쓰는 사람들이 많기 때문이다. 이전부터 여자야구에 관심을 쏟았던 양상문 코치는 국가대표팀 감독을 맡아주었고, 정근우와 이동현, 정용운 등이 코치로 나섰다. 스포트라이트를 받기 힘든 자리임에도 아무런 대가 없이 재능 기부를 하고 있으니 박수를 보낼 만한 일이다.

야구는 이른바 4대 스포츠로 불리는 축구, 배구, 농구 등에 비해 유난히 여성의 존재감이 약하다. 야구는 여성에게 친절하지 않았고, 사회는 여자야구를 몰랐다. 야구 종주국이라는 미국에서도 여자야구를 소재로 한 영화의 제목은 〈그들만의 리그(A League of their own)〉였다.

우리의 관심은 항상 지금의 야구, 그다음을 향해야 한다. 한국 여자야구가 활성화되면 W 다이노스처럼 각 구단에 여자야구 팀이 생길 수도 있다. 그 팀들로 또 하나의 리그를 만들 수도 있다. 프로야구의 여성 팬들은 야구를 더욱 사랑하게 될 것이고, 여자야구 국가대표팀이 좋은 성적을 거두는 날도 올 것이다.

세상의 절반은 여성이다. 야구하는 여성이 늘어나면 우리 야구의 저변도 자연히 넓어진다. 여성들이 자유로이 야구를 할 수 있도록 하루빨리 판을 짜주었으면 한다. 내가 하지 않으면 그들만의 리그지만, 내가 참여하는 순간 그 리그는 '우리들의 리그'가 된다.

국제 리그 개척,
우리도 할 수 있는 일

스포츠가 가진 장점 중 하나는 언어의 장벽이 낮다는 것이다. 야구는 물론이고, 어떤 스포츠든 국가가 다르다고 해서 규칙이 다르지는 않다. 국내의 뛰어난 선수들이 해외의 더 큰 리그에 진출하고, 빅리그의 클럽이 우리나라에 와서 방문 경기를 하는 것도 자연스럽다. 1998년부터 시작된 KBO리그의 외국인 선수 영입 제도 역시 그런 교류를 활발히 하는 계기가 되었다.

메이저리그 팀들이 서울에 와서 정규 시즌 개막 경기를 하는 시대다. 우리도 꾸준히 해외 진출을 모색할 필요가 있다. 구단은 시장 개척의 관점에서 그 그릇을 키워야 한다. 그래야 더 많은 것을 담을 수 있고, 나눌 수 있기 때문이다.

이와 관련해서 무척 아쉬운 사례도 있으니, 바로 질롱 코리아(Geelong-Korea)의 역사다. 질롱 코리아는 호주의 빅토리아주 질롱을 연고로 하는 프로야구 팀이다. 대한민국 선수로 이루어진 팀이며, 실전 경험을 쌓으라는 뜻에서 KBO리그의 유망주들이 파견되기도 했다. 수년간 호주 프로야구리그(ABL)에도 참가했지만, 2023~2024 시즌부터는 운영상의 어려움으로 불참하게 되었다.

이 소식을 들었을 때, 피터 오말리 전 LA 다저스 구단주가 떠올랐다. 그가 2000년대 초반에 호주프로야구 팀을 사려고 시도한 적이 있기 때문이다. 오말리는 호주의 야구 팀을 산 다음, 태평양을 쭉 돌면서 여러 나라의 야구 팀을 사고, 최종적으로는 그 모두를 하나의 리그로 만드는 비전을 가지고 있었다. 한국, 일본, 대만이 모두 그 리그에 참가하면 메이저리그 버금가는 규모의 리그가 만들어지는 것이다. 오말리 씨로부터 그 이야기를 들었을 때 가슴이 두근거렸다. 정말 멋진 계획이었다. – *lee*

피터 오말리는 1970년 아버지 월터 오말리의 뒤를 이어 LA 다저스 회장에 취임했다. 월터 오말리는 최초로 흑인선수를 리그에 등장시켰고, 그다음에는 멕시칸, 아시안 등을 등장시켰다. 다저스는 그런 의미에서 '처음'을 만들어내는 구단으로 유명하고 아시아에서는 오히려 양키스보다 더 주목받는 팀이 되었다. 노모, 박찬호에 이어 오타니까지 아시아의 주요 스타들이 다저스에서 활약했다. 구단주가 직접 움직이는 모습을 보이며 열정을 다했다. 피터 오말리는 1998년 미디어 황제 루퍼트 머독에게 구단을 팔 때까지 28년간 다저스의 소유주이자 최고 경영자로 일했다. 국제 야구계에서는 다저스라는 팀의 구단주를 넘어 활발한 야구 외교를 벌인 야구 대사(Baseball Ambassador)로 알려져 있다.

오말리는 야구 보급을 위해서 70년대에 미국과 적대 관계였던 소련과 중국에 야구장을 지어주기도 했다. 올림픽에 야구가 정식 종목으로 채택되는 데도 가장 큰 역할을 했다. 1984년 LA

에서 올림픽이 열렸을 때, 그 기회를 놓치지 않고 야구 국제화의 계기로 삼은 것이다.

1982년 한국에 프로야구가 출범하는 데 메이저리그 커미셔너인 보위 쿤과 KBO의 서종철 총재, 한국의 삼성 라이온즈와 일본의 요미우리 자이언츠의 가교 역할을 한 것도 오말리였다. 그래서 한국프로야구의 탄생과 발전을 말할 때에도 빼놓을 수 없다.

오말리는 다저스 회장 자리에서 물러난 뒤에도 LA에 투자회사를 만들고 국제 야구 발전과 교류에 있어 식지 않는 열정을 과시했다. 호주의 프로야구 팀을 사려고 한 것도 국제적인 리그를 만들기 위한 프로젝트의 첫 단계였다. 세미프로 초기 단계인 호주 야구는 단단하지 못해도 꽤 잘 짜인 리그를 갖추고 있다는 것이 오말리의 생각이었다. 오말리는 박찬호와 이태일에게 그 이야기를 들려주며 "생각만 해도 멋진 계획"이라고 말했다.

호주 구단 관계자들이 망설이면서 오말리의 노력은 수포로 돌아갔지만, 오말리에 따르면 메이저리그는 단지 미국의 것이 아니다. 세계의 것이 된 지 오래다. 오말리는 이렇게 말했다.

"선수들도 그렇지만, 구단 소유주 역시 그리스계와 아일랜드계, 유대인 등 다양합니다. 이런 팀들이 지역별로 구단주의 연고지 관련 국가들과 국제교류 협약을 맺는다고 상상해보세요. 전 세계 야구가 하나의 모체를 갖고, 활발한 교류를 하는 데 큰 힘이 될 것입니다. 자꾸 해외로 눈을 돌리고, 국제교류를 해야 합니다. 그러면 전체의 파이가 커지고, 시너지가 커질 거예요."

백번 옳은 말이다. 한국야구도 큰 그림을 그릴 때가 되었다.

이런 그림을 그리는 게 오늘 당장의 우승과 무슨 상관이 있느
냐며 미뤄두면 결국 퇴보한다. 우리 야구는 지나치게 소극적이
다. 작고 비좁은 우물 안에서 아옹다옹하고 있는 것 같다. 한국
야구는 백 년이라는 시간을 지나왔다. 이제는 우물에서 벗어나
세계로 눈을 돌려보는 게 어떨까. 더 크게 상상해야 지킬 수 있
는 곳이 바로 우리의 KBO리그다.

　한국으로 이주해서 살고 있는 동남아인에게도 꿈과 희망, 삶에 활
력을 줄 수 있는 계기를 마련하고 싶다. 그 나라에서 온 선수가 한국
리그에서 뛴다면 어떨까. 박찬호가 메이저리그에서 뛰면서 지친 교
민들에게 활력을 불어넣은 것처럼 말이다. 이렇게 다문화 리그로 성
장했으면 좋겠다.
　팀이 캠프 장소를 동남아로 바꾸고, 현지에서 연습경기를 한다면
그 나라 사람들, 특히 유소년들이 보면서 야구를 좋아하는 데에 일조
할 것이다. 노래와 춤 등이 어우러진 야구장 문화를 보여주다 보면 자
연스럽게 다양한 한국 콘텐츠를 접할 수도 있을 것이다. 언젠가 그런
모습을 본 아이들이 한국의 박찬호와 같은 선구자로 등장할 수 있지
않을까. 미래를 위해 야구가 이런 모습을 그릴 수도 있을 것이다.
　코로나 팬데믹 때 미국인이 한국야구를 보기도 했지만 관심은 잠깐
이었다. 그들이 한국 팀의 유니폼을 입거나 모자를 쓰는 모습도 볼 수
없었다. 비싼 돈을 주고 쓰는 용병의 효과가 무엇인지도 고민해야 한
다. 용병에 투자하는 돈으로 동남아에 투자할 수 있다면, 한국야구가
아시아의 야구 거목이 될 수도 있으리라는 꿈을 가져본다. *– park*

The magic of baseball lies not only in the game itself,
but in the stories and friendships forged along the way.

— Joe Garagiola

야구의 마법은 게임 자체에만 있는 것이 아니라
그 과정에서 쌓인 이야기와 우정에도 있다.

— 조 가라지올라 포수, 스포츠 아나운서

Believe in Your Baseball

팬

팀의 운명을 결정짓는
절대 반지

1
꼴찌 팀에
열혈 팬이 있는 이유

팬의 힘으로
강해져라

1990년대 중반 현대 유니콘스를 보면 성적만 좋다고 해서 팬이 생기는 것은 아니다. 승수만큼 팬이 쌓이는 것이라면 지난 몇 년간 부진했던 한화는 팬이 적어야 하지만, 오히려 팬덤 최상위권의 인기 구단이다.

선수도 마찬가지다. 실력만이 아니라 인상, 행동, 말투, 개성 등 어떤 부분이 자신의 마음에 들어올 때, 우리는 그 선수를 좋아하게 된다. 그리고 한번 팬이 되면 엄청난 애정을 갖는다. 성적이 좋고 인기가 많을 때는 물론, 슬럼프에 빠지거나 부정적인 여론이 생겨도 쉽게 변하지 않을 만큼 맹목적인 마음이 생긴다. 팬으로서 응원하고, 팬이기 때문에 미워하고, 팬이니까

다시 사랑한다.

2024년 3월 1일 프로축구 수원삼성 블루윙즈와 충남아산FC의 경기가 열렸다. 그날 수원 월드컵경기장에는 14,196명의 관중이 모였다. 크게 보일 수도 작게 보일 수도 있는 숫자다. 이들은 K리그라고 부르는 프로축구를 보러 온 것이 아니었다. 2부리그, 야구로 친다면 퓨처스리그를 보기 위해 그토록 많은 사람이 모인 것이다. K2리그 역대 최다 관중이었다.

2부리그 1만 4천여 명의 관중이 의미하는 것은 무엇일까. 스포츠에서는 우월한 경기력뿐 아니라 선수와 팀, 리그가 구축한 팬덤(fandom)이야말로 소중한 자산이 된다는 점이다. 수원삼성 블루윙즈는 1995년에 창단한 프로축구 대표 구단이다. 축구 FA컵 5회, 리그컵 4회로 최다 우승이라는 기록을 가지고 있으며, 두 번이나 아시아 챔피언에 오른 팀으로 우리나라를 대표하는 구단이라고 할 수 있다. 그 과정에서 '그랑 블루' '프렌테 트리콜로'라는 최고의 서포터스를 갖게 되었다.

2023년 최악의 성적으로 강등이라는 수모를 겪었지만, 2024년 2부에서 시작된 첫 경기에 팬들은 변함없는 애정과 충성도를 보여주었다. 블루윙즈라는 구단의 가치가 여전히 최정상급이라는 사실을 보여준 것이다.

유명한 스포츠 다큐멘터리 〈죽어도 선덜랜드〉는 프리미어리그에서 강등된 잉글랜드 축구클럽 선덜랜드의 선전을 기원하는 신부의 간절한 기도로 시작된다. 2부리그에서 2017~2018 시즌을 시작한 선덜랜드는 프리미어리그 복귀를 위해 갖은 노력을 한다. 수원삼성의 2024 시즌은 이때의 선덜랜드를 닮았다. 수원삼성의 팬 역시 간절한 마음으로 1부 복귀를 바랄 것이다.

그런 팬덤을 갖게 되기까지 수원삼성은 명문 구단이라는 자격을 얻기 위해 애썼다. 그 자격은 수많은 챔피언 트로피를 통해 주어졌으며, 그 과정에서 한 시대를 풍미한 스타 플레이어들이 수원의 푸른 유니폼을 입었다.

팬-스타 플레이어-챔피언십은 마치 삼각형의 꼭짓점처럼 연결되어 있다. 이 세 가지는 함께 성장하고, 함께 퇴보한다. 셋 중 하나가 곤두박질치기 시작하면 다른 것도 떨어져 결국 팀이 바닥으로 가라앉기 쉽다. 순환적 가치이기도 해서 어느 한 가지를 먼저 얻고, 다른 것을 나중에 얻을 수 없다. 이 셋은 항상 끊임없이 동시에 추진해야 하고, 그 가운데 가장 기본이 되는 것은 다름 아닌 팬이다. 팬이야말로 스포츠의 토대가 된다.

스포츠,
팬의 마음을 어루만지는 일

프로야구에서 팬은 엄청나게 큰 부분을 차지하고 있고, 마땅히 그래야 한다. 프로야구는 산업이고, 수익을 만들어내야 하기 때문이다. 팬을 모으지 못하면 선수들의 연봉을 지불할 수 없고, 좋은 선수를 키워낼 수도 없다. 그래서 선수와 구단 간의 계약에는 경기력뿐 아니라 팬을 대하는 태도 역시 지침에 포함되어 있다.

연봉이 백만 달러인 선수가 있다면 야구 실력은 당연하고, 팬을 아우르는 능력까지 합해서 백만 달러짜리여야 한다는 뜻이다. 선수들의 연봉은 경기 성적만으로 책정하는 것이 아니다. 구단은 선수에게 프로 정신을 요구한다. 그중 하나가 팬과의 소통이다.

팬이 많으면 승리할 힘이 생기고, 승리하다 보면 팬이 생긴다. 팬을 얻는다는 것은 사람의 마음을 얻는 것과 같다. 사람의 마음을 움직이는 것은 논리와 이성이 아니다. 어떤 위력이나 강요 없이 스스로 마음을 열고 바라볼 때 자연스레 일어나는 감정이다. 진심 이외의 방법은 없다. 오로지 진심만이 그들의 마음을 움직일 수 있다.

진심은 일회적이고 단기적인 마케팅으로 전달할 수 없다. 묘목을 심고, 나무로 키워 열매를 기다리는 것과 같은 꾸준한 마음이어야 한다. 그러나 대부분의 구단과 리그는 지금 당장의 성적을 우선할 수밖에 없다는 생각에 이런 일에 소홀하기도 하다. 대부분 당장의 이익, 성적과 숫자를 먼저 챙기려 한다.

다 같이 즐거워야 할 '한여름 밤의 축제' 올스타전이 한때 잡음의 온상이 된 적이 있다. 2005년에는 올스타에 뽑히고도 부상을 이유로 불참한 선수들이 있었다. 한국야구위원회는 해당 구단에 세 경기 출전 정지 조치를 권고했다. 팬들의 투표로 뽑힌 만큼 경기장에 나와 최소한의 성의는 보였어야 한다는 이유였다. 그들은 후반기 첫 경기 컨디션 조절을 위해 올스타전을 기피했다는 의혹을 샀다. 구단들은 지나친 통제라는 반응이었다. 올스타전보다 정규 시즌 한 경기가 중요하다고 생각했을지 모른다.

올스타전은 팬과의 약속인데 우리 프로야구는 구단의 승리, 선수의 기록 등 당장 눈에 보이는 숫자를 위해 팬과의 약속을 가볍게 여기는 경향이 있다. 승패와 기록에 반영되지 않는 올스타전이 정규 시즌에 비해 오히려 그 온도가 차가운 배경이다.

우리는 팬에게 선수가 경외의 대상이라고 생각하지만, 사실은 그 반대다. 프로선수에게 팬은 경외의 대상이어야 한다. 자신이 존재하는 의미이기 때문이다. 팬과 약속했다면 경기에 뛰지는 못하더라도 유니폼을 입고 모습을 보여주었어야 한다. 그게 프로선수의 직업의식이자 소명의식이다. 부상이 아니라면 구단에서 말려도 선수가 나가는 것이 옳고, 선수가 피하면 구단에서 내보내는 것이 옳다. 올스타 경기에 뛰지 않는 올스타는 올스타가 아니다. 간발의 차이로 올스타가 되지 못한 선수에게 그 자격이 돌아가야 한다.

경기를 이기는 것만큼이나 중요한 것은 팬의 마음을 어루만지는 것이다. 우리는 스포츠를 보면서 다른 사람의 삶을 산다. 내가 응원하는 선수와 팀의 승리 혹은 패배에 함께한 것과 같은 기분을 느낀다. 같이 던지고, 같이 치고, 같이 던지는 마음으로 함께 울고 웃는다. 경기가 한창 달아오를 때면 팬의 마음은 선수의 마음과 하나가 된다. 이렇게 감정이 전이될 때 비로소 '통합'이 이루어진다. 그 순간의 기쁨은 무엇과도 바꿀 수 없다.

팬 서비스가 아니라
고객 응대의 시대로

각 구단은 한 시즌에 72번의 홈경기를 치른다. 달력을 쫙 펼쳐놓고 이날은 무슨 날이지, 하면서 마케팅 계획을 세운다고 해보자. 팬들의 사랑을 받았던 프랜차이즈 스타들의 데뷔나 은퇴 날짜만 따져봐도 많은 이벤트가 가능하다. 이런 이벤트를 지속하기 위해서는 은퇴 선수나 연고지 출신 선수, 구단이 서로를 존중하고 예우해야 할 것이다.

레전드 선수들과 구단이 은퇴 이후에도 추억과 존경심을 간직하고 서로 예우하는 문화는 그 선수가 유니폼을 벗은 이후에도 살아 있게 함으로써 팬들에게 그 스토리와 시대를 연결해준다. 한국프로야구 최고의 스타 최동원이 롯데 유니폼을 입고 은퇴하는 모습을 보지 못해 아쉽지만 11번이 적힌 그 유니폼은 사직구장에 영구결번으로 남아 있고, 은퇴 경기에서 연타석 홈런을 때려낸 이승엽 두산 감독은 현재 다른 유니폼을 입고 있지만 삼성의 영원한 전설로서 팬들의 가슴에 있지 않은가.

SSG 랜더스의 전신 SK 와이번스의 황금기를 이끌었던 김성근 감독이 팀을 옮긴 뒤 인천 문학경기장에 방문했을 때 팬들은 열광했다. 은퇴한 스타들이 한 번씩 경기장을 찾는다면 팬들에게는 기억에 남는 선물이 될 것이다. 은퇴한 레전드를 초대하는 것은 그 레전드에 대한 대우이기도 하지만, 향수를 가진 팬에 대한 예우이기도 하다.

우리는 팬과의 관계를 상징하는 표현으로 '서비스'라는 말을 주로 쓴다. 그런데 팬을 고객으로 예우하는 개념이라면 '응대' '트리트 (treat)'라는 개념을 추천하고 싶다. 구단이 공급자이고 팬이 소비자라면 구단은 팬을 어떻게 응대할 것인지 생각해야 한다. — lee

'서비스'라고 하면 공짜라는 생각이 들 때도 있다. 식당에서도 "서비스예요"라고 하면서 무료 음식이나 음료를 주곤 한다. 구단이나 선수가 팬 서비스를 잘해야 한다고 하면 어쩐지 공짜로 티켓이나 기념품을 제공해야 할 것 같은 느낌이 든다. 이런 개념은 선수에게도, 팬에게도 썩 좋지 않다. '공짜로 제공한다'는 마인드는 선수와 팬을 시혜자와 수혜자로 만든다. 팬은 선수가 베푼 은혜가 아니라 마땅히 받아야 할 대우를 받는 사람이다.

팬들의 요구에 따른 사인이나 사진도 공짜가 아니다. 돈을 받아야 한다는 뜻이 아니다. 팬과 선수에게 지나치게 당연한 것, 아무나 얻을 수 있는 것이 되어서는 안 된다는 의미다. 좋아하는 선수의 사인을 받고, 함께 사진을 찍기 위해 기다리는 행위 자체가 시간과 노력을 지불하는 것이다. 사인과 사진은 그처럼 소중한 것이어야 한다.

구단이든 미디어든 이벤트 명목으로 선수에게 수십 개의 사인볼을 요구해서 뿌리는 일도 지양해야 한다고 본다. 보다 의미 있고, 가치 있으며, 꾸준히 이어지는 마케팅을 고민해보자. 야구가 소중한 추억이 될 수 있도록. 그래서 구단과 선수가 정말로 잘해야 할 것은 팬 서비스보다 팬 트리트먼트, 고객 응대라고 생각한다.

진심이 전해지는 인터뷰는
어떻게

결국 선수와 팬 사이의 커뮤니케이션이 매우 중요하다. 어떻게 마음을 주고받을 수 있을까.

메이저리그에 가기 전부터 지금까지 수없이 많은 인터뷰를 했다. 마이너리그에서 메이저리그로 다시 올라왔을 때는 통역 없이 인터뷰하는 것에 익숙해져야 했다. 마이너리그에서는 인터뷰 기회가 많지 않아서 괜찮았지만, 다시 컴백하니 매일 인터뷰를 해야 했는데, 특히 미국 언론과의 인터뷰가 힘들고 두렵기까지 했다. 질문을 이해하는 것, 말을 고르고 잘 나열하는 것, 말이 아닌 대화를 하는 것 모두 쉬운 일이 아니었다. 시간이 지날수록 익숙해져서 나중에는 인터뷰를 통해 그날 하루를 돌아보고 정리하게 되었다. 또한 다른 선수들의 인터뷰 내용을 찾아보며 공부도 하게 되었다. — *park*

일단 질문의 의도를 파악하려고 노력하는 것이 좋다. 상대가 왜 이런 질문을 할까, 어떤 점이 궁금한 것일까, 잠시 생각을 한 뒤에 답해야 한다. 그렇게 하지 않으면 엉뚱한 답을 하게 되고,

제대로 답을 해도 의미가 왜곡되기 쉽다. 표현은 최대한 부드럽게 하고, 유머를 곁들이는 것도 좋다. 우리는 말의 내용을 중요하게 여기지만, 그 내용을 표현하는 방식도 무척 중요하다. 사람을 움직이는 것은 이성보다 감정이기 때문이다.

무엇보다 중요한 것은 당당한 태도다. 경기 내용이 좋지 않았다고 해서 너무 주눅 들지 않았으면 좋겠다. 야구에서의 실수나 실패가 결코 죄는 아니다. 자책도, 자만도 아닌 오늘의 경기에서 배운 것을 진솔하게 이야기한다면 선수 자신은 물론 팬들에게도 의미 있는 인터뷰가 될 것이다.

가장 좋은 인터뷰의 재료는 진심이다. 말이 아무리 유창해도 진심만큼 강력할 수는 없다. 2024년 8월 24일 한화 이글스 이상규 선수의 인터뷰를 기억하는 이들이 많을 것이다. LG 트윈스에서 공을 던졌던 이상규는 좀처럼 1군 마운드에 오르지 못하다가 육성선수로 전환됐다. 결국 보호선수 명단에서 제외된 뒤 한화로 이적했다. 그리고 무려 1,553일 만에 승리 투수가 된 뒤, 인터뷰에서 뜨거운 눈물을 쏟았다. 말을 잇지 못하는 시간이 한동안 이어졌다. "야구가 너무 하고 싶었다"는 그의 울먹임을 지켜보던 관중들은 함께 눈시울을 붉혔다.

선수들은 승리라는 결과를 거머쥐기 위해 노력하지만, 팬들은 그 과정에서 보이는 노력과 열정, 진심에 더 많은 감동을 받는다. 그런 가치야말로 팬들이 스포츠에 열광하는 이유일 것이다. 분명히.

2
추억은 공간과 함께
만들어진다

야구장을
소중하게 생각해주는 것 같아서요

1997년에 지금은 사라진 팀 쌍방울 레이더스의 전지 훈련을 취재하기 위해서 일본 오키나와에 갔다. 처음 가보는 구장이라 잠시 헤매다가 외야 쪽 출입구를 찾았다. 운동장에 들어서면서 습관적으로 옷매무새를 다듬었다. 얼마 후, 3루 쪽 더그아웃으로 걸어가 김성근 감독을 만났다. 김 감독은 궁금했던 점에 대해 차분하고 자세하게 설명해주었다. 말이 없고 무뚝뚝하기로 유명한 분이었기에 무척 반가우면서도 의외라는 생각이 들 정도였다.

"왜 친절히 설명해주는지 알아요?" 김성근 감독이 내게 물었다. 잘 모르겠다고 대답하자 의외의 말이 나왔다. "당신이 아까 들어올 때… 야구장을 소중하게 생각해주는 것 같아서 기분이 좋았어요." – lee

도리어 그 말을 들은 이후부터 이태일은 야구장을 좀 더 소중하게 생각하려고 애썼다. 선수와 코치진뿐 아니라 기자에게도, 무엇보다 팬들에게도 야구장은 소중한 장소 아닌가.

다쓰나미 가즈요시라는 선수가 있다. 일본프로야구 주니치 드래건스의 레전드다. 그는 훈련이든 경기든 유니폼을 갈아입고 그라운드에 들어서기 전이면 꼭 모자를 벗어 고개를 숙이고 잠깐 묵념을 한다. 자신의 젊음을 바치는 그 땅에 감사와 존경심을 표현하는 자기만의 의식이다.

메이저리그 애리조나 다이아몬드백스의 레전드 선수인 루이스 곤잘레스는 주말이면 방망이 몇 자루를 교회 한구석에 놓아두었다가 월요일에 그 방망이를 챙겨 운동장에 나갔다. 자신이 섬기는 하나님의 기운이 방망이에 스며들게 하고, 그런 신성한 마음가짐으로 한 타석 한 타석을 맞이하겠다는 의도였다. 곤잘레스가 아니더라도 타석에 들어설 때마다 성호를 그으며 마음가짐을 새롭게 하는 선수들을 우리는 곧잘 볼 수 있다.

오릭스 버팔로스에서 선수들이 그라운드에 고개 숙여 인사한 후 잔디를 밟는 모습을 보고 의아했다. '사람들에게는 존중을 표했지만, 물건이나 장소에 대해서 존중을 표하는 것은 미처 생각하지 못했구나'라고 느꼈다. 그러면서 스스로 조금 부끄러워져서 선수들의 행동에 동참했다. 야구장을 대하는 마음가짐, 훈련이든 경기든 그라운드에서 할 일에 대한 목적의식이 더 깊어진 것 같다. 이치로 선수는 야구 방망이와 글러브를 직접 닦는다고 한다. 그만큼 행동 하나하나에

자기 자신과 그 대상에 존경심을 갖고 있다는 뜻이다. *– park*

   이런 선수들은 팬들을 감동시킨다. 얼마나 최선을 다해 뛰고 싶어 하는지, 그것을 보여주는 선수들의 열정은 그들을 응원하는 이들의 열정도 뜨겁게 달군다.

야구의 특성에 맞는
팬 문화 만들기

                각 스포츠마다 그 스포츠의 특징에 맞는 팬 문화가 만들어진다. 야구에는 여백의 미가 있다. 농구와 축구, 배구는 시선을 뗄 겨를이 없다. 그랬다가는 중요한 장면을 놓칠지도 모른다. 반면 야구를 볼 때는 한눈을 좀 팔아도 괜찮다. 박진감은 좀 떨어질지 몰라도 여유롭게 즐길 수 있다는 점이 야구의 장점이기도 하다.

   야구를 보다 보면 공수 교체 시간도 있고, 투수 교체 시간도 있다. 경기장을 찾은 사람들은 이때를 틈타 치킨이나 핫도그를 사러 간다. 기다리는 줄이 길다 보니 새로 짓는 구장에는 '픽앤고(pick and go)'라는 시스템이 생겼다. 미리 주문하고 음식이 나올 때쯤 가서 픽업하는 방식이다. 팬들은 줄을 서서 기다릴 필요가 없어 좋고, 구단은 더 많은 수익을 올릴 수 있어 좋다. 줄을 서 있는 동안에는 돈을 쓸 수 없기 때문에 대기 시간을 줄여주면서 돈을 더 쓰게 하는 것이다. 팬들을 만족시키는 동시에 실속까지 챙기니 말 그대로 윈윈이다.

추억은 공간과 함께 유지되고 전통이 된다. 우리 스포츠에서 경기장의 중요성이 더 커지면 좋겠다. 평창 동계올림픽이 끝난 뒤 경기장을 비롯한 많은 시설이 폐쇄되거나 텅 빈 채 덩그러니 남아 있다는 뉴스를 본 적이 있다. 처음 대회를 유치할 때는 엄청난 경제적 파급 효과를 운운했지만, 평창의 레거시는 화려함과는 거리가 멀다.

NC 다이노스 창단을 준비할 때, 창원에서는 진해에 야구장을 짓겠다고 했다. 야구를 보기 위해 일부러 찾아가는 곳이니까 도심과 조금 떨어져 있어도 괜찮을 거라는 판단이었다. 그러나 정작 야구장은 도심 한가운데에 있을 때 팬들에게 더 좋은 경험을 준다. 구단에서는 필사적으로 노력해 진해로 가는 것을 마산으로 되돌렸다. 그런 점에서 서울 동대문 야구장이 없어진 것은 무척 안타까운 일이다. – lee

1998년에 다저스가 잔디를 교체하는 작업을 했다. 집에서 쉬고 있는데 구단에서 소포가 왔다. 전에 쓰던 잔디 덩어리를 투명한 케이스 안에 넣어서 선수들 각자에게 기념으로 준 것이다. 내가 서봤던 곳의 잔디였기 때문에 더 감동을 느꼈다. 좋은 것만 찾기보다는 이런 것들을 기리는 것도 중요하지 않을까. 양키스는 야구장을 새로 지으면서 팬들을 상대로 예전 벽돌, 의자 등을 경매에 부치기도 했다. 역사가 있기에 그만큼 가치가 있는 것이다. 야구장 안에 숨 쉬던 기억과 추억

을 혹시 우리는 무시하는 게 아닐까. — *park*

　동대문운동장역(현 동대문역사문화공원역)은 여러 개의 지하철 노선이 지나는 곳이었다. 사람들이 경기를 보러 오기에도 좋았고, 집에 돌아가기에도 좋았다. 평일 경기가 연장전까지 가면 11시가 넘어서 끝나기도 한다. 교통이 불편한 곳에 경기장이 있으면 집에 돌아갈 걱정에 경기를 제대로 즐기기 어려워진다. 접근성은 스포츠 경기장의 필수 요소다.

　야구 경기장이 홀대받는다면 이는 곧 팬에 대한 홀대이기도 하다. 경기장은 항상 우리 근처에 있는 게 좋다. 또한 야구뿐 아니라 다양한 행사의 장소로 활용되어야 한다. 콘서트를 비롯해 다양한 공연이 펼쳐지면 지역 문화 수준도 높아지고, 시민의 교양 수준도 높아진다. 문화의 확장성이란 이런 것이다. 스포츠 팬만이 아니라 지역사회와 시민들을 위한 야구장이 오고 가기 편해야 하는 이유다.

　또 한 가지, 야구장이 야구장 이상의 의미를 지녔으면 좋겠다. 야구 또한 야구 이상의 문화로 발전하길 바란다. 프로야구 역사가 반백 년을 향해 가고 있다. 해태 타이거즈와 같은 구단은 세계에 내놓아도 손색이 없을 만한 문화와 전통을 가졌는데, 그 멋진 스토리를 전국의 시민 나아가 세계의 야구 팬들이 영상으로 즐길 수 있다면 얼마나 좋을까. 그런 히스토리가 박물관에 존재하는 것만이 아니라 대중이 쉽게 즐길 수 있는 콘텐츠가 되는 날을 기다리게 된다.

3
지역, 어린이 그리고
나라는 팬과 함께

지역의 사람들과 더 가깝게

        LA 다저스에서 인턴으로 일하던 1994년, 구단주
는 여러 가지 숙제를 내줬다. 한번은 커뮤니티 어페어스(Community Affairs) 파트에 참여하라는 과제를 받았다. 운영팀이나 홍보팀, 마케팅팀은 한국에도 있는 조직이었지만, 커뮤니티 업무팀이라니 영 낯설었다. 대체 무슨 일을 하는 걸까 궁금했는데, 그날의 업무는 지역 병원에 방문하는 것이었다. 다저스 구단에서 왔다고 하자 병원 직원들과 환자들이 무척 좋아했다. 평소에도 구단 직원들과 선수들이 다양한 지역 시설에 방문해 사람들을 만난다고 했다. 커뮤니티 업무팀은 그런 일을 맡아서 하는 조직이었다. — lee

    이와 같은 업무가 야구랑 무슨 상관인가 싶은 사람도 있을 것이다. 왜 구단이 이런 부서를 두고 유능한 사람들에게 월급까지 줘가면서 지역사회를 위해 일해야 하나, 라는 의문이 들 법도 하다. 실제로 돈이 생기는 일도 아니었고, 오히려 돈이 드는 일이었다. 그러나 지역에서 다저스라는 구단의 문화를 지속적으로 유지하기 위한 투자이자 노력이었다. 그 전통은 시간이 지나고 세대가 바뀌어도 계속 이어졌다. 다저스는 지역사회에 단단한 뿌리를 내리고 있었다.

이뿐만이 아니라 메이저리그에서는 다양한 행사에 레전드 선수들을 초청한다. 구단이 당연히 해야 할 일이기도 하고, 그런 활동을 많이 할수록 기반이 더욱 탄탄해진다고 여긴다.

경기장에서 봤던 선수들과의 만남은 지역 팬들에게 큰 행복을 안겨준다. 팬심은 깊어지고, 더 많은 사람이 야구장을 찾는다. 구단 유니폼을 비롯한 굿즈의 판매량이 늘면서 구단이 버는 돈도 많아진다. 그야말로 선순환이다.

팬을 위한 이벤트가 야구장 밖에서도 이어지는 것이다. 시간적으로나 공간적으로나 단절되지 않고 연결되는 문화가 만들어진다. 은퇴한 선수들 중에도 번거롭다고 여기는 사람도 있겠지만, 기꺼이 나서는 사람도 많으리라고 본다. 이렇게 전통이 된다.

프로이자
어른의 사명감으로

2024년 MLB 월드투어를 위해 입국한 샌디에이고 파드리스 선수들은 방한 다음 날 서울 용산 어린이정원에서 유소년 야구 클리닉을 진행했다. 박찬호장학재단이 주관한 그날의 행사는 어린이 야구 팬과 주한미군 자녀를 대상으로 한 이벤트였다. 하루 뒤에 팀 코리아와의 경기가 있는 만큼 한국인 선수인 김하성 외에는 후보 선수 위주로 참석할 예정이었지만, 뒤늦게 알게 된 마차도와 타티스 주니어 같은 스타들도 김하성의 제안에 흔쾌히 함께했다. 참석한 모든 선수가 시범을 보여주면서 적극적인 야구 코치 역할을 해주었다. 많은 추억과 행복, 선수 자신의 이름을 아이들에게 각인시켜 주었으리라고 믿는다. – *park*

메이저리그는 어린이들을 위한 행사에 적극적이다. 팬들은 승리나 패배에만 관심을 가지는 것이 아니다. 그 이상으로 자신이 좋아하는 팀과 정체성을 공유한다. 그렇다면 선수들도 그 마음을 헤아릴 줄 알아야 한다. 시합에서 최선을 다하는 것은 기본이고, 그 이상으로 자신이 할 수 있는 일을 생각해보는 것이다.

예를 들어 연고지에 폭우 피해가 있다면 다 같이 방문해서 봉사활동을 하고, 기부도 할 수 있다. 이는 구단 차원의 일일 수도 있지만, 선수들이 동참하지 않으면 불가능하다. 선수 입장에서는 피곤하거나 귀찮을 수 있다. 경기에 지장이 생길까 봐 걱정이 될지도 모른다. 그러나 이런 참여를 통해 팬과 연결되는 한편, 경기장 너머의 세상을 느낄 수 있다.

운동선수는 운동을 하는 사람이기 전에 한 사회의 구성원이다. 프로야구는 사회적 플랫폼이다. 그런 만큼 프로선수로서 할 수 있는 일과 해야 할 일을 고민해야 한다. 박찬호 야구장학재단을 설립한 이유도 그런 고민을 바탕으로 한 것이었다.

재단법인 박찬호장학회는 어린이 환자와 장애 아동, 유소년 야구선수를 위한 캠페인과 기부, 장학금 지원 활동을 꾸준히 해오고 있다. 이후 이승엽 야구장학재단, 양준혁 야구재단도 생겼다. 반갑고 뿌듯한 일이다.

야구를 통해 아름다운 세상을 만들고 싶다는 야구재단들의 포부를 들으며 새삼 가슴이 뛰었다. 야구가 꿈이었던 우리에게 또 다른 꿈이 생기는 일이라 그렇다. 그 일은 자신의 뒤를 따라올 후배와 어린이, 그리고 다음 세대를 위한 것이어야 한다. 그게 프로이자 어른의 사명감이다.

IMF 때부터 시작한 일이
더 큰 미래로

1994년, 평소처럼 공을 던지고 있는데 연습을 지켜보던 기자들이 웅성거리더니 갑자기 이상한 소리를 했다. 한국이

망했다는 것이다. 당시에는 IMF가 무엇을 뜻하는지 잘 몰랐다. 그러나 얼마나 심각한 일인지는 금방 알 수 있었다. 유학생들이 고국으로 돌아가기 시작했다. 한국에서는 금 모으기 운동을 한다고 했다.

내가 등판하는 경기를 보며 많은 사람이 기뻐한다는 소식을 들었다. 터미널에 서서 만세를 부르는 사람들의 사진을 봤다. 그럴 때마다 더 잘하고 싶었다. 계속 이기고 싶은 마음이 들었다. 시즌을 마친 후 방문한 한국은 좋지 않은 상황이었다. 실직 후 일거리를 찾아 헤매던 아버지들이 집으로 돌아가지 못하고 노숙자가 되었다. 한강 마포대교에서 세상을 등지는 사람들도 많다고 했다.

직장과 집, 가족을 잃은 사람으로 가득한 서울역 지하상가의 광경은 슬프다 못해 처참했다. 며칠씩 굶고 제대로 씻지도 못한 채 거리에서 잠을 청하는 이들을 보면서 생각이 많아졌다. 그렇게 남편을 잃은 아내와 아버지를 잃은 아이들의 고통을 떠올렸다. 무슨 일이라도 해야겠다는 생각이 들었고, 실직자 가정의 아이들에게 학비를 주는 일을 하기로 결심했다. – *park*

1억이라는 돈을 가지고 시작한 일이 몇 년 동안 계속됐고, 결국 박찬호장학재단 설립으로 이어졌다. 그렇게 시작한 박찬호장학재단이 어느덧 30년을 눈앞에 두고 있다. 진정성을 가지고 이 일에 뛰어든 이사장님들과 직원들, 꾸준하게 박찬호를 이끌어준 멘토들이 있었기에 가능한 일이었다. 은퇴 이후에도 사회적으로 의미 있는 일을 해보기 위해 다양한 이벤트를 기획해서 진행했다. 공주시와 함께하는 박찬호기 전국초등학교 야구대회는 벌써 21회를 맞았다. 2023년에는 KBS에서 그 경기를 중계하기도 했다.

재단 설립 10주년 때는 이정후 선수가 아이들을 위해 써달라며 천만 원을 기탁했다. 역시 이정후 선수였다. 재단에서 장학금을 받은 선수도 아닌데 마음을 써줘서 무척 고마웠다. '캠프 61'이라는 이름으로 열린 2023년 유소년야구 캠프에는 김혜성선수와 문동주 선수가 와주었다. 아이들이 얼마나 행복해했는지 모른다.

아이들에게 박찬호의 시대는 지나치게 멀지만 프로야구 리그에서 활약하고 있는 김혜성이나 문동주와의 만남은 야구선수의 꿈을 키워나가는 데 있어 뜻깊은 경험이 될 것이다. 실제로 김혜성 선수는 제1회 캠프61 출신이다. 또한 구자욱, 구창모, 김선기, 문현빈, 서건창, 신윤후, 오명진, 전상현, 정준재 등 많은 선수들이 박찬호장학재단 장학생이다. 장학금을 받으며 야구를 했던 아이들 중 59명이 프로야구 선수가 되었고, 현재 29명의 선수가 현역으로 뛰고 있다. 이렇게 많은 열매들이 재단을 운영하는 보람을 느끼게 만든다.

재단은 어느 정도 자리를 잡았지만, 아직도 고민할 거리는 많다. 단순히 장학금 전달로 끝나는 것이 아니라 그들과 계속해서 교류하는 방안도 생각하고 있다. 우리가 너희를 기쁜 마음으로 지켜보고 있다는 메시지를 주는 것과 동시에 좀 더 끈끈한 연결 고리를 만들고 싶은 마음이다. 금전적인 지원도 좋지만, 무엇이든 일회성에 그치지 않았으면 한다. 야구 레슨 후원, 학업과 인성 교육 프로그램 등 다양한 방면으로 아이들에게 꿈과 희망을 주는 재단이 되었으면 좋겠다.

나아가 현재의 야구 문화를 조금씩 개선할 수 있는 시스템을 구축하는 것도 박찬호장학재단의 목표다. 말처럼 대단한 것은 아니다. 야구하는 아이들의 생각 방식을 바꾸면 훗날 그 아이들이 자라서 만드는 야구판이 조금은 달라지지 않을까 하는 생각이다. 무엇이든 한번에 바꿀 수는 없다. 다만 변화를 위한 스토리를 만들어갈 뿐이다.

앞으로 바람이 있다면 유소년뿐 아니라 청년들도 도울 수 있는 재단으로 거듭났으면 하는 것이다. 해외 재단과 교류하며 글로벌한 재단으로 거듭났으면 하는 욕심도 있다. 박찬호는 해마다 한국펄벅재단의 이사로서 이사회에 참가하고 자선 행사 때마다 큰 역할을 한다. 노벨문학상 수상자인 펄 벅 여사가 다문화 가정을 돕기 위해 설립한 펄벅재단은 이제 세계 곳곳에서 소외된 아이들을 위한 활동을 펼치고 있다.

박찬호장학재단 역시 한국뿐 아니라 더 많은 곳에서 활동하게 되기를 바란다. 그들이 한국야구를 보면서 꿈꿀 수 있도록 동남아나 개발도상국의 야구 인프라 발전에도 기여하고 싶다. 한국프로야구 리그의 저변을 넓히는 것, 한국이라는 나라의 위상을 높이는 것은 이런 활동이라고 생각한다. 이것이 한때 온 국민의 사랑을 받았던 한국의 메이저리거가 할 수 있는 일이고 해야 하는 일이다.

Everyone in society should be a role model,

not only for their own self-respect,

but for respect from others.

— Barry Bonds

사회의 모든 사람은 자신의 자존심뿐만 아니라

타인의 존경을 받기 위해 롤모델이 되어야 한다.

— 배리 본즈 외야수, 샌프란시스코 자이언츠 CEO 특별 고문

파트너

야구, 산업으로 함께 성장시키는
그들이 있다

1

스폰서,
물주가 아닌 파트너로

지속 가능하려면
좋은 스폰서를

팬, 선수, 구단, 리그, 미디어에 이어 프로스포츠를 이루는 여섯 번째 기둥은 스폰서다. '스폰서'라고 하면 속된 말로 '물주'를 떠올리는 사람이 많다. 야구에 있어 스폰서는 구단을 통해 광고를 집행하는 광고주와 같다. 선수들이 쓰고 있는 모자나 입고 있는 유니폼에는 특정 기업의 로고나 이름이 들어간다. 해당 기업이 바로 그 구단의 스폰서다. 이때 구단은 광고를 내보내는 미디어, 플랫폼이 된다. 스폰서는 구단과 공통 분모가 있는 기업이자 구단이 경제적인 지원을 받을 수 있는 대상이다. 따라서 둘은 같이 성장하는 파트너에 가깝다. 스폰서를 정확하게 말해 '스폰서십 파트너'라 부르는 이유다.

여섯 가지 기둥들은 프로스포츠라는 생태계를 구성한다. 마치 톱니바퀴와 같아서 하나라도 어긋나면 생태계가 제대로 돌아가지 않는다. 이 중 스폰서십 파트너가 필요한 이유는 돈이 이 생태계의 흐름을 원활하게 만들기 때문이다. 가장 중요한 것은 생태계의 균형이고, 그다음은 경제적 가치 체계다. 그래야 리그가 지속 가능해진다.

기업보다 지역 중심 구단을 강조하는 배경은 그 지속성에 있다. 기업은 영원하지 않다. 때에 따라 부침을 겪기도 하고, 구단에 대한 생각이 갑자기 달라질 수도 있다. 실제로 오랜 역사를 가졌던 현대 유니콘스가 기업의 자금난으로 인해 갑자기 해체되는 일도 있었다. SK 와이번스는 길지 않은 역사에도 불구하고 리그 우승 3회, 시리즈 우승 4회라는 눈부신 성적을 기록했던 구단이지만, 2021년 신세계그룹에 매각되며 SSG 랜더스로 바뀌었다.

이런 이유로 많은 프로스포츠는 기업보다 지역을 기반으로 한다. 우리가 잘 아는 뉴욕 양키스나 맨체스터 유나이티드 역시 소유주는 따로 있지만 연고 지역을 팀 명칭으로 내세운다. 일본 프로야구처럼 기업 이름을 사용하는 경우는 많지 않다. 우리 프로야구가 일본의 영향을 받았음을 여기에서 알 수 있다.

지역을 내세우면 해당 지역을 기반으로 한 기업과 일할 기회가 생긴다. NH농협은 NC 다이노스의 가장 든든한 스폰서로, NH농협 경남본부가 12년간 메인 스폰서를 맡고 있다. 다이노스가 창원 구단이기 때문에 가능한 일이다. 그런 식으로 구단들은 연고지를 기반으로 한 기업들과 유대 관계를 맺을 기회가 생긴다. 지역 정체성을 반영하기 좋고, 공동 마케팅을 기획할 수도 있다. 그렇게 구단과 스폰서는 돈독한 관계로 발전한다. — lee

한국프로야구에서는 키움 히어로즈만이 타 구단과 다른 방식으로 운영되고 있다. 모기업의 지원을 받지 않고, 대신 아주 많은 스폰서를 파트너로 두고 있다. 네이밍 스폰서에 따라 이름이 달라지는데, 현재는 키움증권과 계약 중이기 때문에 키움 히어로즈로 불린다. LG 트윈스나 삼성 라이온즈의 경우 모기업이 대기업이라서 계열사가 워낙 많고 업종 또한 다양하기 때문에 다른 스폰서십 파트너를 필요로 하지 않는다. NC는 게임 회사이자 벤처 회사로 내세울 만한 계열사가 없기 때문에 모기업이 넉넉하게 재정 지원을 해줄 때도 자생력을 확보하기 위해 다양한 스폰서십 파트너와 접촉했다. 지금도 여전히 많은 기업과 파트너로 일하고 있다.

프로스포츠에서는 기업들의 참여가 구단을 지속 가능하게 하는 동력이 된다. 구단과 스폰서십 파트너의 연대는 양쪽 모두의 이미지에도 도움이 된다. 일례로 축구 국가대표팀은 나이키, 현대자동차, 코카콜라, 하나은행, KT 등등 수많은 스폰서십 파트너와 함께한다. 그 기업의 로고나 슬로건을 접할 때면 국가대표팀이 저절로 떠오르고, 국가대표팀에 관심을 가질수록

해당 기업들이 한층 친숙하게 느껴진다. 그들도 같이 국가대표
가 되는 셈이다.

국가대표팀의 이미지가 좋아야 기업의 이미지가 좋아지고,
기업의 이미지가 좋아야 국가대표팀의 이미지가 좋아진다. 구
단과 스폰서십 파트너도 마찬가지다. 사람들에게 좋은 이미지
를 주기 위해 노력해야만 좋은 관계를 유지할 수 있고, 그런 노
력이 계속되면 사회적 영향력이 늘어나는 효과를 얻는다.

이처럼 구단과 스폰서십 파트너는 함께 성장하는 관계여야
한다. 현명한 재정 운영과 긍정적인 이미지 구축을 염두에 두
며, 시대의 흐름에 맞게 스폰서십 파트너와의 관계를 잘 설계
하는 것이야말로 구단 성공의 밑거름이다.

한국야구를 세계화시킬
스폰서의 역할

스폰서십 파트너십을 잘 보여주는 좋은
성공 사례가 있다. 한국 축구선수를 영입한 해외 프로축구 구
단들은 전력뿐 아니라 경제적 이득까지 챙기는데, 박지성이 해
외에 진출했을 때부터 그들은 한국 팬들의 돈을 벌어갔다. 손
흥민에 이어서 현재는 이강인이 그 절정에 있는 듯하다.

그런데 이강인이 뛰고 있는 PSG(파리 생제르맹 FC)는 한국 팬
들이 가장 좋아하는 리그에 속해 있지 않고, 바르셀로나나 리

버풀, 맨시티만큼 브랜드가 있는 팀도 아니다. 그러나 이강인이라는 선수를 확보함으로써 한국의 축구 팬덤에 무척 가깝게 느껴지는 팀이 되었다.

2024년 초 PSG는 곧바로 서울 압구정동에 플래그십 스토어를 열었다. 그 유명한 뉴욕 양키스도 하지 않은 일이다. 이강인이라는 한국 선수가 있기에 가능한 일이기도 했다.

박찬호가 메이저리그에 갔을 때 대한민국 국민은 LA 다저스의 팬이 되었다. 메이저리그 경기를 본 적이 없는 사람, 야구에 별로 관심이 없는 사람도 LA 다저스는 확실히 알게 되었다. LA 다저스는 박찬호라는 선수 한 명을 통해 수천만에 달하는 사람에게 구단을 알렸다.

그렇다면 반대로 해보는 것은 어떨까. 한국이 박찬호와 박지성을 수출하는 국가였다면 이제 우리나라를 롤모델로 삼는 나라의 박찬호와 박지성을 우리 리그로 데려오는 것이다. 실력 있는 선수들을 데리고 와서 팀의 성적을 올리는 것도 좋지만, 그들이 살고 있는 나라를 하나의 시장으로 개척하려는 노력 또한 필요하다. 그런 시도가 구단의 살림을 넉넉하게 만든다.

이런 일은 황량한 땅에 나무를 심는 것과 비슷하다. 당장은 소득이 없는 것 같아도 훗날 울창한 숲이 되어 돌아온다. 무한한 가능성을 향한 투자인 셈이다.

만약 한국프로야구 구단의 모기업이 라오스나 베트남에 야구장을 짓는다면 그 나라의 선수들이 그곳에서 뛰게 될 것이다. 그들은 KBO 콘텐츠를 소비할 테고, KBO로 향하는 꿈을 꾸며 구슬땀을 흘리게 될지도 모른다.

NC 다이노스에 있던 시절 리그에 아시안 쿼터를 제안하기도 했다. 대만처럼 야구 인프라가 괜찮은 곳에서 뛰어난 선수들을 영입할 수 있을 거라는 생각에서였다. 성과의 유무를 떠나 그런 논의는 계속 이어져야 한다. 우리 야구가 성장하기 위해서는 프로야구라는 생태계를 시장의 개념으로 보는 시각이 필요하다. – lee

지속해서 성장하는 프로스포츠는 자신의 영토 확장을 위해 끊임없이 노력한다. LA 다저스, 샌디에이고 파드리스의 선수들과 관계자들은 서울 시리즈를 치르기 위해 먼 거리를 마다하지 않고 날아왔다. 그것이 결국 야구 저변과 함께 자신들의 시장을 넓히는 길임을 이해하기 때문이다. 한국프로야구 팀에게 동남아에서 개막전을 치르라고 한다면 아무 불만 없이 떠날 수 있을까?

"그게 야구랑 무슨 상관이에요?" 야구를 야구로만 보는 관점에서 벗어나 사회적, 문화적으로 확장하는 시도를 할 때마다 이런 날 선 반응과 마주했다. 야구나 잘하라는 말을 듣기도 했다. 그러한 단편적인 관점은 선수와 관계자를 승부에 가두고, 숫자에 가둔다. – lee

야구, 그리고 야구와 상관없는 것을 구분할수록 시야는 좁아지며, 한계는 명확해진다. 스폰서십 파트너와의 관계도 그럴다. 스포츠와 연관이 없는 분야라고 쉽게 판단해서는 안 된다. 오히려 전혀 상관없다고 여겨지는 분야의 기업을 스폰서십 파트너로 삼는 시도를 얼마든지 할 수 있다. 밀가루와 아이스크림, 라면과 티셔츠, 소화제와 볼펜 등 이색 컬래버레이션이 쏟아져나오는 시대다. 이런 아이디어 이상으로 더 진취적 사고와 엉뚱한 발상을 가져보자. 틀을 깨고 나와서 좀 더 먼 곳을 바라보자. 그럴 때 미래의 야구가 만들어질 수 있다. 지금 우리가 보고 있는 야구의 모습이 10년 뒤에도 똑같아야 할까. 그럴 이유가 전혀 없다.

I really love the togetherness in baseball.

That's a real true love.

— Billy Martin

나는 야구의 유대감을 정말 좋아한다.

그것이야말로 진정한 사랑이다.

— 빌리 마틴 내야수, 야구감독

2
에이전트,
좋은 동반자가 되려면

내 생각을 전달하는 사람

에이전트라는 직업이 낯설던 시절도 있었지만, 이제는 스포츠 에이전트를 자신의 직업으로 꿈꾸는 청소년들도 많아진 시대가 되었다. 프로스포츠 선수의 '에이전트'라고 하면 흔히 계약하는 일만 떠올린다. 외국에 진출하는 선수들이 많아지면서 더욱 이러한 양상이 두드러진 것 같다. 에이전트는 '파트너'다. 선수 대신 구단과의 계약을 진행할 뿐만 아니라 선수의 생활, 소통, 멘털 관리 등 다양한 부분을 지원하면서 성장에 큰 역할을 한다.

선수에게 에이전트가 꼭 필요한 것은 아니지만, 에이전트가 있으면 운동에 보다 집중할 수 있다는 점은 분명하다. 스포츠 산업이 계속해서 활성화되면서 에이전트 역시 선수들에게 당연한 존재가 되고 있다. 한 가지 기억해야 할 점은 선수가 에이전트에 휘둘리면 안 된다는 사실이다.

메이저리그 진출을 꿈꾸거나 준비하는 선수들과 대화할 때가 많다. 15년 넘게 메이저리그 생활을 했고, 2019년부터 샌디에이고 파드리스의 특별 고문으로 활동 중이기에 그런 나에게 묻고 싶은 말과 듣고 싶은 말이 많을 것이다. 그런데 속 깊은 이야기를 하던 선수들이 어느 날 갑자기 말을 줄이기 시작한다. 어느 팀에 관심이 있는지, 어느 팀과 접촉 중인지 숨기려고 하는 것이다. 에이전트가 경계시켰을 가능성이 크다. *– park*

에이전트는 선수에게 절대 다른 구단 관계자나 스카우트와 사적으로 만나지 말라고 강조한다. 선수가 협상의 과정과 진실에 대해 디테일하게 아는 것을 경계하기 때문이다. 지금도 한국이나 남미 선수들이 영리하지 못한 점을 틈타 선수를 컨트롤하려는 에이전트가 있다. 선수는 야구도 잘해야 하지만, 여러 방면에서 영리해야 한다. 주변에 진정한 멘토가 필요한 이유도 바로 이 때문이다.

에이전트는 분명 그 분야에 있어 전문가라고 할 수 있지만, 그 에이전트를 고용한 사람은 바로 선수 자신이라는 사실을 명심해야 한다. 선수를 이용하는 에이전트가 여전히 많다. 이를 알아차리기 위해서는 미리미리 공부하고 배워야 한다. 에이전트는 자신의 생각을 선수에게 강요하는 사람이 아니라 선수의 생각을 구단에 전달하는 사람이다. 그런데 그 반대인 경우가 종종 있다. 국내에는 에이전트를 고용하는 시스템이 완전히 정착되지 않은 데다가 에이전트가 선수보다 나이가 많다 보니 선수들이 더 어렵게 느낄 수도 있다.

아직 한국 시장에는 에이전트가 선수를 위해 할 수 있는 일이 그리 많지 않다. 계약을 대리하는 역할 외에 FA나 해외 무대에 나가게 됐을 경우 최대한 다양한 선택지를 제공하는 것이 에이전트의 역량인데, 국내에는 이런 사례가 별로 없다.

게다가 에이전트 개념이 제대로 자리잡히지 않았다. 선수와 에이전트가 서로를 잘 챙기는 친밀한 사이가 되는 것은 좋지만, 지나치게 사적인 관계는 좋지 않은 결과를 불러오기도 한다. 친한 형제나 남매 같은 사이로 에이전트와 선수의 사이를 생각하게 되면, 선수가 자신이 원하는 선택을 했을 때 마치 에이전트를 배신하는 듯한 불편한 마음이 생길 수 있다. 오래가는 신뢰를 쌓으려면 아무리 가까운 사이여도 공적인 관계를 유지하는 것이 좋다.

에이전트에게 투철한 직업의식은 필수다. 선수의 멘토가 되어준다면 더욱 좋다. 계약뿐 아니라 여러 면에서 선수를 지원하고 세계 무대에서 성공하려면 무엇이 필요한지, 어떤 준비가 부족하며 자신이 어떻게 도울 수 있는지 파악할 수 있어야 한다.

아쉬운 점이 하나 더 있다면, 에이전트의 역할을 스타 마케팅으로 생각할 때가 있다는 것이다. 선수가 스타처럼 행동하도록 부추기는 것과 선수의 가치를 높이려는 마케팅은 구분되어야 한다. 그런 행동은 결국 선수에게 마이너스가 된다.

프로의 세계는 냉정하다. 팀에 꼭 필요한 선수가 되기 위해서는 결국 실력으로 증명해야 한다. 무엇보다 중요한 것은 겸손이다. 자신감을 잃지 않되 무조건 배우려는 자세가 필요하다. 그래야 다른 선수, 코치, 감독과 소통할 수 있다. 이런 겸손을 만드는 것도 에이전트의 몫이다.

에이전트는 선수들이 새로운 환경에 놓일 때 함께하는 사람이기도 하다. 그 누구보다 어린 선수가 느낄 낯선 무대에서의 압박감, 자신을 증명해야 한다는 부담감을 이해해야 한다. 의지할 사람이 없는 타지에서 믿을 만한 에이전트는 선수의 심리적 안정에 큰 도움이 된다. 선수에게 에이전트는 누구보다 중요한 동반자다.

좋은 에이전트를 만나기 위해
필요한 질문들

에이전트라고 모두 다 경험이 많은 것은 아니다. 어떤 에이전트는 필수적인 사항도 제대로 챙기지 못한다. 스프링캠프에 갔는데 통역이 없어서 선수가 당황했다는 이야기를 들어보기도 했다. 구단에서 통역을 고용하는 조건으로 계약하지 않으면, 선수가 통역의 고용비를 감당해야 한다. 통역은 선수와 함께 비행기를 타고 이동하며, 경기 내내 더그아웃에 앉아 있다. 사고와 상해의 위험이 큰 만큼 반드시 보험을 들어야 하는데, 그 액수 또한 상당하다.

에이전트는 에이전트대로 선수는 선수대로 처하게 될 새로운 상황들을 꼼꼼히 예상하고 자세한 사항까지 서로 이야기를 나누며 준비해야 한다. 에이전트를 고용할 때에는 반드시 인터뷰를 해야 한다. 그때 해야 하는 질문에는 어떤 것들이 있을까. 다음의 네 가지는 반드시 필요하다.

1. 선수인 나에 대해서 어떻게 평가하는가?(성적, 장단점, 성격, 특징 등)
2. 현재 어떤 선수들을 돕고 있는가? 선수들과 어떻게 만나고 어떻게 헤어졌는가?(중요한 부분이다. 여기에서 대부분의 에이전트들이 잘못된 정보를 제공하기도 한다.)
3. 헤어진 선수들과의 현재 관계는 어떠한가?(에이전트의 말과 선수의 말이 같은지 비교해보자.)
4. 선수인 나에 대해 어떤 목표를 가지고 있는가?

가장 먼저 에이전트가 선수인 나에 대해 어떻게 평가하고 있는지 알아야 한다. 데이터로 알 수 있는 성적만이 아니라 플레이 스타일과 장단점, 성격 같은 디테일한 부분까지 파악하고 있는지 살펴야 한다. 어떤 선수들과 함께 일했는지, 그들과 어떻게 만나고 헤어졌는지를 아는 것도 중요하다. 경험의 부피는 물론, 선수를 대하는 태도를 가늠하기 위한 질문이다. 왜 나와 일하고자 하는지, 어떤 목표가 있는지도 들어보길 바란다. 비전을 공유할 수 있다면 더할 나위 없이 좋을 것이다.

해외 진출 경험이 있는 선수들과의 인터뷰도 중요하다. 그 누구든 새롭게 해외로 진출하려는 후배들을 위해 기꺼이 조언해줄 것이다. 어떤 에이전트가 본인에게 잘 맞을지에 대해서도 경험자에게 조언을 부탁하는 노력을 해야 한다.

에이전트를 결정하는 기준으로 돈이 중요하기는 하다. 그래서 많은 에이전트가 더 많은 돈과 더 좋은 기회를 미끼로 선수를 설득하고, 고액 연봉의 선수들을 보유하고 있다는 점을 내세워 유혹한다. 누가 정직하고 누가 모사꾼인지를 선수 자신이 가늠할 수 있어야 한다. 고액 연봉 선수들이 돈을 얼마나 받는지만 얘기하고 그 선수가 얼마나 훌륭했는지는 뒷전인 에이전트들이 많다.

좋은 성적이 있었기에 연봉이 따라온 것이다. 그것을 명심해야 한다. 에이전트를 판단하려면 그가 받아낸 돈이 아니라, 그가 함께하면서 선수가 얼마나 성장했는지를 봐야 한다. 에이전트의 뒷모습까지 살펴보자. 그래야 그가 걸어온 과정이 눈에 들어올 것이다.

'나에게는 이 에이전트가 유일하다'라고 생각하는 순간, 그에게 얽매이게 된다. 에이전트는 너무나 많고, 선수들에게는 엄청나게 다양한 옵션이 있다. 이 사실부터 기억하자. 필요하다면 많은 선수를 거느리고 있는 에이전트보다 일대일로 나를 케어할 수 있는 에이전트, 오랫동안 함께할 수 있는 에이전트를 선택하는 방법도 있다. 큰 회사의 '원 오브 뎀(one of them)'

이 아니라 작은 회사의 '온리 원(only one)'이 되는 것이다.

에이전트가 선수에 대해 공부하는 것처럼 선수도 에이전트나 시장에 대해 어느 정도 공부할 필요가 있다. 우선 여러 선배의 사례를 보면서 자신이 어떤 방향으로 커리어를 만들어가고 싶은지 분명하게 생각해두자. 그래야 자신이 주체적으로 에이전트를 선택할 수 있고, 에이전트를 통해 자기 생각을 구단에 분명하게 전달할 수 있다. 결국 에이전트와의 관계에서도 가장 중요한 것은 선수의 소신이다.

The difference between the impossible and
the possible lies in a man's determination.

— Tommy Lasorda

불가능한 것과 가능한 것의 차이는
사람의 결단력에 달렸다.

— 토미 라소다 투수, 야구감독

3

미디어 1
─ 경기장을 넘어 사회 전체를 보라

스포츠 미디어,
어떻게 변화해왔는가

　　　　　　스포츠라는 생태계에서 미디어가 차지
하는 비중과 역할은 시대와 환경에 따라 조금씩 다르지만, 생
태계의 중요한 여섯 기둥 가운데 하나라는 것은 변하지 않는
다. 과거에는 신문이 미디어의 핵심 매체였다. 그 후에는 TV
가, 그다음에는 포털사이트와 OTT 플랫폼이 연이어 그 역할을
했다. 스포츠 미디어 역시 크게 다르지 않다. 우리나라 야구의
역사 또한 미디어의 변화와 함께했다. 프로야구의 모든 경기
가 TV에 나오기 시작한 2006년을 지나, 이제는 방송 중계권 외
에 뉴미디어 중계권이라는 개념이 생겼다. 포털사이트에 이어
OTT 플랫폼을 통해 야구를 접하는 시대다. 이처럼 달라진 환경

에서 스포츠 미디어가 현대 프로야구의 특성을 제대로 구현하며 진화하고 있는지 관심을 가지고 한번쯤 짚어봐야 한다.

운이 좋게도 2006년부터 네이버에서 프로야구 전 경기 중계 서비스를 기획하고 운영하는 일에 리더로서 참여했다. 당시 네이버는 인터넷의 장점과 이용자 편의성을 가장 잘 살리는 방향으로 서비스를 기획했다. 그 의도로 라이브 센터라는 채널을 운영했다. 드라마나 영화와 다르게 스포츠가 가진 가장 고유하면서도 차별적인 특성은 바로 실시간성이다. 아무리 대단한 경기도 결과를 알고 보는 것은 스포츠의 첫 번째 요소, '승부의 불확실성'을 의미 없게 한다. — lee

방송은 채널의 속성상 '하루 24시간'이라는 제약하에 그 방송사가 시간을 기준으로 프로그램을 편성한다. 소비자가 아닌 공급자가 프로그램을 선택해서 전달하는 방식이다. 인터넷은 다르다. 야구, 축구, 골프, 농구 경기를 동시에 서비스해도 이용자는 자신의 기호에 따라 종목을 선택해 실시간 중계를 즐길 수 있다. 네이버 스포츠에는 스포츠의 실시간성을 담아낼 수 있는 장점과 소비자 중심의 서비스가 가능하다는 강점이 있었다. 지금은 실시간이라는 개념이 새삼스럽지 않다. 때와 장소를 가리지 않고, 심지어 이동 중에도 모바일로 라이브 방송을 시청할 수 있는 세상이다. 그렇다면 스포츠 미디어는 어떤 형태로 나아가야 할까.

최근 OTT 플랫폼에서 송출되는 프로야구 중계를 볼 때마다

한 가지 아쉬운 점이 있다. 바로 "지금은 경기 시간이 아닙니다"라는 시그널이다. 프로야구 중계방송은 애국가 제창으로 시작해 9회 말이 끝날 때까지만 송출된다. 시청자는 경기 전후에 펼쳐지는 그라운드의 상황을 알지 못하고, 충분히 즐길 수 없다. 중계권의 영역을 경기 단위로 설정해서 생긴 이슈라고 본다.

야구장에는 경기가 시작되기 한두 시간 전에 도착하는 관중이 많다. 선수들이 훈련하는 모습을 가까이에서 지켜보기 위해서다. 훈련이 끝나면 클럽하우스에서는 감독이 선수들에게 당일 경기에 대해 브리핑을 하기도 하고 선수단 리더가 미팅을 통해 사기를 올린다. 이런 모습들도 야구다. 경기에 앞서 양 팀의 현재 상황과 전망을 해석하는 등 그 프리뷰를 팬들은 보고 싶어 한다.

경기가 끝난 뒤에도 그렇다. 관중석을 향해 인사한 선수들이 더그아웃으로 흩어지고 나면 텅 빈 그라운드만 남는다. 그 모습을 지켜보는 시청자들은 마치 연극이 끝나고 막을 내린 무대 앞 객석에 앉아 있는 느낌을 받게 된다. 이어지는 선수 인터뷰도 얼마든지 실시간 중계가 가능하다. 감독의 경기 후 브리핑, 전문가의 경기 재해석 등도 경기 후에 팬들이 원하는 콘텐츠일 것이다. 이처럼 현장감 있는 영상이 전달된다면, 시청자에게 야구장에 있는 듯한 경험을 제공해줄 것이다. 방송사가 편성 시간 제약 탓에 하지 못했던 기획을 인터넷 스트리밍 기반으로는 얼마든지 시간 제약 없이 가능하다.

프로야구 경기를 '1회 초부터 9회 말까지'가 아니라 '경기 전, 경기 중, 그리고 경기 후'로 나누어 프레임화한다면 야구가 이용자를 잡고 있는 시간이 길어진다. "모두에게 동일하고 유한한, 하루 24시간 가운데 얼마를 점유하느냐"가 핵심이라는 마케팅 관점이 있다. 이런 프레임을 만들면 야구가 소비자를 점유하는 시간 자체가 하루 3시간에서 하루 4시간으로 늘어날 수 있다. 그런 시간의 점유가 루틴으로 자리 잡고 난 뒤에는 세일즈 관점에서 파생 상품을 기획할 수 있을 것이다.

광고가 많아도
괜찮다

　　　　　　　　우리나라는 스포츠 중계에서 목소리 광고나 버추얼 광고 등 상업적 요소를 노출하는 데 미국이나 일본에 비해 제약이 많은 것 같다. 관련 법규가 엄격한 탓이겠지만 지나친 광고 노출이 방송의 공영성이나 스포츠의 정통성을 해친다고 여기는 사람도 있다. 그런데 한편으로는 양반의 체통을 지키느라 곳간에 쌀이 바닥나는 느낌이다. 스포츠 생태계가 선순환하려면 경제적 밸류체인이 필요하다. 쉽게 말해 스포츠 프로그램은 좀 더 상업적이어도 상관없을 것 같고, 그래야 생태계가 좀 더 윤택해질 수 있다. 예를 들어 프로야구의 메인 스폰서가 신한은행이라면 경기 중에 아나운서가 신한은행을 드러내 이야기하고, 그렇게 하면 더 많은 스폰서가 적극적으로 손을 내밀 수 있을 것이다.

한국프로야구 문화도 조금씩 달라지고 있다. 문화 수준이 높아질수록 소비자는 더 나은 콘텐츠를 원한다. 소비자의 니즈에 맞춰 다양한 상품을 만들어내고, 팬에게 만족감을 안김과 동시에 미디어의 수익을 창출하는 물결은 자연스럽게 우리 곁으로 왔다.

미국과 일본의 야구 관계자들은 야구를 직접 하면서 자랐다. 팀의 일원으로 경기에 나가본 사람이 대부분이다. 그만큼 야구를 잘 이해하고, 그 경험을 현장에 적용한다. 우리의 저변이 취약한 배경은 그런 경험을 한 실무자가 거의 없다는 데 있다. 미국과 일본이 한국보다 앞선 것은 선수들의 경기력이나 미디어 기술이 아니라 그것을 둘러싼 환경과 문화다. 스포츠 미디어가 새로운 시대와 트렌드에 맞게 진화하기를 바란다.

독일 스포츠 기자들의
윤리 현장

스포츠를 좋아하는 사람, 그리고 언론에 관심이 있는 사람이라면 스포츠 기자가 되는 상상을 한번쯤은 해본 적이 있을 것이다.

고교야구가 한참 인기를 끌던 시절, 스스럼없이 선수 가까이서 인터뷰하는 기자들의 모습이 무척 부러웠다. 어떤 사람들이길래 선수와 감독에게 가까이 갈 수 있을까 생각해보곤 했다. 세상을 조금씩 알고 나서는 이튿날 신문에 활자로 그 경기 상황을 전달하는 기자들의 솜씨에 감탄했다. 나중에 신문사에서 일을 해보니 또 다른 것을 알게됐다. 우리 사회에서 전통적으로 스포츠 기자는 다른 분야에 비해 전문성을 인정 받기 어려웠다. – *lee*

언론사는 스포츠 기자를 전문가로 인정해주기 힘든 환경이고, 기자 역시 전문성을 인정받을 만큼 꾸준히 일할 환경이 아니었다. 종이 신문의 스포츠 지면 역시 점점 축소되고 있다.

《중앙일보》에서 운 좋게 야구 전문 기자의 임무를 부여받았다. 롤모델이 된 스포츠 기자는 김창웅 주간이었다. 김창웅 주간은 술술 읽히고 이해하기 쉬우면서도 메시지가 분명한 글을 썼다. 그분의 기사를 스크랩하고 필사하며 글쓰기를 배웠다. 위대한 소설가 헤밍웨이가 한때 스포츠 기자였다는 사실도 알게 되었다. 글에 담고자 하는 것은 야구 전문 기자만이 관찰하고 표현할 수 있는 리포팅이었다. 미디어 환경이 변하던 시절 네이버 스포츠에서 가장 많이 느꼈던 점은 기자들이 좀 더 사회를 위한 기사를 썼으면 좋겠다는 것이었다. 그저 경기 내용이나 감독의 말을 전달하는 것이 아니라 스포츠에 사회적 의미를 부여하길 바랐다. – *lee*

  스포츠도 사회의 일부분으로 그 책임과 기능을 할 수 있음을 알리는 것이 스포츠 기자의 역할로 받아들여져야 할 것이다. 독일 스포츠 기자들의 윤리 헌장이 있다.

1. 독일 헌법 제5조, 인권선언, 유럽협의회, 미디어와 방송을 관장하는 국내법, 그리고 국내 조약에서 준수하는 전문적 특권은 스포츠 기자의 책임과 도덕에 비타협적으로 적용되어야 한다.
2. 스포츠 기자는 일체의 국수주의, 광신적 애국주의, 인종, 종교 또는 정치적 명예훼손이나 차별에 저항해야 한다.
3. 스포츠 기자는 공적인 기능을 수행한다. 스포츠를 취재하고 모든 영역에 걸쳐 평가한다. 스포츠 기자는 인도적인 스포츠 환경과 반(反)도핑, 반(反)부패를 위해 싸워야 한다.
4. 스포츠 기자는 독점해서는 안 되며 부당한 이윤을 취해서도 안 된다. 기자로서 불편부당해야 하고 기자의 독립성을 해칠 수 있는 초청이나 선물을 거부해야 한다.
5. 스포츠 기자는 인간의 존엄성을 보호해야 하며 개인과 사생활 보호를 위한 원칙을 준수해야 한다. 보도로 인해 개인의 삶이 영향받을 수 있음을 고려해야 한다.
6. 저널리즘의 기본 원칙은 완벽한 조사와 함께 정확한 인용, 명확한 언어 사용을 포함한다. 스포츠 기자는 진실되고 객관적으로 보도한다.
7. 스포츠 기자는 저널리즘의 품질을 위해 충실히 복무해야 하며 높은 수준의 교육과 훈련을 추구해야 한다.

8. 스포츠 기자는 공정하게 행동하며, 타인의 비판에 열려 있으며, 상호 존중할 것을 약속한다.

　기자는 실무적인 노하우를 갖추는 것도 중요하지만, 철학적 소양과 가치 기준을 가져야 한다. 그 점에서 독일 스포츠 기자들의 윤리 헌장은 우리에게 부족함을 일깨워준다.

　국내 스포츠는 인구에 비해 저변이 좁을까? '하는 스포츠' 특히 '엘리트 스포츠'를 대상으로 한다면 좁게 느껴질 수 있지만, 생활 스포츠, 보는 스포츠로 관점을 넓히면 그 저변은 좁지 않다. 우리 사회 스포츠가 성장하려면 해외 스포츠보다 우리 이야기를 더 많이 해야 한다고 생각한다.

　1인 미디어의 발달로 기성 언론의 기능과 역할, 영향력이 급속하게 줄어들고 있다. 현장 접근성 면에서만 우월한 위치를 유지하고 있는 정도다. 그럴수록 스포츠 저널리즘이 나아갈 방향을 깊이 고민해야 한다. 윤리, 가치, 의미와 같은 말을 떠올려야 할 때다. 자칫 낡아 보이는 그 덕목들이 실은 가장 기본적이고 효과적인 전략일 수 있다.

미디어와 선수는
함께 도전한다

《스포츠서울》,《일간스포츠》,《스포츠조선》의 스포츠 3사 시절에는 매일같이 특파원들이 밀착취재를 했다. 특파원들은 통역이 없는 나에게 통역 역할까지 해주었다. 상대 팀 타자의 데이터를 공유해주면서 공부할 수 있는 숙제를 주기도 했고, 때로는 밥을 같이 먹는 형제와도 같았다. 그들은 낯선 땅에서 적응하는 또 하나의 메이저리거로 개척자 같은 존재였다. 기자와 선수, 특파원과 박찬호는 하나의 팀처럼 눈앞에 놓인 길을 헤쳐 나갔다. − *park*

미디어 문화는 선수와 함께 성장한다. 차범근 선수가 독일에 갔을 때, 우리 축구 팬들은 분데스리가에 대해 알게 되었다. 박지성 선수가 영국에 갔을 때는 프리미어리그라는 문화를 알게 되었고, 스포츠 미디어의 영역 역시 그만큼 넓어졌다. 박찬호의 메이저리그 진출은 한국 스포츠 미디어의 역사에도 의미 있는 사건이었다. 메이저리거가 탄생함으로써 메이저리그의 미디어 문화가 유입됐기 때문이다.

당시 메이저리그 현장의 취재 프로토콜은 한국 기자들에게 낯설었다. 처음에는 한국에서 하던 스타일대로 일하는 기자도 있었다. 국내에서는 접해본 적이 없는 문화였기에 많은 시행착오를 거쳐야 했다.

박찬호가 1년, 2년 메이저리그에서 경험을 쌓아갈수록 기자들도 노하우가 생겼다. 박찬호는 조금씩 성장했다. 그 과정을 스토리화하는 것이 당시 기자들 사이의 트렌드였다. 그러기 위해서는 많은 취재가 필요했다. 메이저리그 경기를 방송하게 되면서 그 경기를 중계하는 사람들의 인사이트와 창의적인 프로그램 기획력도 함께 흘러들어왔다. 한국 스포츠 미디어의 저변 확대에 박찬호가 끼친 영향이라고도 할 수 있다. – *lee*

이처럼 미디어 문화는 선수와 함께 성장한다. 선수와 미디어는 서로를 이용하고 의지하는 상호 보완적 관계다. '이용하다'라는 말에는 두 가지 의미가 있다. 하나는 "대상을 필요에 따라 이롭게 쓰다"라는 뜻이고, 나머지 하나는 "다른 사람이나 대상을 자신의 이익을 채우기 위한 방편으로 쓰다"라는 뜻이다. 여기서 말하는 것은 당연히 전자다. 생각하기에 따라 합리적인 관계를 맺을 수 있지만, 선수와 미디어는 서로 불편해하는 경우가 많다. 선수를 생계 수단으로만 이용하는 미디어, 미디어를 불신하는 선수로 인해 상처받은 경험이 있는 탓이다.

야구라는 집을 떠받치는 여러 개의 기둥 중에는 선수라는 기둥도 있고, 미디어라는 기둥도 있다. 결국 같은 지붕 아래 있는 것이다. 그 구조를 이해하면 미디어가 선수를 위해 해야 할 일이 있고, 반대로 선수로부터 얻어야 할 가치도 있다는 사실을 받아들이게 된다. 때로는 상처를 주고받더라도 협력하는 관계가 되는 것이다.

미디어도 선수도 '우리'라는 개념을 가져야 야구가 발전한다. 국제대회 성적과 상관없이 2024년 한국프로야구는 최초로 천만 관중 시대를 열었다. 각 구단은 유튜브 채널을 동원해 팬들이 좋아할 만큼 콘텐츠를 뽑아내고, 팬들은 야구 관련 콘텐츠에 기꺼이 돈과 시간을 소비한다. 기업들은 홍보 효과를 위해 적극적인 스폰서가 되어준다. 그 과정에서 쏟아지는 풍부한 스토리는 또다시 미디어 산업을 살찌우며 리그의 흥행을 돕는다. 이런 물결이 생겨난 이때, 야구를 둘러싼 미디어 산업도 성큼 앞으로 나아갔으면 좋겠다.

There is no room in baseball for discrimination.
It is our national pastime and a game for all.

— Lou Gehrig

야구에는 차별을 위한 공간이 없다.
야구는 국가적 오락인 동시에 모든 사람을 위한 게임이다.

— 루 게릭 내야수

4
미디어 2
— 전달을 넘어 성장시키는 역할을

왜 기자에게
출입 권한을 주는가

여행자를 대상으로 가장 만족스러운 순간이 언제인지 물으면 의외의 답변을 듣게 된다. 여행 중이 아니라 여행을 준비하는 동안이라는 것이다. 야구도 그렇다. 스포츠 현장 기자라면 경기를 준비하는 과정과 경기가 진행되는 과정, 이후에 경기를 돌아보는 과정까지 모두 관찰해서 표현해야 한다. 승리라는 결과가 아니라 승리를 위해 최선을 다하는 과정을 쓰는 것. 기자로서 이태일과 동료들이 가장 중요하게 여겼던 관점이다.

기사 안에 담겨야 할 내용은 어느 팀이 몇 대 몇으로 이겼다는 사실이 아니라 선수들이 그 결과를 내기까지 어떻게 뛰었나, 어떤 모습을 보여주었는가 하는 부분이다. 기자에게 현장에 접근할 수 있는 권한을 주는 이유도 그런 기사를 쓰라는 뜻이라고 배웠다. 기자는 그 권한으로 경기장에 들어가 선수를 만난다. 그런데 현장에서 취재하는 밀도가 줄어들고 "몇 회에 투수 누가 타자 누구에게 홈런을 맞아서 어느 팀이 이겼다"라는 식의 건조한 기사를 읽게 될 때는 조금 아쉽다.

야구 기자는 경기 시작 세 시간 전쯤 경기장에 도착해서 양 팀이 훈련하는 모습을 본다. 그 모습을 지켜보며 메모를 한 뒤 경기 전 브리핑을 할 때 질문을 하고, 선수와 코치진을 취재한다. 경기가 시작되면 현장을 이 각도, 저 각도에서 관찰한다. 그런 다음 자신의 관점에서 그날의 경기를 표현한다. 오늘의 경기가 시사하는 바는 무엇인지, 이 경기에서 어떤 점을 배울 수 있는지 쓴다. 이것이 이상적인 스포츠 저널리즘일 것이다.

직접 경기를 뛰는 선수나 그 선수들을 지도하는 감독은 야구를 잘 안다. 야구를 많이 하고, 보고, 생각하기 때문이다. 스포츠 기자라면 그에 못지않게 야구에 대해 고민해야 한다. 눈에 보이지 않는 흐름마저 파악하는 능력, 각종 사회 현상과 결부시켜 생각하는 습관, 거기에 다른 지식을 보탤 줄 아는 응용력 등이 보태져야 한다.

미국과 일본에는 머리가 희끗희끗한 베테랑 스포츠 기자들이 있다. 월드시리즈를 30년째 취재하고 있다든지 그보다 더 긴 시간 야구 현장을 누볐다는 이들이다. 그들은 한국에서 출장을 온 젊은 기자들과 치열하게 취재 경쟁을 한다. 연륜과 내

공은 좋은 콘텐츠를 만드는 데 도움이 되고, 그런 콘텐츠는 스포츠 미디어의 수준을 높인다.

우리 언론에서는 스포츠에 관한 기획 기사나 심층 취재를 찾아보기 쉽지 않다. 기자들의 소양 탓이라고 생각하지 않는다. 사회적 환경이 너무 달라진 탓이다. 자극적인 내용 또는 빠른 속도가 중요해졌다. 기자들은 오탈자를 고친 틈도 없이 기사를 올린다. 분석이나 탐사와 같이 호흡이 긴 콘텐츠보다는 당장 휘발되더라도 읽기 편한 콘텐츠를 기획한다.

이런 단점을 개선하기 위해 스포츠를 뉴스와는 다른 관점으로 기획하고 싶었다. 베이징 올림픽에서 패럴림픽과 병렬식 서비스, 남아공 월드컵에서의 HD 화질 도입 등 개념을 바꾸는 기획을 한 적도 있다. 〈네이버 스포츠 매거진S〉를 제작하고, 박문성, 서형욱 해설가 등과 네이버 온리 콘텐츠를 기획하기도 했다. 여러 한계에 부딪히면서 본질적인 체질 개선은 여전히 미완성이지만, 스포츠 스트리밍 중계를 본격적으로 시작했다는 점에서 의미 있는 도전이었다. — *lee*

요즘은 '기레기'라는 자조 섞인 별명과 함께 좋은 기사를 쓰기도, 읽기도 어려운 시대가 되었다. 방송 역시 경기 흐름을 짚어주고 해석하는 본연의 역할보다 팬과 같이 흥분하고 소리치는 방식을 선호하는 듯하다. 예능 프로그램처럼 말꼬리를 잡는 개그와 자극적인 멘트가 많아졌다. 신문이든 방송이든, 정통 스포츠 저널리즘은 자꾸 후퇴하고 있는 것 같다. 그럼에도 가

치 있는 글을 쓰기 위해 애쓰는 기자들이 있다. 우리가 할 수 있
는 일은 그런 기자의 글을 더 많이 읽고 응원하는 것이다. 팬들
에게 부탁하는 일이다.

미디어가 훌륭해야
야구도 훌륭해진다

　　　　　　　　박찬호라는 선수를 미디어가 키웠다고 해도 과언
이 아니다. 내가 미국에서 활동하는 모습을 자세하게 전달해주었기
에 슈퍼스타가 될 수 있었다. IMF가 박찬호를 영웅으로 만들었다지
만, 거기에는 한국의 절박한 상황과 박찬호의 활약, 그로부터 이끌어
낼 수 있는 메시지를 잘 버무려 국민에게 힘이 되는 보도를 한 미디어
의 역할이 굉장히 컸다. – park

　미디어는 그만큼 중요하고, 커다란 힘을 갖는다. 그러다 보
니 한편으로는 스포츠도 미디어 중심으로 돌아가는 느낌을 받
곤 한다. 미디어에 의해 판이 흔들리는 느낌이랄까. 실수가 죄
가 되고, 죄가 실수가 되기도 하는 것을 경험할 때가 있다. 그
과정에서 선수들도 사정없이 흔들린다. 선수와 미디어 사이에
는 윤리가 존재해야 한다. 아쉽게도 여전히 미디어가 절대 갑
의 위치에 있다고 여기는 경우가 대부분이다.
　아직도 일부 미디어에서는 중계를 '해준다'거나 기사를 '써

준다'고 표현한다. 미디어가 우월하다는 발상에서 비롯된 표현이다. 이런 공급자 마인드로는 전체 생태계에 도움이 되기 힘들다. 스포츠에 녹아 있는 스토리를 자연스럽고 자세하게 팬들에게 전달하는 것이 미디어의 역할이다. 그로 인해 아이들은 꿈을 갖고 어른들은 꿈을 기억한다. 미디어는 그 중간 역할을 멋있고 훌륭하게 하는 존재여야 한다.

야구 기자라면 무엇보다 야구의 문화를 존중해야 한다.

기자 시절 '사인 받지 않기' '운동장 훈련 중에 들어가지 않기'와 같은 룰을 만들고 지켰다. 메이저리그에서는 기자가 선수들의 사인을 받을 수 없다. 출입증에 아예 No Autograph(사인 금지)라고 써 있다. 기자에게는 선수 가까이에 접근할 수 있는 특권이 있다. 그 특권을 이용하면 사인을 쉽게 받을 수 있다. 그렇다고 해서 선수를 만날 때마다 사인을 부탁한다면, 기자로서의 본분과는 관계 없는 특혜가 될 것이다.

스포츠 생태계에서 사인 문화는 소중하다. 리그와 구단에 있어 선수의 사인은 하나의 재산이기도 하다. 팬들은 선수를 기다려 사인을 받고 행복해한다. 선수의 사인에는 그것을 가슴에 안고 돌아가며 기뻐할 수 있는 가치가 있어야 한다. 그런데 누군가가 자신의 지위를 이용해 쉽게 사인을 받아내고, 여기저기 퍼준다면 그런 문화가 망가질 수 있다. — lee

메이저리그에서 기자들에게 사인을 금지한 까닭은 이런 이

유다. 기자들은 이에 공감하고 그 문화를 존중한다. 반면 우리
는 아직도 "이벤트에 당첨되면 아무개 선수의 사인볼을 드립
니다"라는 식의 이벤트를 만들고 미디어의 지위를 이용해 특
혜의 대상을 자청한다. 이건 그 스포츠 생태계를 위한 문화가
아니라고 본다.

　물론 우리 문화는 미국과 같지 않다. 조심스레 부탁해 사인
을 받는 게 큰 잘못은 아닐 수 있다. 그렇다면 적어도 여기저기
에 이야기하지 않았으면 좋겠다. 선수의 사인이 소중해지는 문
화를 만들기 위해서는 선수나 구단뿐 아니라 기자와 미디어가
함께 노력해야 한다.

두 개의 외국어,
선수의 언어와 야구의 언어

　　　　　　　한국에서 스포츠 선수와 구단, 리그는 하
나의 대륙에 연결된 섬과 같다. 아주 딴판은 아니지만 완전히
같을 수도 없는, 마치 다리 하나로 이어진 것 같은 세상이다. 따
라서 그들 사이의 소통은 각 집단의 언어를 이해하는 것으로부
터 시작된다.

　서울에서 나고 자란 학교 선생님이 남해 외딴섬의 분교에 부임
했다고 하자. 그 선생님은 어떻게 아이들과 소통하고 교감할 수
있을까. 아마도 자신에게 익숙한 언어와 말투로는 불가능할 것이

다. 스포츠에서의 소통은 그런 맥락으로 접근해야 한다고 본다.

소크라테스는 "목수와 대화하려면 목수의 언어를 써야 한다"고 말했다. 미디어 이론가이자 문화 비평가로 커뮤니케이션학의 새 지평을 연 마셜 매클루언은 "상대의 언어로 말하라"며 소통의 핵심을 짚어냈다. 스포츠 분야에서는 당연히 스포츠의 언어로 말해야 한다.

프로야구단에서의 소통을 위해서는 두 가지 언어를 이해할 수 있어야 한다. 첫 번째는 선수들이 사용하는 말(player's language)이고, 두 번째는 야구의 언어(baseball language)다. 이 두 가지는 어째서 우리가 평소에 쓰는 말과 다른 걸까.

우리 사회에서 운동선수는 아주 어린 나이에 사회와 분리된다. 운동을 잘할수록 더 심하다. 그들이 겪는 세상은 우리가 겪는 그것과 다르다. 이런 성장 과정을 통해 그들은 그들만의 철학과 사상을 갖게 된다. 그렇게 자라서 성인이 되고, 프로선수가 된다. 일반적인 언어와 문화를 가진 집단이 아닐 수밖에 없다.

구단 경영진과 관계자가 선수들의 언어와 문화에 대해 "나도 안다"라거나 "금방 알 수 있다"라는 식으로 접근하면 당연히 소통에 오류가 생긴다. "내가 옳다"라는 접근 방식은 최악이다. 우리 사회는 '운동(퍼포먼스)'의 영역에서만 스포츠의 전문성을 인정한다. 다른 분야는 전문적인 지식이 없어도 금방 알 수 있거나 이미 알고 있다고 치부하는 정서가 있다.

2017년 월드시리즈 우승 팀 휴스턴 애스트로스에는 시그 마이델이라는 뛰어난 데이터 분석가가 있었다. 그는 미항공우주국(NASA)에서 일하는 연구원이었다. 야구라는 스포츠에 필요한 다양한 데이터를 분석하기 위해 애스트로스에 들어온 마이델은 팀에 합류한 뒤 1년 동안 마이너리그 싱글 A팀 코치로 지냈다. 그렇게 선수의 언어, 야구 문화를 이해한 뒤 더 조화로운 소통에 기반한 데이터 분석을 할 수 있었다.

스포츠 분야의 특수성도 그렇지만, 소통 환경의 변화도 무시할 수 없다. 오늘날의 사회는 집단마다 소통 체계가 다르다. 정보 접근권을 가진 미디어에 의해 한 가지 정보를 얻고 나누던 시대는 이미 끝났다. 모든 개인이 미디어의 역할을 할 수 있으며, 신문의 사설이나 비평보다는 알고리즘에 의해 여론이 만들어질 가능성이 더 큰 시대이기도 하다.

이런 세상에서 스포츠 미디어의 역할은 무엇인지, 선수와 구단, 리그라는 섬을 어떻게 이어 팬들에게 멋진 그림을 보여주어야 할지 함께 고민하고, 그 지혜로운 방법을 만들 수 있기를 기대해본다.

epilogue

이대일

제가 다닌 초등학교에는 야구부가 없었습니다. 3학년 때 잠시 생겼던 팀은 2년 만에 해체됐고, 야구를 계속하길 원하는 친구들은 야구부가 있는 학교로 갔습니다. 전학을 가지 못한 친구들, 야구부원은 아니었어도 야구를 좋아한 친구들은 동네 빈터에 모여 야구를 했죠. 우리는 그걸 '동네 야구'라고 불렀습니다.

동네 야구에도 나름의 룰이 있었습니다. 가위바위보를 해서 원하는 위치와 타순을 정했고, 글러브가 모자랄 때는 글러브를 가진 친구에게 우선권을 주었습니다. 가장 인기 있는 포지션은 투수, 유격수, 1루수였죠. 주전이 될까 말까 한 실력이었던 저에게는 차례가 돌아올 때도, 그렇지 않을 때도 있었습니다.

경기에 나가고 싶었던 저는 포수와 9번 타순을 자처했습니다. 다른 친구들이 하기 싫어하는, 그렇지만 꼭 필요한 포지션을 공략한 거죠. 아이들 눈에 포수는 그리 화려하거나 눈에 띄는 위치가 아니었습니다. 프로텍터 같은 장비가 없다 보니 다칠까 봐 겁을 내기도 했고, 보통은 재미없어했죠. 그런 자리를 맡겠다고 하니 아무도 반대하지 않았습니다. 그렇게 저는 야구를 할 수 있었습니다. 경험이 쌓이면서 중학교 때는 유격수나 3루수 등 원하는 포지션을 하겠다고 나설 수 있을 만큼 실력이 나아지기도 했습니다.

어린 시절 포수를 했던 기억은 어른이 된 뒤 야구, 사람, 세상을 이해하는 데 큰 도움이 되었습니다. 한 팀이어도 모두 똑같이 빛날 수는 없습니다. 상대적으로 주목받지 못하는 자리를 누군가가 채워주어야 팀은 비로소 완성되는 것이죠. 세상도 마찬가지였습니다. 다들 싫어하거나 힘들어하는 일을 하는 사람들이 존재함으로 인해 사회가 돌아간다는 것을 깨달았죠. 대다수가 눈에 보이는 것을 좇을 때, 눈에 보이지 않는 가치를 소중하게 여겨야 한다는 깨달음도요. 그런 관점에서 야구선수가 되지 못한 아쉬움을 기록원이나 기자 일을 하면서 떨쳐내고 싶었던 것 같기도 합니다.

야구단 사장으로 처음 가을야구를 하게 된 2014년이 떠오릅니다. 다이노스는 KBO로부터 받은 포스트 시즌 배당금과 구단주 격려금을 선수단뿐 아니라 경기장 미화원 아주머니를 비롯해 구단을 도와준 모든 사람과 나누었습니다. 눈에 띄지 않는 자리에서 애써준 사람들 역시 '우리'이기에 그 열매를 나눠 갖는 것은 당연한 일이라 여겼습니다. 이 책을 만들면서 그때의 기억이 났습니다.

지난 여름은 유난히 더웠습니다. 외출하기 두려운 날씨라 집 안에 있는 시간이 많았는데, 그러다 우연히 〈학전 그리고 뒷것 김민기〉라는 다큐멘터리를 보았습니다. '뒷것'이란 무대에 오르는 배우나 가수인 '앞것'을 무대 뒤에서 돕는 사람을 뜻하는 말입니다. 김민기는 스스로를 그렇게 불렀다고 합니다. 평생 앞것들이 빛나도록 돕는 뒷것이 되고자 했죠.

그러나 그는 아주 특별한 사람입니다. 제 주위에 그의 노래를 모르는 사람이 없지만, 그를 본 사람은 없습니다. 어쩌다 LP를 틀어주는 곳에 가면 앨범 재킷에 실린 사진으로나마 그 모습을 희미하게 느낄 수 있을 뿐입니다. 다큐멘터리는 베일에 가려진 천재 작곡가이자 소극장 '학전'의 대표 김민기의 삶을 보여주었습니다.

3부작인 그 다큐를 보고 나서 저는 김민기의 삶을 더욱 추앙하게 되었습니다. 그리고 세상에 존재하는 수많은 뒷것에 대해 더 많이 생각하게 되었습니다. 그의 말처럼 앞것과 뒷것이 있다면 앞것 중의 앞것, 뒷것 중의 뒷것도 있을 거라는 생각이 들었습니다. 동시에 야구에도 뒷것들이 있기에 경기가 진행되고, 리그가 돌아가며, 야구를 사랑하는 이들의 마음이 충만해지는 것임을 다시 한번 깨닫게 되었죠.

야구와 사람, 그리고 세상을 바라보면서 항상 느꼈던 의문은

'어떻게 하면 우리가 함께 잘 살 수 있을까'라는 것이었습니다. 그 의문 앞에 오랜 시간 야구와 관련된 일을 하면서 때때로 안타까움이나 실망감을 느끼기도 했습니다. 그럼에도 지금껏 야구를 사랑할 수 있었던 까닭은 제 생각에 깊이 공감하고 함께 고민한 사람들 덕분입니다. 그중에서도 박찬호라는 존재는 유독 특별합니다.

1990년에 공주고등학교 2학년이었던 박찬호를 처음 만났습니다. 그는 빠른 공에 빠른 발, 타격까지 뛰어난 선수였지만 당시에는 전국대회 성적이라고 할 만한 게 없어 그리 유명하지 않았습니다. 그럼에도 단박에 관심이 갔습니다. 인터뷰에서 보여준 진지하고 성실한 태도 때문이었는지도 모르겠습니다.

박찬호는 효심이 지극하고 성품이 소박한 청년이었습니다. 한양대학교 1학년 때, 라면상자 한 박스를 어깨에 짊어진 채 지하철을 타고 제가 일하는 사무실까지 왔던 모습이 아직도 생생합니다. 그 안에는 부모님이 수확하셨다는 밤이 가득 들어 있었습니다.

아마추어 야구선수와 막내 기자의 우정은 오래도록 변함없이 이어졌습니다. 그 여정에 특별한 시간이 많았습니다. 1994년 한국 야구선수로는 최초로 메이저리그 마운드에 올랐을 때, 제가 개인적으로 좋아하는 메이저리거 조지 브레트의 고장 캔자스시티에서 MLB 통산 100승을 했을 때, 일본 프로야구를 거쳐 한국에 돌아와 고향 팀 이글스 유니폼을 입었을 때, 2014년 광주 올스타전에서 김경문 감독을 포수로 시구한 뒤 은퇴식에서 눈물을 흘렸을 때…. 그런 순간들이 특히 기억에 남습니다.

박찬호와 저는 종종 야구를 통해 어떻게 세상의 발전에 기여할 수 있을지 고심하기도 했습니다. 이 책에서 수없이 강조하듯이, 결론은 '함께'의 가치에 있었습니다. 동반자 정신, 그것이 스포츠가 지향해야 할 가치이자 세상에 끼칠 수 있는 긍정적인 영향 아닐까 합니다.

'함께'는 더 나은 야구, 더 나은 세상을 위한 핵심 키워드이자 우리 두 사람을 뜻하기도 합니다. 그는 저를 자신의 멘토라고 하지만, 저에게는 그가 멘토와 같았습니다. 히말라야에는 산악인의 등반을 돕는 셰르파가 있습니다. 그곳의 지리와 기후를 잘 아는 거주민들은 도전하는 산악인에게 길을 안내하고 날씨를 봐줍니다. 우리는 서로에게 그런 존재였습니다.

박찬호가 메이저리그에 데뷔한 지 30년이 지났습니다. 그가 메이저리그라는 땅을 개척한 뒤 한 세대가 지나간 것입니다.

박찬호는 항상 앞에 있었습니다. 그에게 과연 행복한 일이기만 했는지 모르겠습니다. 그가 대한민국 국민의 주목을 받으며 '앞것'으로 활약할 때, 저는 기자와 구단 관계자로 일했습니다. 경기에 나서는 선수들이 빛날 수 있도록 돕는 '뒷것'의 역할입니다. 우리는 그렇게 저마다의 자리에서 야구라는 일을 함께해왔습니다.

지금 박찬호와 저는 야구선수도, 야구단 사장도 아닙니다. 박찬호는 선수 생활을 은퇴하며 쓴 책의 제목을 "끝이 있어야 시작도 있다"라고 지었습니다. 어쩌면 지금이 우리의 또 다른 시작이라 생각됩니다. 야구라는 커리어가 끝나면 휴식을 취할 수도 있고, 놀면서 스트레스를 풀 수도 있고, 새로운 분야를 공부할 수도 있지만, 무엇이든 그것은 다음을 위한 준비여야 합니다. 그 준비가 자신뿐 아니라 우리를 위한 것이라면 더욱 행복할 것입니다.

야구선수로서 '앞것'의 역할을 훌륭하게 해낸 박찬호가 이제는 기성세대로서 사회의 멋진 '뒷것'이 되리라 기대합니다. 그는 1998년에 만든 '재단법인 박찬호장학회'를 통해 이미 그 역할을 하고 있습니다. 2027년이면 그가 설립한 재단도 30년이 됩니다. 재단에서는 매년 장학생을 선발하고, 그들에게 선물을 나누어줍니다. 우리의 야구 이야기를 담은 책도 함께 줄 수 있으면 좋겠다고 생각했는데, 이제 그럴 수 있게 되었습니다. 이런 활동에 있어 아쉽거나 부족한 점은 앞으로 차차 채워가도 좋겠습니다. 그게 50대로서 우리의 본분이라고 믿습니다.

박찬호가 화려한 스타 플레이어였을 때 그 '앞것의 뒷것'이었던 저는 이제부터 '뒷것의 뒷것'이 되어도 좋을 것 같습니다. 이 책은 그런 시도이자 저와 우리를 향한 약속입니다.

감사의 말

박찬호

　　이 책을 쓰면서 제가 이렇게 나은 야구를 배우고 경험할 수 있었던 것, 커리어가 특별해질 수 있었던 것, 그동안의 삶에 성장과 성숙이라는 나무를 키울 수 있었던 계기에 대해서 생각해보게 되었습니다. 저를 투수로 만들어주신 오영세 선생님, 고등학교 2학년 때 전국체전에서 4경기에 등판하며 우승을 이끌 수 있도록 믿음을 주신 양창의 감독님 고맙습니다. 그 대회로 한양대학교를 가게 되었고 청소년 대표가 될 수 있었습니다. 미국으로 갈 수 있도록 승낙해주신 당시 한양대학교 김종량 총장님과 아픈 마음을 감추고 제게 미국에 가서 꼭 성공하라고 하셨던 이종락 야구부장님께도 거듭 감사의 인사를 전하고 싶습니다. 미국으로 떠나기 전날 밤 숙소로 찾아와 미국행에 대한 다짐을 다시 한번 확인하며 눈물을 흘리셨던 김보연 감독님께도 감사드립니다.

친구이자 동기로 늘 반겨주고 마음을 주었던 홍원기, 차명주, 설종진과 류지현 선배에게도 깊은 감사를 표합니다. 아마 제 이야기를 기록하고 남길 수 있는 건, 이런 분들께는 제가 이방인이 아니었기 때문일 것입니다.

이 책에도 등장하지만 많은 조언과 깨달음, 삶의 가치와 열정을 일깨우려 해주셨던, 돌아가신 라소다 감독님께도 감사의 인사를 드립니다.

피터 오말리 씨께도 감사드립니다. 요즘도 제게 편지와 이메일을 보내주시고, 좋은 기사도 직접 프린트해서 보내주고 계십니다. 필드 이외의 것들을 공부하고 싶어 하는 저에게 많은 도움을 주시고, 은퇴 이후로도 끊임없이 가르침을 주시는 분입니다. 그 누구보다도 이 책을 기다리고 계실 오말리 씨께 감사와 사랑을 전합니다.

아직까지도 아들 건강과 안부를 걱정하시는 부모님, 가끔 엄한 모습을 보이는 아버지를 잘 따르고 한국말과 문화를 열심히 익히려고 노력하는 세 딸 애린, 세린, 혜린, 그리고 이 책을 쓰느라 많은 시간 떨어져서 아이들을 혼자 돌봐야 했던 사랑하는 아내 리혜에게 감사합니다. 그리고 사랑한다고 전하고 싶습니다.

끝으로 재단과 유소년 캠프 운영 등 저와 같은 마음으로 한국 야구 발전을 위해 늘 노력하는 팀61 직원들에게도 감사합니다.

이태일

30년 전(1994년) 특별한 학교를 다녔습
니다. 우리끼리 'Dodger University'라고 불렀던 그 학교에서 피
터 오말리 교수님께 메이저리그 명문 구단 LA 다저스의 전통과
문화를 배웠습니다. 아침에 숙제를 내주시고 오후에 꼭 그 내
용을 확인해주신 꼼꼼한 교수님이셨습니다. 저는 프런트 사무
실에서, 한국에서 온 또 한 명의 청년은 마운드에서 야구에 담
긴 무한한 세계를 경험했습니다. 우리에게 그 깨달음을 주신
오말리 교수님께 감사드립니다.

가진 것 아무것도 없던 제게 오말리 교수님을 연결해주신 분
은 고(故) 김창웅 주간입니다. 제 초년 기자 시절 야구를 보는
관점부터, 글쓰기, 즐기는 마음까지 가르쳐주신 분입니다. 다
저스 인턴 추천서를 손편지로 써주신 그 따뜻한 배려 덕분에
저는 다저 유니버시티에 입학할 수 있었습니다. 늘 잊지 않겠
습니다.

기자와 선수로 만나 34년 동안 변함없는 우정을 이어가는 박
찬호 대표, 팀61 식구들이 제안을 주지 않았다면 책을 쓰겠다
는 엄두를 내지 못했을 겁니다. 덕분에 많은 것을 느끼고, 얻고,
배웁니다. 고맙습니다.

20대에 들어가 30대 전부를 보내고 40대가 되는 동안 든든
한 우산이 되어준 중앙일보 선후배 동료들, 함께 인터넷 바다

를 향해한 네이버 스포츠 브라더님들, 야구팀에서 땀과 눈물을 나눈 다이노스 식구들과 그 여정의 동반자 김경문 감독, 기회를 주신 김택진 구단주께 감사드립니다. 야구 기록에 눈을 뜨게 해준 고(故) 박기철 선배를 평생 잊을 수 없고, 데이터의 맛을 가르쳐준 스포츠투아이 식구들과 지금 제 심장을 뛰게 해주는 프레인 스포티즌 동료들, 볼품없는 글을 반짝반짝 빛나게 해준 지와인 식구들에게 감사드립니다.

끝으로 늘 제 체온을 따뜻하게 만들어주는 가족들에게 영원한 사랑을 약속합니다.

Park & Lee 30년의 기록

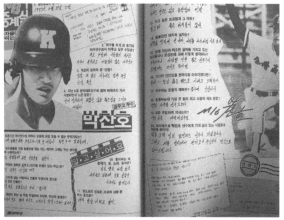

- 1991년《주간야구》에 고3 유망주를 소개하는 '이 선수를 주목하라' 코너에 등장한 박찬호. 당시 박찬호는 이 코너의 15번째 선수로 등장했다. 이태일이 이 기사를 썼다. 사진 =《주간야구》
- ·· 《주간야구》 '알고 싶어요'라는 코너. 팬이 보내준 질문에 답하는 고등학생 박찬호의 글씨를 보면 한 글자 한 글자마다 성의가 가득하다. 사진 =《주간야구》

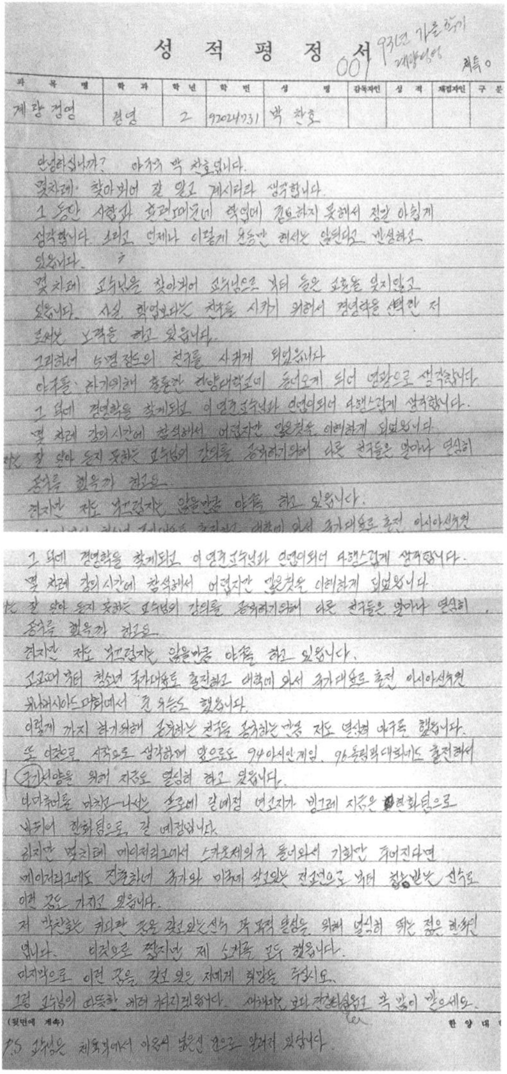

성 적 평 정 서

001 93년 가을학기 계량경영 체육 0

과목명	학과	학년	학번	성명	감독자인	성적	채점자인	구분
계량경영	경영	2	920241731	박 찬호				

안녕하십니까? 야구부 박 찬호입니다.
몇차례 찾아뵈어 잘 알고 계시리라 생각합니다.
그 동안 시합과 훈련때문에 학업에 충실하지 못해서 정말 아쉽게
생각합니다. 그리고 언제나 이렇게 운동만 해서는 안된다고 반성하고
있읍니다.
몇 차례 교수님을 찾아뵈어 교수님으로 부터 들은 교훈을 잊지않고
있읍니다. 사실 학업보다는 친구를 사귀기 위해서 경영학을 선택한 저
로서는 노력을 하고 있읍니다.
그리하여 5명 정도의 친구를 사귀게 되었읍니다
야구를 하기위해 훌륭한 한양대학교에 들어오게 되어 영광으로 생각합니다.
그 뒤에 경영학을 찾게되고 이 영준교수님과 인연이되어 행복스럽게 생각합니다.
몇 차례 강의 시간에 참석해서 어렵지만 많은것을 이해하게 되었읍니다.
잘 알아 듣지 못하는 교수님의 강의를 충족하기위해 다른 친구들은 얼마나 열심히
공부를 했을까 하고요.
하지만 저도 부끄럽지는 않을만큼 야구를 하고 있읍니다.

그 뒤에 경영학을 찾게되고 이 영준교수님과 인연이되어 행복스럽게 생각합니다.
몇 차례 강의 시간에 참석해서 어렵지만 많은것을 이해하게 되었읍니다.
잘 알아 듣지 못하는 교수님의 강의를 충족하기위해 다른 친구들은 얼마나 열심히
공부를 했을까 하고요.
하지만 저도 부끄럽지는 않을만큼 야구를 하고 있읍니다.
고교때 부터 청소년 국가대표로 출전하고 대학에 와서 국가대표로 출전 아시아선수권
유니버시아드대회에서 준 우승도 했읍니다.
이렇게 까지 하기위해 공부하는 친구들 공부하는 만큼 저도 열심히 야구를 했읍니다.
또 이것으로 시작으로 생각하며 앞으로도 94 아시안게임, 96 올림픽대회에도 출전해서
국위선양을 위해 지금도 열심히 하고 있읍니다.
4학년을 마치고 나서는 프로에 갈예정 연고지가 빙그레 지금은 한화팀으로
바뀌어 한화팀으로 갈 예정입니다.
하지만 몇차례 메이저리그에서 스카웃제의가 들어와서 기회만 주어진다면
메이저리그에도 진출하여 국가와 미국에 살고있는 전교민으로 부터 칭찬받는 선수로
이런 꿈을 가지고 있읍니다.
저 박찬호는 커다란 꿈을 갖고있는선수 꼭 목적 달성을 위해 열심히 뛰는 젊은 청년
입니다. 이것으로 짧지만 제 소개를 모두 했읍니다.
마지막으로 이런 꿈을 갖고 있은 저에게 희망을 주십시요.
그럼 교수님의 따뜻한 배려 기다리겠읍니다. 새해에는 보다 건강하십시오 복 많이 받으세요.
(뒷면에 계속) 한 양 대
P.S 교수님은 체육과에서 아주 넓으신 분으로 알려져 있답니다.

“그동안 시합과 훈련 때문에 학업에 집중하지 못해 정말 아쉽게 생각합니다. 이렇게 운동만 해서는 안 된다고 반성하고 있습니다.” 박찬호는 한양대학교 경영학과를 다녔다. 2학년 때 ‘계량경영’ 과목 교수님께 박찬호가 쓴 글. 당시만 해도 학업을 마치고 빙그레 이글스(현 한화 이글스)에 입단할 것으로 포부를 밝히고 있다.

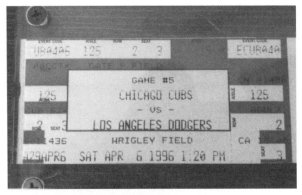

전지 훈련 떠나는 박찬호선수

LA 다저스의 투수 박찬호(왼쪽)가 메이저리
가기 위해 13일 박찬호는 스프링캠프로
벨트빌리지로 떠났다. 박찬호는 3월말까지 현지에서 훈련을 함께 하게 될 1
연습경기 성적에 따라 빅리그나 마이너리그로 갈 가능성도 있다. 〈LA공항=심헌식 기자〉
〈LA공항=심헌식 기자〉

2. 18. The Central Daily

- 박찬호가 한국인 최초로 메이저리그 승리를 기록한 1996년 4월 6일(현지 시간) 시카고 컵스 vs
  LA 다저스 경기 티켓. 이 승리를 시작으로 124승을 쌓았다.
- 미국에 진출한 첫해 1994 스프링캠프를 위해 LA에서 플로리다로 가는 비행기를 타는 박찬호. 뒤
  쪽에 당시 다저스 인턴으로 함께했던 이태일이 보인다. 사진=《중앙일보》

- 이태일 기자가 《중앙일보》에 있던 시절 당시 피터 오말리 다저스 구단주와 인터뷰를 한 뒤 작성한 기사. 두 사람은 박찬호가 모델로 등장하는 지면 광고가 실린 현지 신문을 들고 포즈를 취했다. 사진=《중앙일보》
- •• 박찬호가 멘토 샌디 쿠팩스와 나란히 걷는 뒷모습을 주제로 다룬 기사. 이태일 기자가 《중앙일보》 시절 작성한 박찬호 관련 기사 가운데 가장 아끼는 글이다. 사진=《중앙일보》

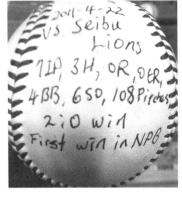

• 박찬호는 허리 부상으로 힘들었던 텍사스 시절 바이오 매카닉스 연구소를 찾아 측정을 하고 처방 도움을 받기도 했다. 이를 돕는 이태일(오른쪽 두 번째)의 모습도 보인다.

•• 박찬호가 일본 프로야구 오릭스 시절 세이부 라이온즈를 상대로 거둔 승리 기념 공. 투수가 자신의 승리 공에 어떤 기록을 남기는지 알 수 있다.

••• 박찬호는 2006년 WBC에서 이승엽과 함께 뛴 뒤 그를 각별히 아낀다. 두 사람은 박찬호가 한화 이글스에 입단한 뒤 투수와 타자로 만났다. 진한 포옹을 나누는 우정이 둘에게 있다.

- 1997년 시작된 박찬호장학재단은 매해 11월 야구 유망주를 선정해 장학금 수여식을 진행하고 있다. 이 행사의 하이라이트는 단연 '박찬호의 질문 시간'. 궁금한 점을 물어보고 답하는 과정 속에서 그는 아이들에게 용기를 심어주고 싶다고 말한다.
- 1994년 다저스에서 이태일에게 만들어준 미디어 출입증. 메이저리그 로고 아래 미디어는 선수들의 사인을 받을 수 없다는 의미로 'NO AUTOGRAPHS'라는 글이 보인다.

세상에서 성공이라는 것은,
자신의 노력, 힘, 운보다 주위의 그것이 작동하는 법우니
성공한 사람은 늘, 만약에나 그 고마움을 말할때,
주위의 도움이 어떠했는가, 이걸 말한다.
그렇다면,
주위의 도움을 받을 수 있는 사람은 누구인가.
세상은 누구를 도와주는, 누구에게 그걸리 않은가.
우리가 '좋은 사람' 이 되어야 하는 이유다.
즐거하기 위해, 나쁜 약을 해야 할지 모르지만,
성공하기 위해서는, '좋은 사람들의 야구'를.
　　　　　　　　　　　　　　　　　　　　- 2015. 8. 31.

- 2015년 NC 다이노스 사장 시절 이태일이 쓴 메모. 성공하는 리그를 위해 '좋은 사람들의 야구'가 필요하다는 생각을 설명하고 있다.
-- 이태일 사장과 김경문 감독. NC 다이노스는 2011년 구단 초대 감독으로 김경문 감독을 영입했다. 두 사람은 7년간 사장-감독으로 화음을 이루었다. 이는 아직까지 국내 프로야구 사장-감독 최장 기간 동행 기록이다.

• 박찬호(아래)와 이태일은 1994년 2월 플로리다 다저스 스프링캠프를 함께했다. 둘은 30년 넘게
  그 우정이 변치 않음을 행운으로 여긴다.
•• 박찬호는 다저스에 입단한 1994년 손편지로 이태일과 안부를 나누곤 했다. 두 사람 모두 일기를
  쓰고 손편지를 작성하는 공통의 습관이 있다.

• 2015년 이태일(오른쪽)은 김경문 감독(가운데)과 함께 다저스 시니어 캠프에 참가했고 레전드 박찬호(왼쪽) 팀 멤버로 함께 경기를 했다. 서로의 야구관을 이해하는 의미 있는 시간이었다.

•• 피터 오말리 전 LA 다저스 구단주(가운데)는 두 사람이 첫 손에 꼽는 인생의 멘토다. 그는 NC 다이노스 선수단 모두를 유명한 레스토랑 Lawry's 에 초대해 챔피언스 디너로 불리는 만찬을 후원해 주기도 했다.

- 2018년 열린 '캠프61'. 2011년부터 시작된 캠프61은 미래 한국야구의 자산인 유소년들을 위한 자선 야구캠프다. 현역 프로야구 선수들도 시간을 내어 아이들에게 지도를 해주고 있다.
- 제5회 박찬호기 전국 초등학교 야구대회의 모습. 초등학교 야구 꿈나무들이 결전을 벌이는 이 대회는 2000년 박찬호의 고향인 충청남도 공주에서 시작해, 2023년 21회를 맞았다.

B2
베터 앤 베터

초판 1쇄 발행 2024년 10월 31일

지은이 박찬호, 이태일
펴낸이 김보경

편집개발 김지혜, 하주현
기획마케팅 박소영, 송성준
디자인 박대성
영업 권순민
제작 한동수

펴낸곳 (주)지와인
출판신고 2018년 10월 11일 제2018-000280호
주소 서울특별시 마포구 양화로 1길 29, 2층
전화 02)6408-9979 FAX 02)6488-9992 e-mail books@jiwain.co.kr

ⓒ 박찬호, 이태일, 2024

ISBN 979-11-91521-41-2